「ゆるふわガーリッシュ、にゃ」

ミーニャ・ルオナ

神霊結社デルンケム四大幹部の一人で諜報担当。日本では葉《は》加《か》瀬《せ》美《み》衣《い》那《な》と名乗り、ハルヴィエドとは兄妹設定で同じ家に住んでいる。フィオナたちとは自分の家に招待するほど仲がいい。

「うはははは！ 私こそがデルンケム首領ヴィラベリートなのじゃ」

ヴィラベリート・ディオス・クレイシア

神霊結社デルンケムの首領。口調は強めだが、打たれ弱い甘えん坊。ハルヴィエドのことを兄のように慕っており、かなり嫉妬深い。

「今度いっしょに遊びに連れて行ってほしいなー」

朝《あさ》比《ひ》奈《な》萌《もえ》

ロスト・フェアリーズ《萌花のルルン》
無邪気で人懐っこく、誰とでも仲良くなれる。ヒロインの中で一番年下かつ力が弱いため、足を引っ張ていないか気にしている。

「ふふ、怖いな
フィオナた……清流のフィオナよ」

ハルヴィエド・カーム・セイン

神霊結社デルンケム四大幹部の一人で統括幹部代理。日本では葉《は》加《か》瀬《せ》晴《はる》彦《ひこ》と名乗り、敵であり最推しのフィオナと距離を縮めようと頑張っている。

結《ゆう》城《き》茜《あかね》

ロスト・フェアリーズ《浄炎のエレス》
活発で明るく、男女を問わず友達が多い。「頑張らない自分は誰にも求められない」と考えて落ち込むこともある。

「ボクは頑張らないと。頑張らなきゃ、
全部失くしてしまう気がして」

神《かん》無《な》月《づき》沙《さ》雪《ゆき》

ロスト・フェアリーズ《清流のフィオナ》
物腰は柔らかく真面目で優しい。隠しているが自分に自信がなく、ネガティブ思考に陥ることもある。

「すごく親しそう。
まさ、まさか
恋人同士……？」

【相談スレ】

ワイ悪の組織の科学者ポジ、
首領が理不尽すぎてしんどい

西基央 ILLUST. 塩かずのこ

「お初にお目にかかる。
私はハルヴィエド・カーム・セイン。
神霊結社デルンケム統括幹部代理、
ということになっている」

「ええ？　き、きれいって、ボクがですか⁉」

229：名無しの戦闘員
シャイなお前がフィオナちゃんと会話できるように俺たちが援護してやるよ。
そう……安価でな！
230：名無しの戦闘員
にゃんJ初心者のハカセに説明しよう。
安価とはアンカーリンクのこと。特定のレス番号へのリンクを意味し、主に変身などに使われる。
ここでの安価は「指定されたレス番号の投稿内容を実行する」こと。ネタスレの定番だな。
231：ハカセ
安価……！　にゃんJ民の伝家の宝刀にして悪ふざけの極み。
232：名無しの戦闘員
意外と乗り気じゃんw
233:名無しの戦闘員
≫≫230　どや顔で語ってるところ悪いけど変身してる。
234：名無しの戦闘員
変身ヒロインのロスフェアちゃんがかわいいから仕方ないね。
235：名無しの戦闘員
大丈夫か？　人生を預けていい連中じゃないぞ？
236：名無しの戦闘員
なにを言ってるんだ！　俺らはハカセのことを真剣に考えてる！
237：名無しの戦闘員
そうだ！　百本以上のギャルゲーを攻略した恋愛マスター（童貞）に任せろ！
238:ハカセ
オマイラ……ありがとう！　ワイは皆を信じるで！
ぶっちゃけ強制力がないとフィオナたんに話しかけるとか無理やからな！
239：名無しの戦闘員
【悲報】ハカセ、意外とヘタレ。
240：名無しの戦闘員
【朗報】ハカセ、自ら玩具志願。
241：名無しの戦闘員
よし、じゃあ真面目に考えよう。正直なところ
俺はハカセとフィオナちゃんを応援してる。
二人が結ばれたら日本平和になるしな。
・安価は基本絶対。
・ただし過度に性的なこと、犯罪行為は全面禁止。選ばれた場合は↓
・周囲に迷惑をかけるような内容は避ける。
・常識の範囲内の行為を心掛ける。
これくらいは守るようにしよう。
242：名無しの戦闘員
ハカセはデルンケムの中心人物だもんな。
243：名無しの戦闘員
やべえ、俺達の安価に日本の平和がかかってるとか。
244：名無しの戦闘員
じゃあハカセ、安価頼む。
245:ハカセ
よっしゃ任せろぃ！　手始めに、
≫≫254　≫≫256　≫≫258
246：名無しの戦闘員
実は私ちゃん（女）……エレスちゃん推しなんだよね。
銀髪高身長イケメンと巨乳低身長ボーイッシュ少女の年齢差身長差カップル。
よくない？
247：名無しの戦闘員
ヤバイ！　始まった途端危険なヤツが現れやがった！

「頭撫で占い？面白そうです、私やってみたいです！」

「エレス、ルルン。
相手は敵、あまり隙を見せないでね」
ここに神霊結社デルンケムと
ロスト・フェアリーズの戦いの幕が上がる!!

CONTENTS

第一話　スレ立て

呟《つぶや》き系のＳＮＳが定着する以前、インターネット・コミュニティとして匿名掲示板サイトが流行していた。一時期よりは落ち着いたものの今でも活用する人は多い。

　にゃんでも実況ジュピター……通称『にゃんＪ』も歴史の古い電子掲示板の一つである。

　設立当初はあらゆる実況を取り扱う人気の高い掲示板だったが、細分化した実況スレや同じ目的の板が増えるにつれて過疎化。次第にネタスレを中心とした掲示板に変化していった。

　ネタスレと言ってもピンからキリまである。中にはスレ主とにゃんＪの利用者――にゃんＪ民が『祭り』と称した騒ぎを起こして盛り上がることもあった。

　しかしその手の騒ぎの場も画像や動画をお手軽に投稿《とうこう》できるＳＮＳが主流となり、いつの間にやら電子掲示板自体が時代遅れと言われるようになってしまった。

　それでも変わらず常駐《じょうちゅう》するスレ民はおり、けっこうな頻度《ひんど》でスレが立てられるため話題には事欠かない。

　その日もにゃんＪには新たなスレが立った。

　スレタイを見た瞬間に分かるレベルのネタスレだった。

【ワイ悪の組織の科学者ポジ、首領が理不尽《りふじん》すぎてしんどい】

1：名無しの戦闘員

　もうストレスでやばいんや……。

2：名無しの戦闘員

なんだこのスレ。

3：名無しの戦闘員
普通に不謹慎《ふきんしん》。

4：名無しの戦闘員
悪の組織ってニュースになってるヤツ？

5：ハカセ
とりあえずコテトリつけとくわ。
ワイは某日本征服を掲げる組織で神霊工学者《しんれいこうがくしゃ》……ゆうてもあれか。
科学者的ポジで怪人《かいじん》の開発とかやっとるんやけど、忙しいし部下はアレやし首領は怒るしで毎日がしんどい……。

6：名無しの戦闘員
某って日本征服掲げてる組織なんてデルンケムしかないけどｗ

7：名無しの戦闘員
いっつも変身ヒロインちゃんにやられてるとこな。

8：名無しの戦闘員
かわいいよねフェアリーちゃんたち。

9：名無しの戦闘員
そういや昔のにゃんＪだと句点使わない方が普通だったのに今じゃこっちが主流だよな。
古のオタクからすると違和感ある。

10：名無しの戦闘員
分からない人のために一応。

【デルンケム】
二年前いきなり現れた謎の集団。怪人とか雑魚《ざこ》戦闘員とかで暴れ回る古典的悪の秘密組織。首領の名前がセルなんちゃらということくらいしかよく分かってない。
目標は日本征服らしい。

11：名無しの戦闘員
【ロスト・フェアリーズ】
デルンケムに対抗する変身ヒロインたち。みんな美少女（重要）。
年齢は十二～十六歳くらい？　けっこう幼めな顔立ち。
今確認されてるのは『清流《せいりゅう》のフィオナ』『浄炎《じょうえん》の

エレス』『萌花《もえか》のルルン』の三人。
失われた妖精？　の意味は分からない。
12：名無しの戦闘員
≫≫9　SNSでも句点なしの文章が基本になったから掲示板の住人が「俺らは正しい文章書いてるから！」するためにつけるようになったって流れらしい。
13：名無しの戦闘員
妖精っていうわりにコスチュームエロいよな。
14：名無しの戦闘員
分かる、布うっすいし腋《わき》と背中丸出しレオタード。
15：名無しの戦闘員
エレスちゃんカワイイ。
お胸おっきいのに拳《こぶし》使った近接タイプだから揺れてヤバイw
16：名無しの戦闘員
どう考えてもルルンちゃん。
俺ロリコンじゃないけどちっちゃくてくりくりお目々な無邪気《むじゃき》っ子《こ》最高。

17：ハカセ
ワイの推《お》しはフィオナたんや。
スレンダーでクールっぽく見えるのにエレスちゃん大好きなのかわいすぎん？
18：名無しの戦闘員
なんでハカセが参加してんだよwww
19：名無しの戦闘員
お前敵だろ悪の科学者w
20：名無しの戦闘員
つか普通に騙《かた》りじゃね？　デルンケムがにゃんJに書き込むわけがないし。
21：ハカセ
なんや騙り呼ばわりはひどない？　しゃーない、証明したるわ。
22：名無しの戦闘員
どうやって？
23：ハカセ
次の怪人出撃の時ワイもいっしょに出たるわ。
ついでに頭にピンクのリボンつけといたる。そこまでずりゃ嘘《うそ》やないて分かるやろ？

24：名無しの戦闘員

……これで本当に街が襲われたら俺らが余計なこと言ったせいにならない？

25：名無しの戦闘員

しっ！　考えんな！

二年前、それは突如《とつじょ》現れた。

比喩《ひゆ》ではなく、空中にワームホールのようなものが発生したかと思えば、そこから奇怪《きっかい》な集団が出現したのである。

特撮ものの戦闘員を思わせる兵士たち、『魔霊兵《まれいへい》』と呼ばれる複数の異形の戦士。さらに強力な『怪人』と呼ばれる存在。

奴《やつ》らは【神霊結社《しんれいけっしゃ》デルンケム】を名乗り、日本征服という目的を掲げて侵略を開始した。

当初、街はされるがままになっていた。

警察も自衛隊も太刀打《たちう》ちできない。魔霊兵や怪人どころか、戦闘員にすら銃火器の類いが通じなかったからだ。

このまま日本はわけの分からない奴らに支配されてしまうのか。半年が経《た》つ頃には誰もが希望を失い始めていた。

「待ちなさいっ！」

しかし悪が魔の手を伸ばすのならば、それに抗《あらが》う正義もまた存在する。

「神霊結社デルンケム。お前たちの野望《やぼう》は、ボクたち【ロスト・フェアリーズ】が必ず阻む！」

まだ十代の、それこそ妖精のように美しい少女たち。魔法の力を有する妖精姫《ようせいき》が異形の怪物どもの前に立《た》ち塞《ふさ》がる。

悪の組織と戦う正義の変身ヒロイン、使い古された構図が現実のものとなったのだ。

「灯火《ともしび》の妖精の加護をここに。不浄焼《や》き祓《はら》う炎の担い手、浄炎のエレス」

先頭に立つのは赤い髪をショートカットにした、

小柄だが活発そうな少女である。

ロスト・フェアリーズの戦闘コスチュームはレオタード型で、各々の属性によって色合いや細部のデザインが違う。鮮やかな赤色の衣装をまとうエレスは、その拳に炎を宿し怪人に突き付ける。

次に名乗りを上げたのは華奢《きやしや》な体つきをした少女だ。

「月夜の妖精の加護をここに。穢《けが》れ清《きよ》める流水の主、清流のフィオナ」

青いロングヘアが風にたなびく。水を操り癒《い》やしを司《つかさど》る妖精の姫、清流のフィオナは敵を静かに見据える。

「訪れの妖精の加護をここに。荒野に花萌える未来を導く、萌花のルルン」

三人の中でもルルンは一際幼い。金色のツインテールをした、大きな目の無邪気な娘だった。

彼女は植物の力を借りて戦う。ルルンが手を振りかざせば、花弁《かべん》がまるで刃のように魔霊兵たちを切り裂いた。


それを合図に戦いが始まる。追撃に浄炎のエレスが炎をまとった拳を振るう。

「はぁっ!」

燃え盛る一撃が魔霊兵を殴り飛ばした。

しかし敵の数は多く、休みなく襲いかかってくる。

中距離で援護するのは清流のフィオナだ。水は時に槍《やり》となり敵を貫き、時に壁となって仲間を守る。ロスト・フェアリーズは連携して敵を倒していく。

「よし、フィオナちゃん、ルルンちゃん。もう少しだよ!」

エレスの声に二人が頷《うなず》く。

「ええ」

「私も、がんばります!」

魔霊兵たちは見る見るうちにその数を減らしていったが、そこで強大な力を有する『怪人』が動き出した。

蜘蛛《くも》をモチーフにしているのだろう。毒々しい色合いの怪人が四つの目でロスト・フェアリーズを捉えている。喋《しやべ》るほどの知能はないのか、口に当たる部分から威嚇《いかく》するように音を発していた。

不気味な怪物を前にしても三人に動揺《どうよう》はない。今まで何体も怪人を倒してきたのだ。

しかし怪人の傍らに見慣れない男性の姿を見つけて少女たちは固まった。

「え……あれは？」

「エレス、警戒して。おそらくデルンケムでも上位に位置する相手よ」

その男性はロスト・フェアリーズを観察するように眺め、最後にフィオナに視線を固定すると口角を吊《つ》り上《あ》げる。

「お初にお目にかかる。私はハルヴィエド・カーム・セイン。神霊結社デルンケム統括幹部代理、ということになっている」

長い銀髪に金と赤のオッドアイ。悪の組織の幹部を名乗るその男は、氷細工《こおりざいく》を思わせる冷たい美貌《びぼう》をしていた。

背は高く体格もいいが、研究者風の装《よそお》いを見るに戦いが専門というわけではなさそうだ。

エレスは距離を測りながら男の言葉を繰り返す。

「統括幹部代理……」

「そもそもは研究畑の人間だ。肩書きばかりが偉くなって困る」

男は苦笑しながら肩を竦《すく》める。

「研究畑、ですか？」

萌花のルルンが不思議そうに言葉を繰り返した。

敵に対して無防備すぎる問いだったが、ハルヴィエドと名乗った男は素直に答えた。

「今までの怪人や魔霊兵は私が創《つく》り出《だ》したものだ。幅が広い発明家くらいに思ってくれたらいい」

警戒の度合いが一気に高まる。

魔霊兵は戦闘員よりも一段レベルの高い敵であり、怪人にも何度も苦戦させられた。それらを生み出すという彼はフェアリーズにとって厄介《やっかい》な敵だった。

「君たちの活躍《かつやく》は毎回楽しみに観させてもらっているよ。こうして直接会えて嬉《うれ》しく思っている（マジで）」

ハルヴィエドは三人を観察しているが、特に清流のフィオナを注視していた。一挙手一投足を見逃さない、強い意志の込められた目だった。

「どうやら私は警戒されているようね……」

フィオナは初めて対峙《たいじ》するデルンケムの幹部を前に、それでも冷静な態度を崩さない。

まだ幼いルルンやまっすぐすぎるエレスのために、彼女は意識して抑え役を買って出ることが多い。どうやらハルヴィエドはそれを見抜き、フィオナこそが要《かなめ》だと判断したようだ。

「それは誤解だな。なに、私は君たちのファンでね(ガチで)。こうして出会えたことで感極まっただけだ」

美貌の青年は少しも笑わずにそんなことをのたまう。

ずいぶんと軽く見られている。フィオナはそう考えて身構えた。

「あ、あの。お兄さん、もう一つお聞きしたい……んですけど」

ルルンがそう問いかけたのは、これまでの対応からハルヴィエドが理性的だと判断できたからだろう。実際敵の幹部クラスでありながら彼はあからさまな敵意や悪意を向けてはこなかった。

「なにかな、お嬢さん」

「その頭のリボンは? あ、似合っては、いますが」

「それはありがとう。遠くの友人たちに、今日はこのリボンを着けて戦いに臨むと約束したんだ」

ルルンに褒《ほ》められて美貌の青年は照れたように微笑《ほほえ》む。氷細工のように整った顔立ちが、少しだけ温かくなったように感じられた。

それがエレスには複雑なようで、ほんの少し顔をしかめた。

「すごく優しく笑うんだね。悪の組織の幹部は血も涙もない奴だと思ってたよ」

「そういう男でなければ、怪人で街を襲ったりはしないいな」

「それは、そうかもしれないけど」

デルンケムの幹部と聞いて想像したのは、人を人とも思わず暴虐《ぼうぎゃく》の限りを尽くすいかにもな悪党だった。

だからやりにくい。こんなに穏《おだ》やかな男が出てくるとは思っていなかった。

「エレス、ルルン。相手は敵、あまり隙《すき》を見せないでね」

弛緩《しかん》しかけた空気に活を入れるように、フィオナが割って入る。

それに反応しハルヴィエドがぴくりと片眉を上げた。

「ふふ、怖いなフィオナた……清流のフィオナよ」

黒衣をはためかせ、美貌の青年は一歩下がる。

「だが敵というのは事実だ。ゆけ、捕縛怪人スパイダリアン。美しき妖精姫たちをお前の巣で搦《から》め捕《と》ってやれ」

ハルヴィエドの指示により怪人が襲い掛かる。

ここに神霊結社デルンケムとロスト・フェアリーズの戦いの幕が上がった。

５４：ハカセ
どや、約束通りピンクのリボンつけて出たで。これで信じてもらえるか？
５５：名無しの戦闘員
いやなんというか……。
５６：名無しの戦闘員
ハカセむちゃくちゃイケメンじゃねえか⁉
５７：名無しの戦闘員
ないわー、黒衣の銀髪オッドアイとかないわー。
５８：名無しの戦闘員
クモ型怪人の白いネバネバに囚《とら》われるフェアリーちゃんを想像した俺は悪くない。
５９：名無しの戦闘員
つか速攻でフェアリーちゃんたちに負けたな。
６０：ハカセ
当たり前や、ワイが造った怪人がフィオナたんたちに勝つわけないやろ。
61：名無しの戦闘員
なんで自信満々なのｗ
62：名無しの戦闘員
普通の喋り方すんのな。
63：名無しの戦闘員
あの銀髪イケメンがパソコンの前でポチポチスレに書き込んでるの想像すると笑えるｗ
64：名無しの戦闘員
エレス↓赤髪ショートカット・身長低め巨乳・ボクっ娘・中学生くらい？
フィオナ↓青髪ロングヘア・身長普通スレンダー貧乳・モデル体型・清楚《せいそ》系・高校生？
ルルン↓金髪ツインテ・ロリっ娘・ぽややん・小～中学生っぽい？
総評↓かわいい。
65：ハカセ
≫≫62　社会人やからな。一応ＴＰＯに応じて振る舞いは使い分けとる。
≫≫63　舐《な》めんな、今はトランクス一丁でカップ麺食べながら書き込み中や。
醤油《しょうゆ》とんこつうまいわぁ。ワイがおった次元にはインスタント食品なんてないからな。
66：名無しの戦闘員
ハカセですら働いてるのにお前らときたら……。
67：名無しの戦闘員
おいやめろ。
68：名無しの戦闘員
現地でハカセ見てきたぞー。マジモンのイケメンだった。
69：名無しの戦闘員
統括幹部代理って偉いの？
70：名無しの戦闘員
オッドアイのくせに生態がほぼおっさんｗｗｗ
なんやワイ将とほぼいっしょやん！　つまりワイ将も銀髪イケメン！
71：ハカセ
≫≫68　そこらへんスレタイにも繋《つな》がってくる

んやけど、ワイ悪の科学者ポジやけど首領が怒ってきてツラいんや。いや、首領自身のことは好きなんやけどね。

72：名無しの戦闘員
ネタスレかと思ったらガチの幹部とかドキワク。

73：名無しの戦闘員
結局ハカセはなんで怒られたん？

74：名無しの戦闘員
醤油とんこつなら日光食品のごく飲みスープシリーズが至高。あと担々麺もうまいよ。

75：ハカセ
情報感謝、さっそく明日ダンキホートで買ってくるわ。
ワイな、フィオナたんのポスター（自作）を部屋に飾っとるんや。
すっごいかわいいんやけどそろそろ次のグッズ欲しくなってな。
フィオナたんファースト写真集【水の誘惑】を作ろうと思って準備しとったら、首領に見つかってヤバいくらい怒られた。
「裏切るつもりかっ!?」って理不尽すぎひん？

76：名無しの戦闘員
えぇ……。

77：名無しの戦闘員
理不尽どころかむしろ首領かわいそう。

78：名無しの戦闘員
やってることストーカーじゃん。ガチ犯罪者じゃねえか。

79：名無しの戦闘員
ストーカー以前に日本侵略を掲げる悪の組織の幹部は普通に犯罪者だと思ふ（小並感。

80：名無しの戦闘員
気持ちは分からんでもない。フィオナちゃん、マジで美少女だよなぁ。

81：名無しの戦闘員
お前統括幹部じゃねぇのかよ。
つか統括幹部なのに怪人開発？　内情がよく分からん。

82：名無しの戦闘員
　バカだ、バカがおる。
83：名無しの戦闘員
「ワイの次元にインスタント食品ない」って地味に重要な情報じゃない？
84：ハカセ
　≫≫80　心の底から同意。
　しゃーないやん、かわええもん。あーもう組織辞めるつもりはまったくないけど、それはそれとしてフィオナたんと結婚してパスタ屋さんとか開きたい。
85：名無しの戦闘員
　マジかこいつ。
86：名無しの戦闘員
　正直外見的にはマジメに申し込めばワンチャンありそう。
87：名無しの戦闘員
　こんなんが怪人開発してるとかデルンケムヤバいな。
88：名無しの戦闘員
　というかなにがしたいんだ？
89：ハカセ
　あまりに疲れとるから愚痴《ぐち》りたいだけ。ぶっちゃけなんの解決も求めとらん。
　あとワイがフィオナたんと恋仲になれる策があるならいつでも募集中や！
90：名無しの戦闘員
　どっちみちにゃんＪ民に建設的な意見とかムリだからなｗ
91：名無しの戦闘員
　トレイン男気取りかｗ
　しかし語る分には聞くぞ。正直悪の組織の内情とかすっごい気になる。
92：名無しの戦闘員
　でもチラシの裏にそういうの書き込むのヤバくない？
93：名無しの戦闘員
　よっしゃハカセぇ！　俺らがお前の愚痴を聞いてやる！

代わりにこのスレがマスコミとかデルンケムにばれないように隠蔽《いんぺい》とかできない？

９４：ハカセ

　任せろ、ワイならこのスレを隔離して外部からの干渉《かんしょう》を防ぐくらい余裕や。

　マスコミは完全シャットアウト。さらに、にゃんＪ歴二年以上の勇士にしかアクセスできず検索もかけられないようしておくわ。

　しかもおまえらが情報を漏らそうとしたら、ちょっとアレなことが起こる仕様。

９５：名無しの戦闘員

　すげえや、バカと天才って両立できるんやな。


【神霊結社デルンケム】によって日本は危機に晒《さら》されていた。

　それに対抗し、美しき妖精姫【ロスト・フェアリーズ】は平和のために日夜戦い続ける。

　その裏で行われる密やかな交流。

　デルンケム統括幹部代理ハルヴィエドは悪の首領に振り回され、敵である清流のフィオナに恋をして苦悩する。

　これは悪の組織の科学者ポジと、そんな彼を気遣う【にゃんＪ民】との心温まる触れ合いの記録である。

第二話　部下のこと

清流《せいりゅう》のフィオナ。水の妖精姫《ようせいき》の正体は、今年高校一年生になったばかりの少女である。

神無月沙雪《かんなづきさゆき》は入学当初から注目を浴びていた。

艶《つや》やかな長い黒髪に、抱きしめれば折れそうなくらい華奢《きやしや》な体つき。奥ゆかしい性格も相まって、今時珍しい清楚《せいそ》な美少女として男子たちの憧れの的だった。

「なあ、神無月」

「はい？　どうかしましたか？」

「今日さぁ、クラスの奴《やつ》らでカラオケ行くんだよ。お前も行かない？」

「ごめんなさい。少し用があるので……」

放課後、沙雪が帰宅の準備を整えているとクラスでも人気のサッカー部のイケメンが声をかけてきた。

周囲の評価に反《はん》して沙雪には頑固《がんこ》で気の強いところがある。角が立たないよう濁しつつも断り、足早に帰路《きろ》についた。

クラスには親しい相手がいないので誘われても大抵は遠慮している。

そもそも彼女には友達なんてほとんどいない。

そう呼べるのは結城茜《ゆうきあかね》と朝比奈萌《あさひなもえ》、先輩の久谷英子《くたにえいこ》。そして小学生の頃に出会った妖精くらいだった。

沙雪の父親は全国展開する百貨店の代表取締役社長を務めている。

おかげで家庭は裕福だったが、昔から父を目当てにすり寄ってくる人間は多かった。幼い沙雪が内向的だったのはそのせいだろう。

自分に近付く人も友達を名乗る同級生もウチのお金しか見ていない。そう考えるひねくれた子供は、ある日庭に紛れ込んだ不思議な光に出会う。

それが月夜の妖精リーザ。ここではないどこから来た、掌《てのひら》に乗るくらい小さな女の子だ。

〈私は月夜の妖精リーザ。あなたのお名前は？〉

『神無月沙雪、です』

〈とても寂《さび》しそうな顔をしているね。どうしたの？〉

『私……いつも一人だから』

両親は忙しい。友達もいない。長い休みになるといつも家に引きこもっていた。

〈なら私とお友達になりましょう〉

『……いいの？』

見たこともない不思議な生き物。しかし怖いとは思わなかった。

手を差し伸べてくれたのはリーザだけだった。


それから何年もいっしょにいたが、沙雪が中学二年生の時。神霊結社《しんれいけっしゃ》デルンケムと名乗る悪の組織が日本への侵略を開始した。

リーザは当初すぐに家を出ていこうとした。

〈彼らは恐ろしい。あらゆる敵を踏みにじり前に進む者たち……〉

デルンケムは、過去に妖精たちを捕獲《ほかく》して売りさばくことを平気でしたのだという。日本侵略も冗談ではなく、放っておいたら悲惨《ひさん》な結末を迎えるだろうと。

警察や自衛隊が対応するも怪人《かいじん》は止められない。おそらくこのままでは日本が大変なことになる。そうすればリーザも捕まえられてしまうのでは？

『ねえリーザ。私は、どうすればいい？』

〈私は月夜の妖精。加護を与えることはできる。でも、あなたが戦う必要は〉

長らく友達に恵まれなかった沙雪だが、その心根は優しかった。誰かが苦しむ姿を見過ごせない善良さもあった。

しかし彼女は正義のヒロインになりたいとは考えていなかった。

誰かを助けるために突き出す拳《こぶし》はきっと他の誰かも傷つける。初めは純粋な気持ちでも、いつかは力に溺《おぼ》れる時が来るかもしれない。迷《まよ》いながらも戦うヒロインと言えば聞こえはいいが、現実にはわずかな迷いのせいで失われる命がきっとある。

それでも戦おうと、デルンケムを止めようと思ったのは人道や正義感からではない。

リーザが困っていた、悲しそうにしていた。神無月沙雪の動機は非常にシンプルだった。

『私に何かできることがあるならしたいの。友達が怯《おび》えているところを見たくないもの』

月夜の妖精リーザはデルンケムの襲撃《しゅうげき》を憂《うれ》えている。

なら助けないと。寂しさにうずくまっていた幼い自分に手を差し伸べてくれた、初めての友達のために。

こうして神無月沙雪は、清流のフィオナとしてデルンケムと戦う道を選んだ。

その時にはもう友達のためだけではない。目の前で泣き叫ぶ子供を見捨てられず、自らの心で前に進んでいた。

そして高校一年になった今、沙雪は改めて戸惑いを感じている。


それはハルヴィエド……デルンケム統括幹部代理だという男に対してだ。

「彼は普通の人間だった」

今までデルンケムの戦闘員と戦う機会はあった。

しかし彼ら彼女らは専用のマスクを装備しており、表情が分からないようになっていた。中学生の頃から戦ってきたが、デルンケムの人間と直接対話するのは今回が初めてだった。

ハルヴィエドは驚くほどの美形で、初見ではひどく冷酷な印象を受けた。ただ友人を語る際の彼は温かい笑みをこぼしていた。お決まりの他者を嘲笑《あざわら》う悪党ではないのだろう。

同時に、沙雪は直感的に理解した。

あの男がフェアリーズに向ける目は少しおかしかった。なんらかの企《たくら》みがあるように思えたのだ。

「……茜は戦いづらいでしょうね」

結城茜……浄炎《じょうえん》のエレスは優しい女の子だから、きっとハルヴィエドに拳を向けることをためらう。

もともと戦いに忌避感《きひかん》を持っている萌花《もえか》のルルンも

そうだ。
だから沙雪は決意する。
もしもあの男と再度相まみえることがあるのなら、
彼を倒すのは――――

239：ハカセ
日本の冷凍食品ってすごいな。餃子《ぎょうざ》とかワイでもパリパリの羽根つきが作れる。
チャーハンと合わせて今夜はご馳走《ちそう》といくわ。
240：名無しの戦闘員
ハカセはどこのチャーハンが好き？
241：ハカセ
ワイは圧倒的に「マー油と焦がしニンニクの超☆チャーハン」やな。
六百グラムのボリュームも嬉《うれ》しい。
242：名無しの戦闘員
超☆シリーズ旨《うま》いよね。
243：名無しの戦闘員
あれ味濃すぎるから俺は味の王の五目チャーハンの方がいい。
244：名無しの戦闘員
俺も味の王、あれにマヨネーズかけて食べる。
245：名無しの戦闘員
クソマヨラー風情《ふぜい》がさも仲間のように振る舞ってんじゃねえよ。
246：ハカセ
あ？　舐《な》めてんのか？
247：名無しの戦闘員
ここまで全員別の奴ら、っていうかコピペ再現してんじゃねえよｗ
248：名無しの戦闘員
そういやこの前ワイドショーでハカセの映像見たぞー。
249：ハカセ
おー、コンビニ襲撃したヤツやろ？
いやあ見事に成功したな。フィオナたんたちが来る前にことを終えて撤収《てっしゅう》したのが功を奏したわ。
250：名無しの戦闘員
よくよく考えたら日本征服掲げてるのにコンビニ襲撃とか規模小さいなw
251：名無しの戦闘員
そういえばテレビでハカセの顔よく見るようになった代わりに最近戦闘員少なくない？
なんかハカセと怪人、魔霊兵《まれいへい》の組み合わせみたいなのが多い気が。
252：ハカセ
ああ、それに関してはこっちの事情というか。ちょっと戦闘員らが問題起こしたんや。
ちなみにワイは管理不行き届きで首領に怒られた。
253：名無しの戦闘員
首領ふつーにブラックな上司やん。
254：名無しの戦闘員
銀髪イケメンなのに物凄《ものすご》い親近感がわく。
255：名無しの戦闘員
あれお前も？　部下の問題で怒られるとかあるあるすぎて。
256：名無しの戦闘員
魔霊兵ってつまり上級戦闘員なんだよな。
今までの話からすると戦闘員↓雇用した人間、魔霊兵↓ハカセが造ったバイオ兵士、みたいな感じ？
257：名無しの戦闘員
管理不行き届きとか意味分からんよな。
258：名無しの戦闘員
悪の組織並みのブラック会社多すぎない？
259：ハカセ
≫≫256　その解釈でほぼ合ってるで。バイオっていうかオカルト兵士やけど。
まずな、組織の戦闘員の仕事って別に「イーッ！イーッ！」て暴れるだけやない。
普通に内勤あるし、組織運営以外にも施設内警備や清掃《せいそう》とか物品管理なんかも戦闘員の仕事や。秘密結社だけに情報・データ管理関係はないけど他の仕事は大体振られる。
戦闘員＝構成員・社員と考えてもらえればええか

な？

260：ハカセ

で、戦闘員……仮にM男としとこうか。

戦闘員M男はバトルこそ苦手やけどマジメな男でな。

出世して総合戦闘局、戦闘科の科長にまでなった。

あ、苦手って実力やなく性格の話な。

戦闘科はいわゆる直接的な戦い・破壊工作がメインで、皆がイメージする戦闘員はこれや。

科には戦闘科長、その下に部隊長、さらに下が役職ナシの戦闘員。

M男科長の主な仕事は部隊の管理と業務割り振り＋書類関係がメインやね。

261：名無しの戦闘員

M男ｗ　もうちょい違うのなかったのかｗ

262：ハカセ

M男には恋人がおる。参謀局・通信システム科に所属する戦闘員I奈ちゃん。

生意気かわいい系の美少女で戦闘員のアイドルみたいな存在や。

個人的トップアイドルはワイのフィオナたんやけど。

263：名無しの戦闘員

フィオナちゃん推《お》しのハカセが美少女評価するレベルならマジにかわいいんだろな。

264：名無しの戦闘員

というかお前のじゃねぇｗ

265：ハカセ

はぁフィオナたんカワヨ……。

スレンダーで貧乳なのにちょっと露出多めのレオタードでふとした瞬間恥ずかしそうになるのたまらん。

外見だけやないで？　クールなのにエレスちゃんがピンチになると熱い行動に出るんや。

それで無事だと分かった時のホッとした顔……もうあの柔らかい表情を見るために怪人作ってると言っても過言ではない。

266：名無しの戦闘員

なんだろ、わかるんだけどキモイ。
267：名無しの戦闘員
話聞いてると首領がひどいのは間違いないがハカセも相当だから同情し切れない。
268：名無しの戦闘員
うん、そこは過言であってほしかったな。
269：ハカセ
おっと。話戻すけど、もともと戦闘員には四人のアイドルがおった。
戦闘員A子ちゃん、I奈ちゃん、Lリアちゃん、Sやかちゃんや。
Lリアちゃんは現地人で、お母さまはロシアの方なんやと。
270：名無しの戦闘員
英子ちゃんに、愛奈ちゃん、リリアちゃんで、さやかちゃんかな。
271：名無しの戦闘員
隠す気ねーなｗ
272：ハカセ
そしてM男は見事I奈ちゃんを射止めた。結果ワイは首領に怒られた。
273：名無しの戦闘員
どうしてそうなるｗｗｗ
274：名無しの戦闘員
首領は戦闘員の恋愛事にまで首ツッコんでくんのか。
275：ハカセ
いや流れを言うとな？
M男・I奈ちゃんのイチャイチャを見た戦闘員続出↓やってられるか！　仕事放棄！　みたいな感じになってもたんや。
276：名無しの戦闘員
それは普通に戦闘員がダメなだけじゃね？
277：名無しの戦闘員
リア充爆発しろでストライキとかちょっと擁護《ようご》できない。
278：名無しの戦闘員
そんなんで仕事サボれるんなら俺は年中働かんわ。

279：ハカセ
いや、ワイは戦闘員たちの気持ちも分からんでもないで？　I奈ちゃん十二歳やからな。
280：名無しの戦闘員
は？
281：名無しの戦闘員
は？
282：名無しの戦闘員
はぁ⁉
283：ハカセ
せやから十二歳。I奈ちゃんは両親ともに戦闘員でな。組織で生まれたサラブレッド戦闘員なんや。だもんでメチャクチャかわいがられとった。M男への嫉妬《しっと》マシマシや。
284：名無しの戦闘員
ちなみにM男の年齢は？
285：ハカセ
二十八歳やね。ワイには及ばんけどそこそこイケメンやで、ぽっちゃり気味ではあるけど。
286：名無しの戦闘員
比較対象としてハカセは相応《ふさわ》しくない。
287：名無しの戦闘員
清潔感のあるわりと整った顔のデブ、みたいな感じかね。
しかし十二歳とお付き合いとか……うらやま……許されんやろ。
288：ハカセ
イチャイチャゆうのもあれや。
I奈「M男おにいちゃん♡　ちゅーしよ♡」
M男「あ、I奈ちゃんダメだよ。今は仕事中で」
I奈「えー、じゃあ今夜は抜いてあげない♡」
みたいなことを昼間っからやっとる。そら戦闘員ブチ切れよ。みんながみんな「あんなクソロリコンの指示に従って働けるか！」って感じ。
289：名無しの戦闘員
十二歳に射精管理される二十八歳……明らかに有罪。
290：名無しの戦闘員

うん有罪、戦闘員悪くない。
291：ハカセ
そして首領に呼び出されるワイ。
首領「ハカセ、なぜ戦闘員は動かんのじゃ」
ワイ「戦闘科長がロリコンなので皆がスト起こしました」
首領「それは、おぬしの管理不行き届きじゃろう？　代わりの戦力を用意するのじゃ！」
なんでや!?　あの流れのどこにワイの関わる隙間《すきま》があった!?
部下の射精管理プレイがワイの責任ってどんな判断や!?
292：名無しの戦闘員
ｗｗｗｗｗｗｗｗｗｗ
293：名無しの戦闘員
実はお前イジられキャラだろｗｗｗｗｗ
294：名無しの戦闘員
首領マジでクソだｗｗｗ
295：ハカセ（晩酌《ばんしゃく》中《ちゅう》）
こうして首領のお叱《しか》りを受けたワイは徹夜で魔霊兵を量産よ。
前にも書いたけど魔霊兵ってつまり人造兵士やからな。戦闘はこなせても内勤はできん。
そこの穴埋めもワイがせなあかんとかやってられんわ……。
296：名無しの戦闘員
呑《の》み始めたｗ
297：名無しの戦闘員
これは確かに理不尽《りふじん》。
298：名無しの戦闘員
最近戦闘員が減って魔霊兵が増えたのこんな理由だったのかｗ
299：名無しの戦闘員
やばい、このスレにいるとデルンケムがただのお笑い集団に思えてきたｗ

結城茜は現在中学三年生の、活発で明るい少女だ。ショートカットでボーイッシュな印象を受けるが、かわいいだけでなくクラスの中でも飛び抜けて胸が大きい。男女分け隔てなく接する本人の気質《きしつ》も相まって、密かに好意を寄せる男子も少なくない。

中学一年の頃は女子バスケ部だった。

しかし無理な練習がたたり膝《ひざ》を痛めて退部。そんな時に灯火《ともしび》の妖精ファルハと出会い、なし崩し的に変身ヒロイン・浄炎のエレスとなった。

『ボクが力になれるなら、みんなのために戦いたい！』

もともと正義感の強い彼女はそれを後悔していない。膝が妖精の力で完治した後も、誰かの力になれるよう日夜戦い続けている。

けれど最近は懸念があった。

平日の放課後、茜は親友である沙雪を自宅に招いた。最初は勉強を見てもらっていたのだが、一段落したところで神霊結社デルンケムに対する疑問を口にした。

「ねえ、沙雪ちゃん。最近ちょっとおかしいよね？」

「ええ。戦闘員が数を減らし、魔霊兵が増えている」

一つ年上の沙雪は、最初の妖精姫として一人でデルンケムと戦っていた時期があった。だからこそあの組織の変化を重く捉えているようだ。魔霊兵と呼ばれる人造の上級戦闘員。その数が目に見えて増え始めた。そこから導き出される答えは一つしかない。

「ハルヴィエドが前線に出てきたことといい、おそらくデルンケムは本腰を入れて日本征服を為《な》そうとしている……」

沙雪の発言に、茜はツバを飲み込む。

少女たちはこの先にある激戦を予感していた……。

第三話

仕事が忙しいのこと

747：名無しの戦闘員
そもそもさ、ハカセの立ち位置ってどうなってんの？

748：名無しの戦闘員
弄《いじ》られキャラやろ。

749：名無しの戦闘員
お笑い枠？

750：名無しの戦闘員
そうじゃなく。統括幹部代理を名乗ってるのに前線に出てるし、本業は開発畑で怪人《かいじん》とか魔霊兵《まれいへい》も造ってる。そこら辺どうなってんの？

751：名無しの戦闘員
確かにハカセと言いつつ科学者ポジっぽくないよな。

752：ハカセ
んー、そこら辺説明が複雑なんやけど、まあ大体首領の命令やな。

753：名無しの戦闘員
またかよｗ

754：ハカセ
一から説明すると、まずワイは本来なら某悪の組織の四大幹部の一人や。
ゴリマッチョ幹部（戦闘関連のエキスパート）
せくしー女幹部（作戦参謀）
猫耳くのいち幹部（諜報《ちょうほう》関連）
銀髪天才イケメン幹部（怪人開発担当）↑ワイ。
この上に統括幹部の苦労人アニキがおった。
計五人が組織の幹部で、統括幹部はぶっちゃけ副首領みたいなもんやね。

755：名無しの戦闘員
苦労人アニキｗ

756：名無しの戦闘員
そこはまだ某で通すんだｗ

757：名無しの戦闘員
　猫耳くのいちについて詳しく。
758：名無しの戦闘員
　二番目に偉いのに絶対損な役回りにおるよなアニキ。
759：ハカセ
　ワイは神霊工学者《しんれいこうがくしゃ》。この次元にはない職業やけど魂とか魔力を素材にあれこれする科学者と思っといてくれ。
　組織での主な役割は怪人とか魔霊兵の製造。あと基地設備の維持とかお金の管理も。
　モンスター系とかマジックアイテム系はだいたいワイの作品で間違いない。実はワイすっごい偉いぞ。
760：名無しの戦闘員
　じゃあ一応科学者ポジではあるのか。
761：名無しの戦闘員
　前も書いてたけど、この次元ってことはやっぱりデルンケムって別の次元からの侵略者なんだな。
762：名無しの戦闘員
　そういう考察はもともとあったけど、その確証がにゃんJで得られるとかもうね。
763：名無しの戦闘員
　統括幹部代理ってことはアニキ今働いてないの？
764：名無しの戦闘員
　基地設備はともかくお金の管理って科学者の仕事じゃなくない？
　どっちかっていうと研究のためにお金を食い潰すイメージ。
765：ハカセ
　アニキは組織を脱退して今喫茶店《きっさてん》をやっとるよ。しかもみんなのアイドル戦闘員A子ちゃん（高二）もいっしょに辞めてお店のウェイトレスさんや。
　何度か行ってみたけどアニキのケーキうまぁ。紅茶詳しくないワイに「これがうまいぞ」ってケーキに合うヤツ選んでくれる。
766：名無しの戦闘員
　統括幹部でもそんなノリなのかよw
767：名無しの戦闘員

わりと放《ほう》っておいても日本大丈夫な気がしてきた。
768：名無しの戦闘員
ハカセとアニキは仲良し？
769：ハカセ
仲良しやで。以前はワイ・アニキ・ゴリマッチョ・せくしーの四人で酒飲みながら、こっちで覚えた麻雀《マージャン》をやったわ。
ゴリマッチョは点数計算があやふやなもんで、いっつもアニキがやるんや。
途中でお腹《なか》減るとせくしーが焼きそば作ってくれて、それがまた美味でな。ゴリマッチョなんて最低四皿はお代わりしとった。
ワイは具を多めにしてもらってビールのおつまみにする。未成年やから仲間外れになる猫耳くのいちが乱入するまでがお約束や。
770：名無しの戦闘員
クッソ楽しそう。つか日本の文化に馴染《なじ》みすぎじゃね？
771：名無しの戦闘員
ワイ将も麻雀はパソコンでばっかりやから計算できんわ。
772：名無しの戦闘員
悪の組織の幹部なのにいがみ合わないんだ……。
773：名無しの戦闘員
A子ちゃん女子高生なんか。猫耳くのいちも未成年だし、なんかハカセもそうだけどみんな若くない？
774：ハカセ
金の管理とか気になることはあるやろうけど、それは追い追いな。
さて、なんで統括幹部代理なんかやっとるかってなると、まず先代首領の話をせにゃならん。
もともとワイは先代首領に雇われた神霊工学者でな。成果を出せば好きに研究をさせてくれる先代にはそりゃあ感謝したわ。いつの間にやら四大幹部になるくらい組織にも貢献《こうけん》した。
せやけど三年前に先代は亡くなった。恩人の死や、ワイも泣いたなぁ。

775：名無しの戦闘員
あれ、意外と重い話？

776：名無しの戦闘員
研究者にしたら自分が好きなように研究させてくれるスポンサーとか確かに得難《えがた》いわな。

777：ハカセ
組織は先代のお子さんが継いだ。いい子なんやけど、なにせ先代を慕《した》って集まった奴《やつ》らがほとんどやったからな。お前みたいな軟弱《なんじやく》モノに使われてやる気はないって構成員の三分の一は離脱した。

778：名無しの戦闘員
そらまた……。ああ、若いのが多いのって古参《こさん》がまとめて辞めたからか。

779：名無しの戦闘員
悪の組織も世代交代の失敗とかあるんだね。

780：名無しの戦闘員
今の首領は仕事できないタイプ？

781：名無しの戦闘員
大会社の社長を尊敬してついてきたのに七光りのボンボンに代わりますってなったら辞めるのが出てくるのはしゃーない気もする。

782：ハカセ
≫≫780　強さなら圧倒的に先代。運営はどっこいやけど今の首領が頑張っとる。
というか先代はぶっちゃけそんな有能なお方ではない。
古いタイプの首領やったから「老若男女関係ねえ。邪魔するんなら潰すし気に入ったヤツは背景関係なく受け入れる」って感じで、豪放な分だけ細かいことは一切やらん。腕っぷしは強くても組織の長としての能力は低い。
反面、器のデカいお方でな。
ワイなんて忠誠誓わんし研究のために利用するだけって明言したのに「それで構わねえ」の一言や。
子供っぽいとこもあって、ワイが造った発明品を見て「こりゃすげえな」とか「面白《おもしれ》え。俺の分もくれよ」なんてはしゃいどった。

783：名無しの戦闘員

いいキャラしてんな先代。
784：名無しの戦闘員
あー、事務能力低くても人望で周りに集まってくるタイプだ。
785：ハカセ
せやな、実際あんまりにも杜撰《ずさん》な管理しとるからワイも事務関連の手助けしまくったわ。
なんだかんだ頑張ったのも先代の下でバカやるのが楽しかったからなんやろな。
786：名無しの戦闘員
今の首領はそういうタイプではないと。
787：名無しの戦闘員
その感じで先代と比較されるのもかわいそうに思えるけどな。
788：ハカセ
ノリの違いってのはあると思う。
先代は自分が前に出て皆を引っ張っていくお方やった。
今の首領も運営に関しては努力しとる。ただ、まだまだ若いし打たれ弱いとこもあるから、先代の背中を追ってきた古い連中は不満で辞めてった。
789：ハカセ
構成員が離脱した理由の一つは方針の違いやな。
先代↓邪魔するはぶっ潰せ！　人命？　知るかんなもん！
現首領↓被害は最小限に。無駄《むだ》に殺しはせんでもええ。
ワイ的には今の方針の方が性に合っとるんやけど、古いタイプの悪の組織で生きてきた奴らにとっちゃ嬉《うれ》しくはないわな。
790：名無しの戦闘員
俄然《がぜん》現首領を応援したくなってきたぜ！
791：名無しの戦闘員
あぶねー。先代のままだったら好き勝手暴れ回る無法集団だったかもしれないのか。
792：名無しの戦闘員
ノリで誤魔化《ごまか》されてたけどこいつら悪の組織なんだよな。

793：名無しの戦闘員
　ハカセ的には今の首領には従いたくないん？

794：ハカセ
　ワイは現首領の下で働くのも楽しいと思っとるぞ。一個人としては好きやし支えてやりたい。振り回されることは多いけどな。

　愚痴《ぐち》のほとんどは押し付けられる仕事の量に起因《きいん》するもんや。仕方ないと分かっててもやっぱしんどい。

795：名無しの戦闘員
　もしかして嫌われてる？

796：名無しの戦闘員
　離脱者が多いんだから仕事増えるのはまあ自然と言えば自然。

797：ハカセ（晩酌中《ばんしゃくちゅう》）

　仕事量に関してはワイも表立って文句言えん。

　まずな、統括幹部のアニキが辞めるやろ？

　そしたら今度はゴリマッチョ幹部が「アニキ以外に上に立たれるなんざゴメンだ！」って辞めた。

　次にせくしー女幹部が「今まで散々アニキを頼りながら簡単に切り捨てる組織にはいられません」って消えた。

　首領は切り捨てたんやないし、アニキも「俺、実は喫茶店やってみたかったんだよな」なノリやってんけどな。

798：名無しの戦闘員
　アニキも結構ユルイよな。

799：ハカセ（晩酌中）

　そんでワイと首領の会話。

　ワイ「アニキがいなくなったんですから、統括幹部を置かないと」

　首領「我が組織の統括幹部はアニキのみ！　アニキは必ず戻ってくるのでお前が代理を務めよ！」

　……うん。

　ワイ「ゴリマッチョとせくしーも離脱しましたが」

　首領「お前が代理を～」

　……うん？

結果ワイは統括幹部代理・怪人開発担当・作戦参謀・その他もろもろ全部やっとる。
　会計・経理・財務はそもそも任せられる奴がおらん。
　唯一《ゆいいつ》残った猫耳くのいちは手伝ってくれとるけど、離脱した幹部連中の仕事全部ワイらに流れてきとるんや。おかしない？
800：名無しの戦闘員
だから代理で開発担当かw
801：名無しの戦闘員
驚くほどにブラック。
802：名無しの戦闘員
さすが悪の首領えげつねえぜ！
803：ハカセ（晩酌中）
あと本業の怪人開発の予算が減っとるのに「新しい怪人を！」って求められる。
　ワイもな？　今の組織運営が苦しいの分かっとるから追加予算はナシにしとる。
　せやけどこの状況でモチベーション保つのは難しいやろ？
804：ハカセ（晩酌中）
そこで考えたのが写真集や。戦闘中のフィオナたんを激写して写真集にまとめれば日々の活力になる。
　これはいける！　そう思ったのにどちゃくそ怒られた。もうどないせいゆうんや……。
805：名無しの戦闘員
同情しようにもしきれねえな。
806：名無しの戦闘員
首領もあれだけどハカセも大概だよね。
807：名無しの戦闘員
ワイ将もフィオナちゃんの写真集が欲しいです。でもエレスちゃんとルルンちゃんの写真集も欲しいです。
808：名無しの戦闘員
首領はアニキが戻ってくるって思ってるみたいだけど両者の関係はどうだったんだろ？
809：名無しの戦闘員
ロスト・フェアリーズ画像まとめあるよ。

810：ハカセ（全裸待機中）
くわしく。
811：名無しの戦闘員
銀髪イケメンが酒に酔っぱらって全裸でロスフェア画像見るとかどう考えても事案。
812：ハカセ（全裸待機中）
安心しろ、コスプレする準備はできとる。
執事服はもちろん、ワイシャツでワイがシャツをはだけるくらいはサービスする。
アニメ・ゲームキャラもばっちこい。銀髪で天使なあの敵役とかどや？
813：名無しの戦闘員
い・ら・ね・えｗｗｗ
814：名無しの戦闘員
ハカセわりと自分の容姿に自信持ってるよなｗ

第四話　喫茶店と安価のこと

県立根戸羅《ねとら》学園の近くには喫茶店《きっさてん》『ニル』がある。落ち着いた雰囲気だが中高生向けにお値段はお安め。コーヒーや紅茶だけでなく数種類のスイーツや軽食も楽しめる。

いかにも昔ながらといった趣《おもむき》の喫茶店が大城零《おおしろぜろ》助《すけ》の城だ。

以前の仕事は肉体的にも精神的にも負担が大きかったが、今はのんびりと働いていた。

「マスター、お疲れ様です」

「ああ、英子。お疲れ様」

「すぐ着替えてきます」

学校が終わると店のスタッフである久谷英子《くたにえいこ》がやってくる。

根戸羅学園の二年生で、黒髪を肩までの長さで整えて制服もきちんと着こなしている。メガネをかけているが視力は悪くない。本人は「周囲に溶け込むための変装だ」と笑っていた。

マジメそうな外見に反《はん》してスタイルが良く、学園でも五指に入る美少女だという。彼女の可憐《かれん》なウェイトレス姿を目当てに男子生徒の客も増えており、零助としては嬉《うれ》しいやら心配やらで複雑な心境だった。

「開店して一年。ニルももう人気店の仲間入りですね」

「英子のおかげでもあるけどな」

「マスターのケーキのおかげですよ」

「お、嬉しいこと言ってくれるな。よし、今日のデザートはいちごのショートケーキだ」

「やった、零助さん大好き」

仕事をしながらも軽口を交わす。

英子は単なるアルバイトというわけではなく、縁あって零助が面倒《めんどう》を見ている娘だ。

初めて会った頃はまだ九歳くらいだったか。零助は親を亡くした英子の保護者になった。彼はまだ二十八歳なので親ではなく兄貴分といったところだろう。

愛想のよくない零助のことを英子はよく慕《した》っており、前職を辞めてこの街に引っ越した時も文句一つ言わずついてきたほどだ。もう十七歳なのだからもっと自由に過ごしてもいいのだが、頼まずともウェイトレスになり率先して店を手伝ってくれている。

彼女のおかげで喫茶店ニルは今日もそれなりに盛況《せいきょう》だ。二人で店を回していると、また新しいお客様が来店した。

「どうも、マスター」

入ってきたのは銀髪オッドアイの美青年。服は現代日本に合わせた落ち着いたスーツ姿だが、彼はこの国どころかこの次元の人間ですらない。

彼は零助と同じく別次元からの来訪者。

神霊結社《しんれいけっしゃ》デルンケムの四大幹部が一人、ハルヴィエド・カーム・セインである。

「よう、いらっしゃい」

「一週間ぶりです。統括幹部・呪霊剣王《じゅれいけんおう》ゼロス様」

ハルが周囲には聞こえないよう小さな声で言う。

零助は日本での偽名であり、ゼロス・クレイシアが本名だ。

かつてゼロスはデルンケム統括幹部の地位にいた。もっとも、ちょっとした諍《いさか》いを起こして組織から離れてしまったのだが。

「今の俺は喫茶店のマスター・大城零助だぞ、ハル」

「失礼しました」

返答に美貌《びぼう》の青年が心底残念そうな顔をした。

店に現れた銀髪イケメンに女性客の視線が集まっている。零助もそこそこ顔は整っているつもりだが容姿ではハルに負ける。英子は「零助さんの方がワイルドで男らしくて恰好《かっこう》いい」と言ってくれるが、そこは彼女の身びいきだろう。

「ではマスター。ケーキセットを」

「ああ、紅茶は」

「私は詳しくないので、選んでいただけると嬉しい」

　人目のあるところでは気取っているが、ハルが残念な奴《やつ》だということはよく知っている。以前、こいつが酒に酔っぱらって肛門《こうもん》にミントタブレットを挿入して悶《もだ》えていたのは絶対忘れない。

　しかし普通にしている分にはいい客で、毎回しっかりとお金を落としてくれるのだ。

「お待たせしました」

「ああ、ありがとう。英子もウェイトレスが板についたな」

「いえいえ。これくらい零助さん……マスターを支える身としては当然です」

　英子もかつては戦闘員A子としてデルンケムに在籍していたためハルと面識がある。

　彼女はトランクス一丁でビールを飲むハルの姿を知っており、このイケメンっぷりに騙《だま》されたりはしなかった。

「うまぁ……あ、マスター。今のうちにお土産《みやげ》にワンホールお願いします」

「ハルは普通にうちのお得意様だよな」

「疲れているのですよ。なにせ上司は辞めてのんびり喫茶店経営、同僚もいなくなった。甘味でストレスを解消するくらい許していただきたいものです」

「うっ、それは勘弁《かんべん》してくれよ」

　茶化《ちゃか》した物言いだが、零助が組織を辞めたせいで忙しくなったのは事実。ハルの負担は間違いなく増えたはずだ。

「ええ、ええ、許しますとも。おっ、スモークチキンのクラブサンドもうまそうですね。ほう、お持ち帰りもいけるのか」

「……くくっ。分かった、サービスする」

　ハルが微笑《ほほえ》む。わざとらしく催促《さいそく》をして、罪悪感を持たせないようにしてくれたのだろう。

　このポンコツは勝手に組織を離れた不義理な男を今でも慕ってくれている。もちろん零助だってハルのことを大事に思っていた。

「いらっしゃいませー」

　また新しいお客様が来店し、英子の声が響く。

三人の制服姿の少女たちはニルの常連で、それぞれ趣は違えど人目を惹《ひ》く容姿をしている。

神無月沙雪《かんなづきさゆき》。根戸羅学園の一年生で、英子の後輩にあたる。

それに結城茜《ゆうきあかね》と朝比奈萌《あさひなもえ》。二人は中学生で、よく沙雪に連れられてケーキを食べにくる。

「ああ、いらっしゃい。神無月さん、結城さん、朝比奈さん」

「こんにちは、マスター」

代表して沙雪が挨拶《あいさつ》をする。

沙雪は英子と普段から仲良くしているので、その繋《つな》がりで零助とも少なからず交流がある。だから彼女たちが何者であれ、ここでは常連さんとして接していた。

「…………ふうぇ？」

沙雪たちを目にしたハルが奇妙な声を発した。

彼はすぐさまXRデバイス『リバー』……ちょっと余計な機能を付けたスマホ型の自作通信機を取り出し、ポチポチと画面をタップしていく。ここまで焦っている姿を見るのは久しぶりだった。

185：ハカセ
【緊急速報】ワイ、喫茶店で優雅《ゆうが》にティータイムしている途中でロスフェアのお三方と遭遇。
186：名無しの戦闘員
なにがどうしてそうなった!?
187：名無しの戦闘員
さすがハカセもってるわー。
188：ハカセ
ワイは今日もたくさんの仕事を抱えていた。
作戦参謀として策を練り、実行部隊として動く。
え？　それってもう参謀と部隊分ける意味なくない？
そんな状況でも戦闘に出ようとしない戦闘員。M男はI奈ちゃんを膝《ひざ》に乗っけてパッキーゲームをしとる。ストレスが溜《た》まりすぎた結果ワイは考えた。

あ、今日はケーキを食べまくろう。
189：名無しの戦闘員
相変わらず理不尽《りふじん》なブラック。
190：名無しの戦闘員
実は首領じゃなくてハカセを止めればデルンケムって終わるよな。
191：名無しの戦闘員
十二歳とパッキーゲームは紛れもなく悪。
192：ハカセ
そこでワイはアニキの喫茶店に足を運んだ。
手作りケーキおいしいし、ファミレスとかより喫茶店で優雅にお茶したい気分やった。
アニキと久しぶりにじゃれ合えて心安らかな午後を過ごすワイ。……が、いきなり店にやってくる美少女たち。
変身してなかったけどワイの目は誤魔化《ごまか》せん。
彼女たちはフィオナたん、エレスちゃん、ルルンちゃん。
まぎれもなくロスト・フェアリーズの面々やった。

193：名無しの戦闘員
すげえ偶然だな。
194：名無しの戦闘員
変身してないのに分かるもんなの？
195：名無しの戦闘員
変身ヒロインの正体バレって致命的なヤツじゃん。
196：名無しの戦闘員
そういやさ、画像まとめまで出てるし顔を隠してるわけでもないのに全然フェアリーちゃんたちの変身前情報って出てこないよな。
あれ？　この子似てない？　くらいの話はＳＮＳに投稿《とうこう》されてもいいのに。
197：名無しの戦闘員
正体をバラされたくなかったら……は王道展開だよね。
198：名無しの戦闘員
あれだろ、認識阻害《にんしきそがい》的なヤツがやっぱり働いてるんじゃね？
199：名無しの戦闘員

じゃあなんでハカセが気付けるんだよ。
200：ハカセ
認識阻害なんてあっても……ワイの心はフィオナたんを見つけてしまうのさ。
愛はさ迷いながらその片割れを求めるってことや。
201：名無しの戦闘員
キモイ。
202：名無しの戦闘員
ふざけてんの？
203：名無しの戦闘員
氏ね。
204：ハカセ
マジレスするとロスフェアの三人から妖精の匂いがするもん。そら分かるわ。
205：名無しの戦闘員
ロスフェアちゃん迂闊《うかつ》!?
206：名無しの戦闘員
いや匂いで分かるとかさすがに想定外やろ。
207：名無しの戦闘員
どっちにしろハカセ変態っぽい。
208：ハカセ
ワイはこう見えても天才神霊工学者《しんれいこうがくしゃ》やからな、そもそも神秘に対するセンサーの感度が高いんや。
はっきり言って妖精の残り香を感知できるのは組織でもワイとアニキ、首領くらいやな。
直接会わん限り分かるようなもんでもないけど。
209：名無しの戦闘員
オマエさぁ、今自分がどこにいるのか忘れてんの？
210：名無しの戦闘員
じゃあヤバイやんけ。
211：ハカセ
どこってアニキの喫茶店……あ。
212：名無しの戦闘員
あ、じゃねえよｗ
213：名無しの戦闘員
元とはいえ統括幹部に正体バレか。普通に危険だよな。

２１４：ハカセ
急遽《きゅうきょ》アニキと話したで。
アニキ「彼女たちの正体？　もちろん知ってるが」
ワイ「誰かにバラしたりは……？」
アニキ「するか。正体がどうあれ、うちの大事なお客様だ。組織に密告するつもりもない」
よっしゃさっすがアニキぃ！
２１５：名無しの戦闘員
いい人！　アニキぃ！
２１６：名無しの戦闘員
やったな！　アニキぃ！
２１７：名無しの戦闘員
まあそもそも離脱してんだからそんな義理ないわな。それはそれとしてアニキぃ！
２１８：ハカセ
あぁよかった。安心したらお腹《なか》減ったしチョコパフェ追加しよかな。
２１９：名無しの戦闘員
気ぃ抜きすぎw
２２０：名無しの戦闘員
ハカセは甘党？
２２１：ハカセ
ワイはうまいもん党や。甘かろうが辛かろうが高級だろうが安かろうがうまけりゃ全てをこよなく愛する。
ケーキはおいしいけど駄菓子もそれはそれでおいしい。牛丼《ぎゅうどん》も好きやしＡ５肉も好き。
というか毎日頑張って働いとったらよっぽどのゲテ以外はだいたいうまい。
２２２：名無しの戦闘員
ハカセのくせになんか言ってる……。
２２３：名無しの戦闘員
ニートには耳が痛いぜ。
２２４：名無しの戦闘員
ていうかさ、フィオナちゃんすぐ近くにいるんだろ？
声かけなくていいのか？

225：名無しの戦闘員
　恋仲になりたいんじゃなかったっけ？

226：ハカセ（スペシャルメロンパフェ中）
　舐《な》めんな、シャイなワイがそんなナンパみたいな真似《まね》できるわけないやろ。

227：名無しの戦闘員
　寸前でメロンに心変わりしやがったｗ

228：名無しの戦闘員
　おいおいハカセ、そんな時のために俺らがいるんだろ？

229：名無しの戦闘員
　シャイなお前がフィオナちゃんと会話できるように俺たちが援護してやるよ。
　そう……安価でな！

230：名無しの戦闘員
　にゃんＪ初心者のハカセに説明しよう。
　安価とはアンカーリンクのこと。特定のレス番号へのリンクを意味し、主に変身などに使われる。
　ここでの安価は「指定されたレス番号の投稿内容を実行する」こと。ネタスレの定番だな。

231：ハカセ
　安価……！　にゃんＪ民の伝家の宝刀にして悪ふざけの極み。

232：名無しの戦闘員
　まさか体験する機会が訪れようとは……！

233：名無しの戦闘員
　意外と乗り気じゃんｗ
　≫≫230　どや顔で語ってるところ悪いけど変身してる。

234：名無しの戦闘員
　変身ヒロインのロスフェアちゃんがかわいいから仕方ないね。

235：名無しの戦闘員
　大丈夫か？　俺も含めてこんなスレに集まってるんだ。
　人生を預けていい連中じゃないぞ？

236：名無しの戦闘員
　なにを言ってるんだ！　俺らはハカセのことを真

剣に考えてる！

237：名無しの戦闘員
そうだ！　百本以上のギャルゲーを攻略した恋愛マスター（童貞《どうてい》）に任せろ！

238：ハカセ
オマイラ……ありがとう！　ワイは皆を信じるで！
ぶっちゃけ強制力がないとフィオナたんに話しかけるとか無理やからな！

239：名無しの戦闘員
【悲報】ハカセ、意外とヘタレ。

240：名無しの戦闘員
【朗報】ハカセ、自ら玩具《おもちゃ》志願。

241：名無しの戦闘員
よし、じゃあ真面目《まじめ》に考えよう。正直なところ俺はハカセとフィオナちゃんを応援してる。
二人が結ばれたら日本平和になるしな。
・安価は基本絶対。
・ただし過度に性的なこと、犯罪行為は全面禁止。選ばれた場合は←
・周囲に迷惑をかけるような内容は避ける。
・常識の範囲内の行為を心掛ける。
これくらいは守るようにしよう。

242：名無しの戦闘員
ハカセはデルンケムの中心人物だもんな。
もし付き合えたらほぼロスフェアと和解みたいなもんじゃん。

243：名無しの戦闘員
やべえ、俺たちの安価に日本の平和がかかってるとか。

244：名無しの戦闘員
じゃあハカセ、安価頼む。

245：ハカセ
よっしゃ任せろぃ！　手始めに、
≫≫254　≫≫256　≫≫258

246：名無しの戦闘員
実は私ちゃん（女）……エレスちゃん推《お》しなんだよね。

銀髪高身長イケメンと巨乳低身長ボーイッシュ少女の年齢差身長差カップル。
よくない？
247：名無しの戦闘員
ヤバイ！　始まった途端危険なヤツが現れやがった！
248：名無しの戦闘員
ハカセの狙いはあくまでフィオナちゃんだぞ！
みんな忘れるなよ！
249：名無しの戦闘員
まさかカプ厨《ちゅう》女が潜んでいるとは！
250：名無しの戦闘員
それならイケメンお兄さんと無邪気《むじゃき》っ子《こ》なルルンちゃんの組み合わせもアリだろ。
251：名無しの戦闘員
お前らハカセをなんだと思ってるんだオモチャ。
252：名無しの戦闘員
安価はケーキ頼んで「あちらのお客さまからです」。
253：名無しの戦闘員
丁寧な自己紹介からのナンパ。
254：名無しの戦闘員
「初めまして、美しいお嬢さん」から始まり、思いつく限り褒《ほ》めまくる。
……エレスちゃんを。
255：名無しの戦闘員
三分間ロスフェアの誰かのおっ◯いを揉《も》みしだく。
256：名無しの戦闘員
まるで妖精のようだね、と言ってみる。
257：名無しの戦闘員
服をはだけて「暑いな……」と誘惑ポーズ。
258：名無しの戦闘員
ロスフェアの誰かの頭を撫《な》でる。
259：名無しの戦闘員
正体ばらす。
260：名無しの戦闘員
≫≫254　てめぇえええええ!?
261：名無しの戦闘員

エレスちゃんに「初めまして、美しいお嬢さん」、妖精のようだねと言う、ロスフェアの誰かの頭を撫でる。
とりあえずハカセが捕まるようなやつはないが……。

262：名無しの戦闘員
地味に妖精の〜、はヤバない？　取り方によっては正体知っているぞーになるじゃん。

263：名無しの戦闘員
フィオナちゃん狙いなのにエレスちゃん褒めまくりもダメだろ。

264：名無しの戦闘員
頭を撫でるが一番の安牌《あんぱい》になるとは。

265：254
いやまさかとれると思ってなかったです、はい。
でもほら押してダメなら引いてみろっていうし。
266：名無しの戦闘員
そも一度も押したことがない件について。
267：ハカセ
やめて！　ワイのために争わないで！
決まった安価をグダグダ言うのはご法度、なんやろ？
お前らはワイの安価さばきを見ていてくれりゃええわ。

268：254
ハカセ……！

269：名無しの戦闘員
へっ、ハカセのくせに恰好つけやがるぜ。

270：ハカセ
それでなんやけど女の子に話しかけるってどうすればいいの？　ガチで。

271：名無しの戦闘員
えぇ……。

272：名無しの戦闘員
安価以前の問題w

273：名無しの戦闘員
お前、猫耳くのいちとかせくしーとか戦闘員とか組織に女の子いるはずだろ。

そもそもフィオナちゃんにも話しかけてたし、ルルンちゃんにお嬢さんって言ってただろうが。

274：ハカセ（童貞彼女募集中）

いやいやいや!?

だってワイ組織では偉いもん！　女の子って言っても同格か部下しかおらんし！

ワイの方が地位あるんやからそりゃ気負《きお》わず喋《しゃべ》れるわ！　敬われてるもん！

フィオナたんやルルンちゃんと話したって言っても戦場での話やん！

あんなん、
ワイ「ちわーす。荷物納品にきやしたー」

フィオ「あ、どもー。ご苦労さんでーす」

ワイ「おっ、ルルンちゃん元気？」

ルルン「はいっ」

みたいなもんやろ!?　ワイ研究一筋やったから完全プライベートで女の子をナンパするような真似したことないんや！

275：名無しの戦闘員
やだ……ハカセが情報明かす度に……メチャクチャ親近感がわくｗｗｗ

276：名無しの戦闘員
お前顔がいいだけで完全に俺らじゃんｗ

277：名無しの戦闘員
結局安価の強制力があっても全然ダメだというｗ

278：名無しの戦闘員
落ち着けハカセ、とりあえずお前は顔がいい。俺らと違って声をかけただけでキモがられることはないはずだ。あれ……胸が痛い……。

279：名無しの戦闘員
猫耳くのいち幹部って未成年なんやろ？
その子に接する感じで行けば緊張せんのとちゃう？

280：ハカセ
な・る・ほ・ど！　よっしゃ、いってくるわ！

281：名無しの戦闘員
頑張れよハカセ！

…

……

………

365：名無しの戦闘員
うまくいっとるかな？

366：名無しの戦闘員
どうだろ？　ヤバめの安価だしな……。

367：ハカセ
ただいまー、やってきたわ。

368：名無しの戦闘員
おお、お帰り！　結果はどうやった？

369：ハカセ
ウェイトレスA子ちゃんに怒られてルルンちゃんと仲良くなった。
あとアニキがお土産にスムージー作ってくれた。

370：名無しの戦闘員
なにが起こったの⁉

371：名無しの戦闘員
安価と関係ない人らばっかりで草。

372：ハカセ
順を追って話すわ。
スペシャルメロンパフェを食べ終わったワイはお口をふきふきしてフィオナたんたちの席へ向かった。
普段なら緊張する場面やけど今回は心強い助言がある。よう考えたら猫耳くのいちはエレスちゃんと同年代やからな。なんや、褒めるのなんて簡単やん！
そしてワイは行動に出た。

373：ハカセ（ポケットに猫じゃらし）
ワイ「やあ、こんにちは」
エレス「……えっ、ぼ、ボクですか⁉」
ワイ「もちろん。初めまして、う、うつ、うつくく、美しい、おっ、お嬢さん」
安価クリア！
……うん、よう考えたら猫耳くのいちを女の子として褒めたことなかったわ。

374：名無しの戦闘員

完全なる不審者。

375：名無しの戦闘員
ハカセさぁ、お前本当に残念なんだな……。てかなんで猫じゃらし？

376：名無しの戦闘員
まあでも頑張ったよ。

377：ハカセ
≫≫375　猫耳くのいちはこれでじゃらすと「にゃー」ってノッてくれるんや。
せやけど初対面猫じゃらしは単なる変な人やって途中で気付いて使わんかった。

378：名無しの戦闘員
偉いぞ、よくぞ気付いた。

379：ハカセ
やろ？　そんで続きな。
エレス「あの、えっ？」
ワイ「す、すみません。あなたが、綺麗《きれい》だったのでつい、話しかけてしまって」
エレス「ええ!?　き、きれいって、ボクがですか!?」
ワイ「それは、はい。もちろんです」
あれ、意外にいい感じ？　そう思ってたところで冷たい声が降ってきた。
A子「ハカセさん、私の友達になにしてるんですか？」
ワイ「あ、いや、A子。これは違うんだ」
A子ちゃん怖《こは》ひ……。

380：名無しの戦闘員
元戦闘員の威圧《いあつ》に負ける現役幹部w

381：ハカセ
やばい、A子ちゃんがわりと本気で怒ってる。フィオナたんの視線も厳しい。ワイは虹色の脳細胞をフル回転させて言い訳を絞り出す。
ワイ「その、私はハカセと言いまして。アニキやA子の知人です。それで、あなたたちがA子の友人だと知り挨拶しようと思ったのですが。皆さんお綺麗で、つい緊張してしまい。本当に申し訳ありません」

表記はハカセやけど日本での偽名を名乗った。ちゃんとアムフランジュはしとるよ。

382：名無しの戦闘員
いい感じに逃げたな。

383：名無しの戦闘員
やるやん！

384：名無しの戦闘員
アムフランジュってなんや？

385：ハカセ
あーなんや、魂の偽装、かな？　認識阻害の最上級だと思っといてくれ。
とにかくワイの正体には妖精でも気付けん。

386：ハカセ
A子ちゃんもナンパじゃないと知って一応は納得してくれた。
そっからはわりと和やかにいったで。ただフィオナたんからは警戒されとった。
そらエレスちゃんに近付く悪い虫やからなぁ。
お詫《わ》びってことで会計はワイ持ちや。

387：ハカセ
ルルン「ハカセさんはお仕事何をされてるんですか？」
ワイ「企業の研究職だよ。といっても大きな研究ではなく、生活が少し楽になるような便利な家電がメインだ」
ルルン「わぁ、すごいです！」
一番話しかけてくれるんはルルンちゃん。まだ幼い感じやし好奇心の方が勝つんかな？

388：名無しの戦闘員
一度緊張がなくなったらちゃんとした対応が取れるんだな。

389：名無しの戦闘員
ナンパができないだけで女の子との会話は普段からしてるわけだし。俺らと違って。

390：ハカセ
ワイ「しかしアニキの作るデザートはおいしいし奇麗だな。この細工《さいく》なんて、まるで妖精のようだね」

ルルン「そうですね、私もここのケーキとか大好きなんです」

ワイ「ワイもだよ。実はね、既にお土産のホールケーキも頼んでるんだ」

安価二つ目クリア！

391：名無しの戦闘員
ちょっとずっこいけど正体悟《さと》られること考えたら仕方ないか。

392：名無しの戦闘員
ロスフェア指定なかったしなぁ。でも残念。

393：ハカセ
これで最後は頭を撫でるだけ……！

ワイは再び考え抜いた。どうすればフィオナたんの頭をなでなでできるのかを。

考えて考えて考えて、ワイはついに言った。

ワイ「実はワイ、趣味で頭撫で占い二級の資格を持ってるんですけどやってみませんか？」

あれ？　バカなのかな？

394：名無しの戦闘員

頭撫で占い二級ｗｗｗ
395：名無しの戦闘員
無理がありすぎるｗ
396：名無しの戦闘員
確認せんでもバカだよｗ
397：ハカセ
女の子は占いが好き。そして有資格者は信用されやすい。
その二つを利用した会心の策のはずやった。よくよく考えたらただの奇行や。
フィオナたんはすっごく困っとった……。
398：名無しの戦闘員
でしょうね。
399：名無しの戦闘員
もうただの変な人としか思われていないよ。
400：ハカセ
しかしそこで救いの妖精が現れた。
ルルン「頭撫で占い？　面白そうです、私やってみたいです！」

ワイ「え……いいの？」
ルルン「はいっ」
欠片《かけら》も疑わずにワイに頭を差し出すルルンちゃん。なでなでした。髪の毛めっちゃサラサラやし優しいしこんな子がおるんやな……。
ルルン「どうですか、私？」
ワイ「えっと、君の運勢はとってもいいよ。これからたくさん幸せなことが起こるみたい」
ルルン「わぁーい」
罪悪感すっごい。
401：名無しの戦闘員
ルルンちゃん騙されやすすぎw
402：ハカセ
安価をすべてクリアしたワイは会計を済ませて店を出た。
帰り際アニキが「お前、疲れてるんだな……。ゴメン、俺のせいだよな」ってケーキとクラブサンドの他に野菜のスムージーを付けてくれた。
そこでアニキやA子ちゃんに怒られんかった理由に気付いた。
あ、ワイ精神的に疲れてるかわいそうな人に思われとる。
403：名無しの戦闘員
あぁ、実際行動だけ見たら情緒《じょうちょ》不安定な人だもんな。
404：名無しの戦闘員
うん……なんかごめん。
405：ハカセ
とりあえずワイは帰ってからまず戦闘員M男のところに行って謝った。
ロリコンなんて思ってごめんな。小っちゃい子でも大人よりしっかりしてる優しい子はいるよなって。
406：名無しの戦闘員
なんかハカセの心が大変なことになってないか。
407：名無しの戦闘員
フィオナちゃんとの仲も一切進展してないし。
408：名無しの戦闘員
しばらく安価はやめておこうか……。

４０９：ハカセ
そうしてくれるとワイも助かる。
あと、猫耳くのいちをもっと褒めるよう心がけるわ。

喫茶店ニルで偶然知り合った男の人は葉加瀬晴彦《はかせはるひこ》と名乗った。

最初は急に声をかけられて驚いたが、詳しく聞いてみればマスターや英子先輩の知り合いらしい。英子は彼を「ハルさん」と呼んでいる。そのくらい親しい相手というのはマスター以外では珍しかった。

「葉加瀬さんのお話、すっごく楽しかったです」

花の魔法を操る妖精姫《ようせいき》、萌花《もえか》のルルンの正体は朝比奈萌という。

悪の組織から街を守るために頑張って戦っているが、普段の萌は人懐っこく無邪気な女の子だ。葉加瀬ともすぐに打ち解けて話も盛り上がっていた。

「いきなりだったしナンパかと思ったけど、なんだか面白い人だったね」

茜もそんなに悪い印象を受けていないようだ。

それは沙雪も同じ。冷たそうな美形ではあったが意外に接しやすかった。なにより年下の自分たち相手にも慌てふためく姿は、女性にモテると自覚して自信満々で押してくるクラスの男子よりもよほど安心感があった。

ただ、ちょっと変な人だなとは思った。

第五話　神無月さんと葉加瀬さん①

杵築《つづき》・大国屋《おおくにや》ホールディングス。

高級百貨店『杵築』を中核とし、不動産関連の『オークニ』、他にも金融業などを手掛ける巨大グループ企業である。

その代表取締役社長こそが沙雪《さゆき》の父、神無月誠一《かんなづきせいいち》郎《ろう》。つまり彼女は俗な表現をすれば『大金持ちの娘』だった。

ただし父は由緒《ゆいしょ》正しい家柄ではなく、自身の才覚によって一代で財を成した。そのため沙雪も育ちの良いお嬢様とは趣《おもむき》が異なる。車での送り迎えは断っており、放課後に寄り道をすることも多い。

放課後、沙雪は一人で喫茶店《きつさてん》ニルに寄った。

今日もクラスの男子が「いっしょに遊びに行こうぜ」としつこくて、断るのに少し疲れた。甘いものを食べて気分転換がしたかった。

「あ、いらっしゃいませ、沙雪ちゃん」

「こんにちは、英子《えいこ》先輩」

同じ学校の先輩である久谷《くたに》英子はこの喫茶店でウエイトレスのバイトをしている。

とても美人な先輩を目当てに通う男子生徒も多いとか。それだけでなくマスターのケーキは絶品で、店は連日繁盛《はんじよう》しているようだ。

「ごめん、沙雪ちゃん。今だと相席になるんだけど、いいかな？」

「相席ですか」

正直なところ気後れしてしまう。

小さな頃に友人を作れなかった沙雪は、高校生になった今でも人付き合いが不得手だ。初対面の人と同じ席になるのはできれば遠慮したかった。

「おや、君は」

少し考えていると一人の男性と目が合った。

銀髪に赤と金のオッドアイ。沙雪が今まで出会った男性の中でも飛び抜けた美貌《びぼう》を有した青年が小さく手を振っている。

名前は葉加瀬晴彦《はかせはるひこ》。確か、電子関係の企業に勤めていると言っていた。

前回この喫茶店で知り合った彼の印象は、一見冷たそうだが接しやすい人といったイメージだった。

初めは親友である茜《あかね》に『美しいお嬢さん』と言って近付いてきた。

性質《たち》の悪いナンパかと思えば、実は英子やマスターの親しい友人であり、沙雪たちに挨拶《あいさつ》をしにきただけだったらしい。

その〝つかみ〟として『女性をスマートに褒《ほ》めるオトナな男性』を演じようとして失敗する辺り、悪い人ではないのは分かった。

加えてマスター以外の男性をほとんど褒めない英子が『ちょっと変なところはあるけど真面目《まじめ》で義理堅い、優しい人だよ』と評価していたのだから、信頼できる相手ではあるのだろう。

「どうも、神無月さん。席がないなら相席なんて、ど、どうかな。いや、私といっしょが嫌なら早々に席を立つが」

「いえ、お気遣いなさらず。なら、ごいっしょさせていただけますか？」

くすりと笑ってしまった。

ナンパどころか、どうやって声をかけるのか悩んでいたのが簡単に察せられる。かなり年下の沙雪にずいぶんと気を遣ってくれている様子だった。

「そう言ってくれるなら。ああ、英子。追加でこの木苺《きいちご》のエクレアを頼む」

「はーい。でもハルさん、食べすぎたら太りますよ」

「それが幸か不幸か、忙しすぎて体重はむしろ落ちているよ」

溜息《ためいき》を吐く葉加瀬に、英子は笑いを堪《こら》えている。

「ハルさんね、以前マスターが勤めていた会社の幹部クラスなの。優秀で生真面目《きまじめ》なんだけど、その分社長に頼られすぎていつもたくさん仕事を抱えてるんだよ」

「そうなんですか。まだ若そうなのに幹部クラスなんて、すごいですね」

素直な誉《ほ》め言葉《ことば》を伝えたが「幹部と言っても何でも屋みたいなものでね」と謙遜《けんそん》された。肩書や功績を喧伝《けんでん》せずに流すさまは、やはり大人なのだと思わされる。

「英子。そんなことよりも注文を通してくれ。神無月さんは」

「あ、ではベイクドチーズケーキを。紅茶はアッサムで」

はーい、と元気よく英子が返事をする。

ケーキが届くまでは葉加瀬と二人きり。ちょっと緊張するかな、なんて思っていると彼の方から話しかけてきた。

「神無月さん、前回はすまなかった。初対面だから場を盛り上げようとしたのだが、どうも空回りしてしまって」

「いえ、そんな」

確かに頭撫《な》で占い二級とか、葉加瀬はあまり冗談がうまくないタイプだった。

しかし緊張していたのは見て分かったので、そこまで悪印象もない。女性に慣れていないのかな、とは思ったが。

「はぁ……。しかしあの時は、朝比奈さんに助けられた」

「ふふ。萌《もえ》とお話盛り上がっていましたね」

「優しい子だ。子供だからと侮《あなど》ってはいけないな」

途中で運ばれてきた木苺のエクレアを葉加瀬はおいしそうに頬張《ほおば》る。

「甘いもの、お好きなんですか」

「ええ。ただ旨《うま》いものなら分け隔てなく楽しむ。とりわけアニキ……失礼。マスターのケーキは絶品だな。自然と笑顔になる」

「普段はアニキと呼んでいるんですね？　ご兄弟、ですか？」

「いや、マスターには以前職場で親しくさせてもらっていて。その、気安い酒の席では、無礼講《ぶれいこう》と言おうか」

照れて頬を掻《か》く葉加瀬はなんとなく子供っぽく見

えた。

それがおかしくて沙雪が笑うと、彼の方もぎこちなく笑みを返してくれた。

「そ、それよりケーキを楽しもう、神無月さん。……うまぁ」

「ふふ。はい、そうですね葉加瀬さん」

大人の男性なのに隙《すき》が多くて反応がかわいい。

茜の漫画で見た弄《いじ》られキャラみたい、なんて失礼なことを思ってしまった。

男の人とお話ししているのに、くつろいだ時間を過ごせている。ケーキの味は、いつもよりおいしく感じられた。

527：ハカセ
どうしようお前らワイ偶然火傷《やけど》またフィオナたんとお茶してもうた！
木苺のエクレアとか頼んじゃったけど「情けない奴《やつ》！」とか思われとらんかな⁉

528：名無しの戦闘員
おお、ラッキーじゃん。慌てすぎて火傷になってるけどw

529：名無しの戦闘員
今度はちゃんと喋《しゃべ》れたかー？

530：ハカセ
緊張しすぎて何喋ったか覚えとらん……。

531：名無しの戦闘員
お前は本当にハカセだな⁉

第六話　怪人のこと

609：名無しの戦闘員
　しかし最近デルンケム活発だよな。
610：名無しの戦闘員
　同じくらいロスフェアも活躍《かつやく》してるから大きな被害はないけどな。
　ニュースで見たけどハカセの怪人《かいじん》のせいで人が氏んだこと一回もないらしい。
　代わりに街はけっこう壊されてるから大変なところもあるっぽいが。
611：ハカセ
　一応首領の方針やしなぁ。
　民間人の被害は少なく！　そう言われた以上は従わんと。
612：名無しの戦闘員
　あれ？　もしやハカセってわりと被害は出てもオッケー派？
613：ハカセ
　そもそも武闘派な先代に雇われた身やし。好んでひどいことはせんけど、今だって怪人が暴れて街が壊れとるわけやしな。
614：名無しの戦闘員
　忘れそうになるけどこいつ悪の科学者ではあるんだよな。
615：名無しの戦闘員
　わりに怪人弱くない？
616：名無しの戦闘員
　ハカセのことだからフィオナちゃんに怪我《けが》させたくない一心で弱いの造ってても不思議じゃない。
617：名無しの戦闘員
　言っても警察の銃も自衛隊のバズーカも効かないんだぞ。
618：ハカセ
　ロスフェアの勝利に慣れすぎてないかお前ら。

怪人は普通に造って普通に負けとる。

言っとくけどワイが悪いんやない、すべては貧乏が悪いんや……。

619：名無しの戦闘員

おっと、また組織のヤバい内情が漏れ出てきそうだぞw

620：名無しの戦闘員

ばっちこい。

621：ハカセ

あと617の言う通りワイの怪人には銃火器が効かん。

ロスフェアのおかげで倒せとることは忘れたらあかんぞ。

622：名無しの戦闘員

正義のヒロインの立場を気遣う系悪の科学者w

623：ハカセ

さて怪人についてなんやけど、あれは神霊工学を基に造られとるが人造生命体ともちょっと違う。

簡単に言うとあれは『触れる幽霊』。人工の魂を核にして物質化した魔力を人型にしとるだけで明確な自我はもっとらん。せやからルルンちゃん、別に悲しそうな顔せんでええよ。

怪人にはどんなに強力でも銃弾は効かん。幽霊に物理は無効やからな。

逆に怪人の攻撃は物質化しとるから効く。本来反則級の存在やぞ。

624：名無しの戦闘員

つまり命令には従うけどそういう機能があるだけで自分で考え動いてるわけじゃない？

625：名無しの戦闘員

改めて考えるとすげえな怪人。

626：ハカセ

じゃあ魂って何なん？　って話になる。

ワイらの次元では魂を「人体を動かすエネルギーを生成する架空器官」と捉えとる。

魂は心臓と同じ臓器、ただし肉眼では見えん。

そんで魔力≒血液。魔力は魂によって生成されて全身を駆け巡り人体を動かす。

よく事故で体に損傷《そんしょう》はないのに意識が戻らないパターンあるやろ？

ワイらはあれを「魂が機能不全を起こし魔力が生成されていない状態」と考える。

ただ魔力はあくまで人体の内部に働く質量を持たんエネルギー。基本的にはカラダという器から放出されることはないし、限界超えて溜《た》まったり暴発したりもせん。

お前らだって血液が増えすぎて爆発はせんやろ？

627：名無しの戦闘員
どうしたハカセ、頭よさそうに見えるぞ？

628：名無しの戦闘員
基本的に、ってことは例外もあると。

629：名無しの戦闘員
乗っ取られとらん？

630：ハカセ
ワイ神霊工学者《しんれいこうがくしゃ》なんやけど!?

くそ、まあええわ。そいで628よ、いい着眼点や。

稀《まれ》に魂の質が人より高くて、魔力貯蔵量が多く生成速度も凄《すご》いヤツがおる。

そういうヤツは魔霊変換器ってアイテムを装備すれば、体内の魔力を現象に変換して放つことができる。

それを魔法と呼んだり異能と表現したりする。ワイは攻撃や防御の魔法を使えるし、アニキや猫耳くのいちは異能で戦うタイプやな。

根本は臓器の機能やから、技術を磨いて効率化はできても魔力自体を鍛えるのはムリ。

生まれもった魂の質が全てや。

631：名無しの戦闘員
じゃあロスフェアも魔霊変換器を持ってるってこと？

632：名無しの戦闘員
というかハカセも戦えるのか。

633：ハカセ
ふふふ、ワイは四大幹部の中でも最弱……。

タイマンやったら新人の猫耳くのいち（十五歳）

にすら負ける幹部の面汚しよ……。
634：名無しの戦闘員
最弱なんだw
635：名無しの戦闘員
クッソこんなのでwww
636：ハカセ
ロスフェアはたぶん事情が違うで。
魔霊変換器は神霊工学を基に造られたアイテムや。せやけど神霊工学が発展する以前は、魔霊変換器の代わりに妖精と呼ばれる存在が契約者の魔力を吸い上げ、加護という形で力を与えた。
フィオナたんたちは元々魂の質が高く魔力生成量が多くて、妖精と契約したことで魔力を魔法に変換する術を得たんやろな。
ちなみにワイらの次元では妖精はもうほとんどおらん。
好事家《こうずか》に高く売れるもんで乱獲《らんかく》された結果や。てか先代首領が積極的に乱獲しとった。
637：名無しの戦闘員
だから失われた妖精たちか……。
638：ハカセ
魂と魔力についてはは分かってくれたと思う。
それを利用してアレコレするのが神霊工学なんやけど、実験や研究のために人間の魂を扱うわけにもいかん。
ってことで神霊工学では『人造魂』を造り出し、そこから得られる魔力で研究を進めとる。
そんで怪人は人造魂を核にしとって、当然ながら一体につき一個必要なんや。
639：名無しの戦闘員
あ、嫌なこと気付いちゃった。
つまりさ、そういうすごいのを使用する怪人って、お財布《さいふ》的なあれがあれってこと？
640：ハカセ
その通り、怪人製作ってクッソほどお金がかかるんや……。
本来一つの研究所に大型人造魂一つありゃ十分魔力を賄《まかな》える。それを小型版とはいえ使っとるからな。

641：名無しの戦闘員
うわぁ……。
642：名無しの戦闘員
世知辛《せちがれ》えなぁ。
643：ハカセ
問題を放置しとるようじゃ開発担当は名乗れん。
一応組織の怪人にはワイが開発した『簡易偽造魂』を使っとる。これのおかげで大幅なコストカットが可能や。
特性自体は普通の怪人と変わらんから物理も無効。けど魔力生成量は低くなるからなぁ。
普通の人間には無双《むそう》できても妖精の加護を受けたロスフェアちゃんに対抗するにはちょっとばかり物足らん。弱いって意見も当然やな。
644：名無しの戦闘員
俺たちが見てる怪人は廉価版《れんかばん》なのか。
645：名無しの戦闘員
結局、怪人を強くするのに必要なのって？
646：ハカセ
お金。とにかくお金。アイデアとか技術じゃなくてひたすらお金。
簡易偽造魂を普通の人造魂に変更するだけで一気に能力は高まる。
……でな、この前首領に呼び出されたんや。
647：名無しの戦闘員
お、ブラック首領きたな。
648：名無しの戦闘員
あいかわらずの無理難題か？
649：ハカセ
いや、今回はむしろワイのために動いてくれた感じや。
組織は資金難やからな。開発局長としては現状の予算で騙《だま》し騙しやっていくつもりやった。
首領はそれを見かねたようでな、追加予算を用意してくれた。
650：名無しの戦闘員
なんや首領ええ人やん！
651：名無しの戦闘員

仕事押し付けるばかりじゃないんだな。
652：ハカセ
やるやろ？　首領は基本善人やし殺戮《さつりく》とかは好まん穏《おだ》やかな子なんや。
で、この前のやりとり。
首領「フフフ、ハカセよ。いつも苦労をかけておるのじゃ。多くの者が離脱する中、ハカセの献身《けんしん》を嬉《うれ》しく思っておる」
ワイ「いえ、ワイも組織でしか生きられぬ身ですから」
首領「そうか……。では感謝の気持ちなのじゃ。この資金を受け取ってくれるか？　これは組織の資金ではなく首領としての個人資産。怪人製作に相当な資金が必要なのは理解しておる。これで新たなる怪人を作ってほしいのじゃ」
ワイ「おお、首領！　お気遣いありがとうございます！」
首領「うむうむ。ハカセよ、これからも私に仕えてくれるか？」
ワイ「もちろんです！」
そう、首領はワイのために自腹を切って研究費を出してくれたんや。
本当にいい子や。ただ無茶ぶりしとるだけやなくワイを気遣ってくれとるんやなぁ。
……まあぜんっぜん資金足りとらんけどな！
653：名無しの戦闘員
wwwwwww
654：名無しの戦闘員
さすが首領！　俺らの期待に応えてくれるぜ！
655：名無しの戦闘員
経営頑張ってるけど能力は低いって言ってたもんねw
656：ハカセ
今回に関してはワイのミスや。
首領が組織を継いだ時ワイはもう幹部やったから、既に簡易偽造魂を導入しとった。
つまり首領は『簡易偽造魂で造った廉価怪人』しか見たことない。ちゃんとした『人造魂で造った正規怪人』は十倍以上の金がかかるって知らんのや。
せやから勘違いして、本当にワイのためを思って廉価怪人二体分の資金をくれた。
ごめん首領……せっかくだけどこれじゃ強い怪人作れない……。
657：名無しの戦闘員
てかハカセって本当に天才なんだな。通常の十分の一の値段であんな怪人作るとか。
658：名無しの戦闘員
それは思った。
659：名無しの戦闘員
これは首領を責め辛いな。
660：ハカセ
どうしよう……首領めっちゃワクワクしてる……。
「なんなら怪人デルンケムグという名にしてもかまわんぞ」とか言ってる……。
661：名無しの戦闘員
デルンケムグ？
662：名無しの戦闘員
あれだろ、組織の名前を冠《かん》するロボットが切り札的なサムシング。
663：名無しの戦闘員
ああ、ラスボス系の機体の定番か。てか首領、アニメとか見るの？
664：ハカセ
首領はロボットアニメにドハマりしとるぞ。中でもお気に入りはちょい古めの作品やな。
665：名無しの戦闘員
ちょっと危険じゃないですかねそれw
古めのロボアニメだと主人公側全滅とか、話にオチをつけるために敵味方問わず皆コロしとか普通にあるぞ。
666：名無しの戦闘員
悪の首領が好むにはアレだよね。
それはそれとして今なら首領と仲良くなれる気がする。
667：名無しの戦闘員
ちなみに首領が一番好きなアニメってどんなの？

668：ハカセ

【限界突破リングゲイザー】っていう、ゲーム大会のチャンピオンが偶然ロボットに乗り込んで体制側と激戦を繰り広げるヤツ。ロボット自体に異能がある設定と、主人公の告白シーンが最高とのこと。

四十年以上続くロボットアニメの金字塔的な例のアレも好きみたいやね。

少年が軍の新型機に偶然乗り込んでパイロットになって、戦争に巻き込まれていく系シチュをこよなく愛しとる。

その後に続くシリーズ作品もみんな丸ごと大好きやし、プラモも作るぞ。

てかロボットアニメはだいたいイケるっぽい。

研究所で開発されたスーパーロボットも、魔法で動くファンタジック系も、生物っぽいフォルムのヤツも。むせるくらい男臭い硝煙《しょうえん》の香りがする系も見る。

市民を犠牲に、とかは反対派やから心配せんでええで。あくまでお話として好きなだけ。

669：名無しの戦闘員

ちなみに聞くけど、ハカセってすごい科学者なんだろ？

巨大人型兵器って造れるん？

670：ハカセ

できんこともないで。

大型人造魂を動力源とした巨大な怪人に搭乗席《とうじょうせき》を設ければ、形としては操縦型の人型兵器や。

てか前に首領にも似たようなこと聞かれた。「ハカセなら、私の専用機とか作れたりするかのう？」って。

クッソほど金がかかる。うちの組織を百回立ち上げるくらいの資金力がありゃできるでって伝えといた。

首領「そうか……うん、くだらないことを聞いた」

すっごく悲しそうやった。

671：名無しの戦闘員

首領……。

672：名無しの戦闘員
少年の夢が破れた的な哀切だな。
673：名無しの戦闘員
ていうか話逸《そ》れてるけど怪人の件どうすんだ？
674：ハカセ
どうもこうも、とりあえず怪人二体分の資金はもらったからな。
現行の簡易偽造魂を昇華して少しでも出力の高い奴《やつ》を作るしかないわな。
計算上はロスフェアちゃんたちにも勝てるはず。悪いけど一回くらいは負けてもらっとくわ。
はぁ、また徹夜かぁ……。
675：名無しの戦闘員
結局ハカセの負担は増えるんだなｗ

翌日、神霊結社《しんれいけっしゃ》デルンケムによって街は襲撃《しゅうげき》された。


ロスト・フェアリーズが迎撃に出るも、新たな怪人はこれまでよりも二割増しくらい強力だった。

苦戦する妖精姫《ようせいき》。しかしその時、浄炎《じょうえん》のエレスが飛び跳ねるように勢いよく前に出た。

「灯火《ともしび》の妖精ファルハ……あなたの力を今こそ借り受ける！　聖霊天装《せいれいてんそう》、エレス＝ファルハ！」

説明しよう。

ロスト・フェアリーズの普段の衣装は『妖精衣《ようせいい》』と呼ばれる。

妖精たちと契約した者に与えられる加護であり、邪《じゃ》を祓《はら》う魔力を宿した衣である。

しかしそれはあくまでも通常形態にすぎない。

妖精と心を交わし、完全なる同調を為《な》した時。さらに一段階存在の格を上げた形態、聖霊天装への転身を可能とするのだ。

激しい炎が浄炎のエレスを包む。それが白い輝きに吹き飛ばされると、少女は新たな姿に変化していた。

「いくよ、怪人デルンケムグ！　はぁぁぁぁぁぁぁああ！」

眩《まばゆ》い炎をまとった一撃が怪人を貫く。

デルンケムグは確かに以前の怪人よりも強力だったが、聖霊天装を会得《えとく》したエレスには及ばなかった。

「ボクたちの、勝利だっ！」

こうしてまたロスト・フェアリーズの手によって平和は守られたのである。

782：ハカセ

………うせやろ？

このタイミングで新フォーム獲得とかエレスちゃんマジか？

783：名無しの戦闘員

すっげー、新フォームメッチャきれい。

赤と白のレオタード、攻撃の瞬間に炎が翼みたいになって妖精っていうか天使。

784：名無しの戦闘員

たぶん強さとか論じるところはいくつもあるんだろうけど、まず三割増しくらい美少女度が上がってるように感じられるな。

785：ハカセ

資金……首領の個人資産が一撃で……。

786：名無しの戦闘員

わりと本気でダメージ食らってるぞ。

787：名無しの戦闘員

うんまあ……今回はしゃあないわ。

788：名無しの戦闘員

子供は特撮で怪人倒されたら喜ぶけどさ。

科学者ポジからしたら努力を一瞬で無駄《むだ》にされるんだもんな。

789：名無しの戦闘員

とりあえず俺らオススメのカップ麺ランキングにするからさ、元気出せよ……。

790：ハカセ

マジで？　よっしゃ頼むわ。ちなみにワイが好きなのはとんこつな。

７９１：名無しの戦闘員
立ち直りはやいｗ　俺はみそバター。
７９２：名無しの戦闘員
あんま気にしてないのかよｗ　俺は醤油《しょうゆ》。
７９３：名無しの戦闘員
自分が好きなのは担々麺やな。
７９４：ハカセ
そこら辺割り切れんと悪の組織なんてやっとられんわな。
あとエレスちゃん美少女やったし！　ワイの怪人どうでもええから語ろうぜ！
７９５：名無しの戦闘員
やっぱり首領は首領でかわいそうだなコレｗ

第七話　猫耳くのいちのこと

822：ハカセ
みんな大変や、聞いてくれ。
823：名無しの戦闘員
おーハカセ。なになに、ルルンちゃんの新コスチュームの話？
824：名無しの戦闘員
エレスちゃんに続いてルルンちゃんの新フォームも美少女度高い。
なのにえっちぃという奇跡の妖精。
825：名無しの戦闘員
緑の生地薄めのレオタにフリルがついて豪華になってるのに、腋《わき》と背中は丸出しのままというソリューション。
826：ハカセ
ルルンちゃんの聖霊天装《せいれいてんそう》なら撮影怪人《かいじん》カメコリアン使って激写したで。
確かにあれはすっごいな。ちょっと雰囲気大人びて、かわいいから綺麗《きれい》ってイメージに変わったわ。あの子、大きくなったら絶対美人になるよなぁ。
827：名無しの戦闘員
撮影怪人カメコリアンという名前から特殊能力も用途も簡単に想像がつく怪人。
828：名無しの戦闘員
絶対ローアングルからの撮影得意としてるよな。
829：名無しの戦闘員
正直写真分けてほしいンゴ。
830：ハカセ
実はエレスちゃんの時も撮ってるで。
それと聖霊天装したあと、ルルンちゃんからメッセージが入ってな？
ルルン「ハカセさん、聞いてくださいっ。私、すっごくいいことあったんです」
ワイ「そうなのか。なら、お祝いしないとな」

ルルン「わぁいっ。なら今度いっしょに遊びに連れて行ってほしいなー、なんて」
ワイ「かまわないよ。お姫様の御心《みこころ》のままに」
ルルン「えへへ、お姫様……。ハカセさん、次のお休みの日楽しみにしてますねっ」
もうご機嫌って感じやったわ。いやー、ルルンちゃんかわいいなぁ。
831：名無しの戦闘員
普通に仲良くなってる件について。
832：名無しの戦闘員
いつの間にか連絡先交換してやがった。
833：名無しの戦闘員
ヤバいぞ、ハカセが第二のM男になっちまう。
834：ハカセ
ワイの推《お》しはフィオナたんやから。……ってそうやない！　大変なんや！
835：名無しの戦闘員
十代前半くらいの女の子にお姫様とか言って遊ぶ約束する大人は確かに大変だけども。
836：名無しの戦闘員
どうした、また首領にいじめられたか？
837：名無しの戦闘員
俺らはお前の醜態《しゅうたい》を見るためにいつでも待機してるぜ。
838：ハカセ
あれ？　ワイの立ち位置ってどうなってるの？
いや、そんなんどうでもええ。わりとガチでマジな緊急事態や。
839：名無しの戦闘員
おお、なんかヤバそうな話か？
840：ハカセ
激ヤバや。みんな落ち着いて聞いてくれ。
……猫耳くのいち幹部がオシャレに目覚めた。
841：名無しの戦闘員
？
842：名無しの戦闘員
お、おう？
843：名無しの戦闘員

なにが緊急事態？
844：名無しの戦闘員
猫耳くのいちって確かエレスちゃんと同年代って言ってたよな。
見た感じ十四～十五歳くらいだろうし、別に普通じゃね？
845：ハカセ
はぁ!?　お前らなに冷静ぶってんねん!?
846：名無しの戦闘員
そう言われましても……。
847：名無しの戦闘員
逆にハカセがなんで荒《あら》ぶってんのか分からん。
848：名無しの戦闘員
とりま順を追って話してみ？
849：ハカセ
せ、せやな。
猫耳くのいちと初めて会ったのは三年前、あの子が十二歳の頃やった。
ちょうど先代首領が亡くなって多くの離反者が出た辺りか。どうにか人員を集めようと躍起《やっき》になってた時に幹部候補として連れてきたのが猫耳くのいちや。
850：名無しの戦闘員
戦闘員から出世とかじゃなく完全に外部から？
851：ハカセ
せや。ワイらの次元にもこっちで言う忍術みたいなもんがある。
歴史上の、ではなく創作における忍術な。
猫耳くのいちはそれを使って暗殺やらスパイやらする家の、当主の娘やった。
852：ハカセ
ただ当主は本妻の娘である猫耳くのいちよりも側室の娘をかわいがった。
そんで、ウチは先代のおかげでわりと悪名高い組織でな。
当主「わしら役に立ちまっせ。先代死んで大変でっしゃろ、この娘やるから好きに使いなさいな。その代わり儲《もう》け話《ばなし》には一口噛《か》ませてもらおうかい」

なぁんて擦り寄ってきおった。
つまりかわいくない方の娘は人身御供《ひとみごくう》で、たぶんいざという時に首領を暗殺する刺客でもあったんやろな。

８５３：名無しの戦闘員
分かりやすいほどクズ。
８５４：名無しの戦闘員
そういう経緯来た猫耳くのいちが幹部って……。
８５５：名無しの戦闘員
まさか胸糞悪《むなくそわる》い話ちゃうやろな。

８５６：ハカセ
ブチ切れたワイ。怪人と魔霊兵《まれいへい》を投入してお家ぶっ潰しちゃった！　てへぺろ☆

８５７：名無しの戦闘員
よっしゃよくやったハカセぇ！

８５８：名無しの戦闘員
ざまぁ！　ざまぁ！

８５９：名無しの戦闘員
やるやん！

８６０：ハカセ
結果猫耳くのいちだけが残って、どうするか聞いたら「貴方《あなた》のところに行く」って言うから組織に連れて帰った。
首領はちょっと怒りつつも「はぁ、まったくこの幹部は好き勝手しおって（ニヤニヤ）」みたいな感じやったわ。

８６１：名無しの戦闘員
ブラック首領、基本は良識ある感じだもんな。悪の組織なのに。

８６２：ハカセ
なお流れるようにワイが猫耳くのいちの教育係になった模様。
当時はアニキもゴリマッチョもせくしーもいたのになんで？

８６３：名無しの戦闘員
相変わらずのブラックで安心した。

８６４：名無しの戦闘員
首領は基本ハカセに振ればどうとでもなると思っ

てるよなｗ

８６５：名無しの戦闘員

拾ってきた猫の世話は自分でしなさい、と考えれば順当？

８６６：ハカセ

それで先代が亡くなってからの流れはこんな感じ。

《三年前》

組織からの大量離脱、猫耳くのいち組織入り、ワイ教育係。

その半年後には猫耳くのいち幹部に昇格、ワイがタイマンで負けるようになる。

《二年前》

日本侵攻開始。一年半前くらいからロスフェアちゃんとの戦いが始まる。

しばらくしてアニキら幹部たちの離脱、ワイ統括幹部代理に。

《一年前》

ワイがカップラーメンにハマる。アニキ喫茶店《きっさてん》開店。フィオナたんカワイイ。

首領がアニメ、特にロボットアニメにハマる。

《半年前》

ワイが日本の冷凍食品の完成度に驚かされる。フィオナたんのポスター作製。

首領とアニメ鑑賞するがＯＰの肌色率の高さのせいで微妙な雰囲気になる。

……と、こういった流れやな。

ふふふ、まさかあんだけ恰好《かっこう》つけて迎え入れたのに、わずか半年で追い抜かれるとは思っとらんかったわ……。

８６７：名無しの戦闘員

後半の情報一切いらねぇｗ

８６８：名無しの戦闘員

嫌われてるのかと思ったけど首領と仲いいじゃんｗ

８６９：名無しの戦闘員

ハカセはマジで四天王最弱なのな。

８７０：ハカセ

猫耳くのいちはワイが十二歳の頃から面倒《めんどう》を見と

ったんや。
なのにいきなりオシャレに気を遣いだして……いったいなにがあったんや……。
871：名無しの戦闘員
つまり保護者目線の緊急事態かw
ちなみに猫耳ちゃんカワイイ？
872：名無しの戦闘員
パパ的には心配になるよな。うちの娘も急に色気づきだした時期があったなぁ。
873：名無しの戦闘員
嘘《うそ》つくな！　にゃんJ民に嫁も娘もいるものか！
874：名無しの戦闘員
てかハカセ、面倒見てきた女の子と同じ年頃のフィオナちゃんを恋人にしたいとか言ってたのか……。
875：ハカセ
うん？　そりゃワイらの次元では十五で成人やから法的にも問題ないし。
さすがに十二歳のI奈ちゃんに手を出すM男はロリコンやけど。
ちなみにワイらんとこではロリコンを『エルテフェル』って呼ぶ。愛の女神にして永遠の美幼女エルテに由来した名称やね。
876：名無しの戦闘員
世界が変わると名称も変わるんだな、やっぱり。
877：ハカセ
≫≫871　かわええぞ。無口で表情はあんま変わらんけど、けっこう悪戯《いたずら》好きなんや。
ワイより色素の薄い銀髪セミロングに緋色《ひいろ》の瞳。
並ぶと兄妹っぽいと言われる。
エレスちゃんよりちょっと背丈があって、鍛えてるから細身というかしなやかな感じ。
頭のネコミミはミャオ族いう少数民族の特徴で、しっぽも生えとる。
この種族は生来的に魂の質も身体能力も高い。
語尾は「にゃ」や！
878：名無しの戦闘員
おぉ、ネコミミ銀髪無口くのいちっ娘……。
879：名無しの戦闘員

マジか十五歳が合法……その楽園に俺もイく！
８８０：名無しの戦闘員
でもさ、年頃だからオシャレは仕方ないところはあるぞ。
８８１：名無しの戦闘員
あんま干渉《かんしょう》してもウザがられるだけじゃね？
≫≫８７９　別に行ったからって十五歳と付き合えるわけじゃやないが。
８８２：名無しの戦闘員
現実を見せつけてくんなよ……。
８８３：ハカセ
≫≫８８０　それがな？　わりとオシャレ自体も問題になっとるんや。
８８４：名無しの戦闘員
なんで？
８８５：名無しの戦闘員
慣れてないから変な恰好になってるとか？
ベタなところで化粧《けしょう》濃すぎて怖いみたいな。
８８６：ハカセ
いいや。猫耳くのいちは美人さんで、服装もいい感じや。
……場所が謁見《えっけん》の間やなかったらなぁ！
首領がおる場所で幹部服でなくバチバチに決めたかわいい系コーデとかどんな心臓しとったらそんな真似《まね》できるんや!?
８８７：名無しの戦闘員
幹部にまともなやついねーのかｗ
８８８：名無しの戦闘員
猫耳ちゃんカワイイ！
８８９：ハカセ
首領「猫耳くのいち幹部よ。その恰好は、いったい？」
猫耳「……ゆるふわガーリッシュ、にゃ」
首領「……そうか」
あくる日。
首領「猫耳くのいち幹部よ。今回の服装はかわいらしくまとめて、いるな？」
猫耳「フェミニンがテーマ……にゃ」

首領「…………そうか」
さらにあくる日。
首領「きょ、今日はずいぶん、その、薄着じゃのう？」
猫耳「ホットパンツ中心のコーデ。エロかわ系、にゃ」
首領「…………………そうか」
首領がちらちらワイを見てくるぅぅぅ。
（お前教育係だからどうにかせいや）って視線で語っとるぅぅぅぅ。
そこからなんやかんやでワイの責任になるって分かっとるんやぞ⁉
なんでや、今回に関してはワイ一切悪いことしとらんやろ……。
８９０：名無しの戦闘員
お決まりの管理不行き届きからのハカセの仕事増加だなｗｗｗ
８９１：名無しの戦闘員
首領と猫耳ちゃんの間に挟まれておろおろする姿を想像したらお腹《なか》痛いｗｗｗ
８９２：ハカセ
せやけど猫耳は過去が過去やからな。
オシャレ自体は別に反対しとらんのや。そうやって楽しみを覚えたのは嬉《うれ》しい。
ただＴＰＯを弁《わきま》えてくれればええ。だからやんわりと「謁見の場ではもうちょい違う感じがええんちゃう？」って指摘したんや。
翌日ナチュラルメイクまでしてきたわ。なにこれ反抗期？
８９３：名無しの戦闘員
猫耳ちゃんやるなｗｗｗ
８９４：名無しの戦闘員
その子もハカセをいじる側かｗ
８９５：ハカセ
どないすりゃええの……。
８９６：名無しの戦闘員
でもハカセ気を付けろよ。男の視線を意識してオシャレを始めるって場合もあるからな。

８９７：ハカセ
……は？　は？
８９８：名無しの戦闘員
あー好きな男子にかわいいって思ってもらいたい、みたいな。
十代だったら不思議じゃないよね。
８９９：ハカセ
なんだと……誰が私に隠れてあの子に手を出してきた……？
戦闘員Ｃ男か。女に節操《せっそう》ないＣ男だな？
９００：名無しの戦闘員
戦闘員Ｃ（チャラ）男。
９０１：名無しの戦闘員
ハルヴィエドになってんぞｗ
９０２：ハカセ
おっと。というか、あの子も成人したんやもんな……。昔と変わるのも当然か。
９０３：名無しの戦闘員
俺も娘を持つ男親だから経験はあるが、そういう時はちゃんと見守ってやらんと。
そら気に入らんかもしれんけど強く言っても嫌われるだけだぞ。
９０４：名無しの戦闘員
私ちゃんも同意見。こういうのも子供の成長の過程で大事なことだと思うよ？
９０５：ハカセ
そっかぁ……寂《さび》しいけどしゃあないわな。
それはそれとしてあの子にオシャレを意識させた男め！　いつか絶対ぶん殴ったるわ！
９０６：名無しの戦闘員
全然割り切れてねーじゃねえかｗ

猫の特性を持つ少数民族、ミャオ族の娘。
ミーニャ・ルオナは感情の薄い無口な少女だ。
その原因は両親の愛情を受けられなかった過去にある。

ミーニャは影を操る【操影術《そうえいじゅつ》】の宗家、ルオナ家に生まれた。

しかし父親は本妻の娘であるミーニャを虐《しいた》げ、側室の娘にのみ愛情を注いだ。本妻といっても政略結婚の相手であり、初めから母は愛されていなかったそうだ。

加えてミーニャは齢《よわい》十歳にして操影術を極めてしまった。父が到達できないほどに深い領域まで。

父親が彼女を冷遇したのは単なる嫉妬《しっと》。娘が自分よりも遙《はる》かに格上の使い手としてルオナの歴史に名を刻まれることを良しとしなかった。

だからこそ父は神霊結社《しんれいけっしゃ》デルンケムに近付いた。

強大な戦力と非常識なまでの技術を有したかの組織は、先代が死んだことによりその影響力を急速に落としつつある。

デルンケムに近付き利用し、時が来れば首領を暗殺して組織自体を奪い取る。

今までに類を見ない手柄《てがら》を上げる、それがルオナ家当主の狙いだ。そのためにはそれなりに価値のある人質を送らねばならない。

選ばれたのはミーニャだった。

彼女は逆らわなかった。家族としての愛情などとっくに消え去っていたが、暗殺を生業《なりわい》とする家の娘に選べる道はないと知っていた。

『別に人道だの倫理だのを語るほど真っ当な人間でもない。が、なぜかな……ルオナの当主よ、お前は不愉快だ』

しかし当主の目論見《もくろみ》はデルンケムの幹部を名乗る男、ハルヴィエド・カーム・セインによって未然に防がれた。

怪人と魔霊兵を引き連れてルオナ家を叩《たた》き潰《つぶ》した彼は、膝《ひざ》をつき目線を合わせミーニャに語りかける。

『私はハルヴィエド、悪の神霊工学者《しんれいこうがくしゃ》だ。だからルオナとの交渉を暴力で潰し、無理矢理に君をさらっていこうと思う。ただ私は運動が苦手でね。逃げられたなら、きっと追いつけない』

つまり逃げるか付いて来るかは自分で選べということ。

『居場所は最初からない。あなたに、ついていく……にゃ』

そうしてミーニャは初めて、自分の意思で何かを求めた。

いらない子供でしかなかった。

ミーニャにとって初めて手を差し伸べてくれたのがハルだった。

彼に連れられてミーニャはデルンケムに来た。諜報《ちょうほう》のエキスパートとして、影は影なりに幸せな毎日を過ごしている。

だから思う。ハルはお父さんで、友達で、同僚で、教育係で……きっと、私の神様だ。

「うまぁ……なんだこれ。おすすめされたこのカップ担々麵、旨《うま》すぎない？　ご飯、これは白ご飯を入れて汁までいただかねば」

もっとも、ミーニャを救ってくれた悪の神霊工学者は、見た目ほどマジメな人ではなかったが。

部屋の整頓《せいとん》はきっちりするし、洗濯《せんたく》に関しても几《き》帳面《ちょうめん》。けれど食事は味の濃いものが好きで、日本で覚えたインスタント食品と冷凍食品ばかりを食べる。あと甘味も大好きだ。

一時期は教育係で、今もいろいろと気を遣ってくれてはいるが、付き合いが長くなるほどにポンコツな部分が目についてしまう。

それでも尊敬や親愛の気持ちはいささかも揺らいではいない。

「ハル。そういうのばかり、体に悪い、にゃ」

「ん？　いや、ミーニャ。おいしいということは、体が求めているということだ」

よく分からない理論を振りかざし、担々スープご飯を作って完食しきる。

日本侵攻が始まってからハルは忙しい。代わりに日本を一番楽しんでいるのも彼のような気がする。敵である清流《せいりゅう》のフィオナのポスターを自作して部屋に飾っているのには、なにかモヤモヤするけれど。

「ところでミーニャ」

「……にゃ？」

「いや、最近はオシャレを頑張っているみたいだな。どの服装もよく似合っていて、か、かわいらしいと思う」

近頃ハルは変わった。

以前はミーニャを同じ幹部として尊重はしてくれたが、逆に女の子としては扱わなかった。

しかし成人したからか。かわいいとか、ちょっとしたアクセサリーに気付いて褒《ほ》めてくれるようになった。

ミーニャがオシャレを始めたのは、つまりそういう理由だ。

ずっと保護者で同僚という立ち位置だったハルの誉《ほ》め言葉《ことば》が、思った以上に嬉しかったらしい。

「ただ謁見の間には、もう少し違った印象の衣服がいいのではないかな?」

「分かった、にゃ」

なら、また違うタイプの服にしよう。

お化粧も少しして、成長した自分を見てもらうんだ。その度にハルは違う誉め言葉をくれる。

ミーニャにオシャレが楽しいと教えてくれたのも、やっぱりハルだった。

第八話　神無月さんと葉加瀬さん②

沙雪《さゆき》にとって月夜の妖精リーザは初めての友達だ。

裕福な家庭に生まれ、家の価値ありきで値踏みされる彼女には、『神無月《かんなづき》沙雪』ではない自分を見てくれる誰かは得難《えがた》いものだった。

そしてリーザのおかげで結城《ゆうき》茜《あかね》や朝比奈《あさひな》萌《もえ》とも出会えた。

二人のことは大切な親友だと思っている。しかし今は少しだけ気後れしてしまう。

妖精と契約し、心を完全に同調させた者だけが至れる境地……【聖霊天装《せいれいてんそう》】。

茜も萌もそれを容易《たやす》く会得《えとく》したのに、沙雪だけが新たな転身をできずに足踏みしていた。

「ふぅ……」

近所の公園のベンチで独り溜息《ためいき》をつく。

趣味のロードバイクで汗を流しジムで体を動かし、変身してトレーニングもしてみたが、きっかけさえ掴《つか》めない。

まだ高校一年生ではあるがロスト・フェアリーズでは沙雪が最年長のため、茜や萌に頼ることもできない。

必要なのは心を交わすこと。

度重なる失敗はリーザと心から通じ合えていないのだと突き付けられたようで、沙雪を憂鬱《ゆううつ》な気持ちにさせた。

ちょうどそんな時だ。両手にスーパーの袋をさげた銀髪の青年が、上機嫌で公園を横切ろうとしているのを見つけた。

最近喫茶店《きっさてん》ニルでよく会う男性、葉加瀬《はかせ》晴彦《はるひこ》だった。

「……葉加瀬、さん？」

「おや、神無月さん。こんにちは」

彼もこちらに気付いたようで柔らかく微笑《ほほえ》む。

「こんにちは。葉加瀬さんはお買い物、ですか？」

「ああ、遠くの友人がね。私のためにおすすめカップラーメンランキングを作ってくれたんだ。せっかくだから全部買ってきた」

確かに袋にはカップラーメンが詰め込まれていた。

若くして会社の幹部クラスで、見た目はモデルでも通じるくらい整っているのに、食生活はあまりよろしくないみたいだ。

「インスタント食品ばかりでは体に悪いですよ」

「妹にも言われた。だが、どうもこういった味が好みらしくてね」

少しバツが悪そうにしている。悪戯《いたずら》がバレた子供みたいな表情が微笑ましい。

「ところで、ずいぶん落ち込んでいるように見えたが」

「え……」

隠していたつもりなのに葉加瀬には見透かされてしまったようだ。返答できないでいると、彼がベンチに腰を下ろす。

「隣、失礼するよ」

「は、はい」

「さて、君と私はケーキ仲間としてそれなりに会話をする。が、日常で接する機会はほとんどない。悩みを打ち明けるには、ちょうどいい相手だと思わないか？」

悩みを打ち明けても日常生活に影響はない。彼は暗にそう言って、無理に聞き出そうとはせずのんびり待ってくれている。沙雪は一瞬悩んだが結局葉加瀬の厚意に甘えた。

「私は。テニス、そう、テニスをやっているんです」

「ほう」

「今度ダブルスで試合に出場することになりました。それなりにうまかったつもりなのですが、後輩たちは私なんかよりも遥《はる》かに息の合ったプレイをします。私は、自分のペアと足並みをそろえることもできなくて、それで落ち込んでしまって」

さすがに妖精とかロスト・フェアリーズのことは言えない。

濁した形にしたが葉加瀬は真剣に考え込んでいて、なんだが申し訳なくもなる。

「つまり……心の同調の話か」

どきりとした。

たぶん彼は「息を合わせる」を少し固く表現しただけ。しかしその表現は沙雪を悩ませる原因そのものだった。

「私は運動が苦手だから技術的なことは言えない。だが息を合わせるというのなら、まずは何を不安に思っているか、相手に伝えるところから始めないといけないのではないかな」

「でも、私は年上で。私だけが、できなくて」

「仲良くなるために必要なのは、いいところを見せること。だけど共に歩むのに必要なのは、ダメなところを見せて、相手の嫌なところも見て、それでもあなたが大好きだと自信を持って言える面の皮の厚さだと私は思っているよ」

葉加瀬は微笑むと、懐から青い宝石の付いたネックレスを取り出した。

「これは守り石と言ってね。友達との仲を取り持って、友情を守ってくれるという宝石なんだ。プレゼントだ、受け取ってくれるかな」

「え、ですが」

「これを着けていれば必ずうまくいく。もし失敗してもそれは私が適当なことを言ったせいだ。そう思えば悩むこともないだろう？」

彼は再びスーパー袋を手にベンチから離れる。

「大丈夫だよ、君たちは通じ合えていないから失敗するのではない。ただ少し緊張しているだけ。もう、心を預けられるだけものを築き上げているはずだ」

沙雪は黙り込んでしまう。葉加瀬は何も事情を知らないのに悩みの核心を正確に突いた。その上で一番欲しかった言葉をくれたのだ。

「とまあ、ここは妙《みょう》な男に騙《だま》されてみてくれ。偶《たま》にはバカになってみないと、見えないものもあるという話だ」

「あの、ま、待ってください」

呼び止めても立ち止まらず、葉加瀬は公園を後にした。

　沙雪はその背中をただ見送り、ふと掌《てのひら》に視線を落とす。青い宝石がほんの少し光り輝いたような気がした。

　後日。

　電車怪人《かいじん》トレイオンなる、ただひたすら踏切音を発し続け騒音被害を広げるという怪人が街に出現した。

　魔霊兵《まれいへい》も多数出現し、ロスト・フェアリーズたちは戦いを繰り広げる。デルンケムグほどではないが怪人は以前よりも力を増している。敵の数にも押され、妖精姫《ようせいき》たちは劣勢に追いやられてしまった。

「うう、このままだと」

　萌花《もえか》のルルンが苦悶《くもん》の声を漏らす。浄炎《じょうか》のエレスも魔霊兵に囲まれた。

　その窮地《きゅうち》に、清流《せいりゅう》のフィオナは自然と言葉を紡《つむ》いだ。……今なら、できる。彼女はそれを疑わなかった。

「月夜の妖精リーザ……お願い、私と共に。聖霊天装、フィオナ＝リーザ」

　清《きよ》らかな水が彼女を新たな姿に変える。

　澄《す》んだ水を羽衣のようにまとう妖精姫。その美麗《びれい》な佇《たたず》まいに、遠くから戦いを見ていた市民たちも息を呑《の》んだ。

「フィオナさん、きれい……」

　ルルンも見惚《みと》れて目を輝かせている。

　清流のフィオナはここに聖霊天装を会得した。その胸には、月夜の妖精リーザとの繋《つな》がりを肯定してくれたどこかの誰かへの感謝が確かにあった。

１３：名無しの戦闘員
新スレ早々だけどついに来たな、フィオナちゃんの新コスチューム！
１４：名無しの戦闘員
妖精っていうか天女っていうかもう美少女すぎる

……。

15：名無しの戦闘員
青と白を基調とした薄いレオタに水が羽衣みたいになって美々しい、ひたすらに麗《うるわ》しい。

16：ハカセ
フィオナたん、やるやん。

17：名無しの戦闘員
どうしたハカセ⁉

18：名無しの戦闘員
お前ならもっとキモく語ってくれると思ったのに⁉

19：ハカセ
キモくってどういうこと⁉
まあ確かにすごい美少女っぷりやった。当然撮影怪人カメコリアンは起動した。
せやけど今回は「よくぞここまで成長した……」みたいな気持ちが強くてなぁ。

20：名無しの戦闘員
なんで師匠気取りw

21：名無しの戦闘員
というかあれやろ。
推《お》しのアイドルが売れたのを「俺が育てた」とか悦《えつ》に入《い》っちゃう系の厄介《やっかい》オタク。

22：名無しの戦闘員
ああ、後方彼氏面。ライブでの笑顔を俺に向けて笑ってくれたと勘違いしちゃうタイプか。

23：ハカセ
フィオナたんはワイの推しやからだいたい間違っとらんのが辛いわ。

24：名無しの戦闘員
エレスちゃんとルルンちゃんから実装けっこう遅れたな。

25：名無しの戦闘員
実装言うなソシャゲちゃうぞ。

26：名無しの戦闘員
でもさ　実際二人よりも新変身に苦戦してた感あるよな。
そこら辺どうなん、解説のハカセさん？

２７：ハカセ

ロスフェアちゃんの通常形態のプロセスはこう。

契約者「魔力渡すよ！」

妖精「魔法にして返すよ！」

契約者「ありがと、使うよ！」

あのレオタって契約者の魔力を借りて妖精が使う〝魔法そのもの〟なんや。

同時に魔法の発動媒体……魔霊変換器でもあって、妖精が補助ＡＩ的な役割を果たす。

なんで変身状態だと契約者が魔力を用意し、魔法の制御は妖精が手伝っとる。双方に負担が少ない方法での魔力運用やな。

２８：ハカセ

せやけど聖霊天装は霊的融合状態で、しかも主導権を契約者に明け渡す。

妖精「融合して私の魔力と魔力変換能力を一時的に全部貸します。コントロールはあなたがやってね！」

妖精＋契約者『おっけー、任せろぃ！』

技術的には二人分の魔力を契約者自身が完全コントロールする必要がある。

本来は失敗しやすいのはココやけど、フィオナたんならできるはず。

問題はその前段階、霊的融合の方や。

２９：名無しの戦闘員

融合ってやっぱ難しいの？

合体できずに弾《はじ》き飛《と》ばされたりするイメージあるけど。

３０：ハカセ

いいや？　別に霊的融合自体はそんなに難しい技術ちゃうよ。

受け入れる側がオッケーを出して妖精が同意すれば簡単にできる。

そこで失敗するのなら、ぶっちゃけ原因はメンタル面やね。

「妖精ちゃんは本当に私に心を預けてくれるのかな、私はそれを受け入れられるのかな」

苦戦したってことはたぶんフィオナたんって本質

的にはコミュ症なんやろ。
31：名無しの戦闘員
　知りたくなかった事実……！
32：名無しの戦闘員
　あー、表面は取り繕えるけど本当は自分に自信がないタイプなのか。
　コミュ症というか隠れ陰キャ？
33：ハカセ
　他の高次霊体を受け入れる霊的融合に求められるのは技術やない。
　心の同調とは言うけどその本質は「相手の全てを真っ向から受け入れて、自分なら絶対できると疑わないこと」。
　子供みたいな素直さと根拠《こんきょ》のない自信こそが肝要。
　つまりな、聖霊天装に必要な一番の才能って「バカになること」なんや。
34：名無しの戦闘員
　じゃあいきなり変身できるようになったのはどういうわけ？
35：ハカセ
　結局はメンタルの問題やからな、きっかけ一つで簡単に変わる。
　なんかいいお守りでも見つけたんちゃう？
　たとえ実際には特殊な効果はなくとも、これさえあれば大丈夫って思えば何とかなるもんや。
36：名無しの戦闘員
　強化フォームでもそこまで難しいものでもないんだな。
37：名無しの戦闘員
　待って、今のハカセの説明からするとまだまだ幼いルルンちゃんはともかく最初に変身できたエレスちゃんって。
38：名無しの戦闘員
　おいバカやめろ。
39：名無しの戦闘員
　エレスちゃんは巨乳だけど人を疑わないほど純粋なんだよ！
40：名無しの戦闘員

それはそれですげー危険だな。あんだけかわいいのに人を疑わないとか。

41：ハカセ

しかし今回はやりすぎたかなぁ。バレたら怒られるじゃすまんな。

葉加瀬晴彦に相談してから、沙雪はあれだけ苦戦していた【聖霊天装】を簡単に会得した。

月夜の妖精リーザに弱音を吐いて、不安を伝えた。しかしあの子は〈大丈夫、あなたになら私の魂を預けられる〉と言ってくれた。その後は驚くほどスムーズに転身できた。

胸元には葉加瀬がくれた青い宝石が輝いている。

沙雪はこの守り石のおかげで成功したという意識が強く、今では普段も身に着けていた。

「あれ、沙雪ちゃん。そのネックレス、きれいだね」

放課後、茜の家にお呼ばれした。

雑談をしたりおすすめのマンガを読んだりしていたが、しばらくしてふと間が空いた時、何気なく守り石を眺めていると茜がそう褒《ほ》めてくれた。

「ふふ、そう？」

「うん、すっごく似合ってる」

「ありがとう。私も、お気に入りなの」

似合うという言葉が思った以上に嬉《うれ》しくて、つい頬が緩んでしまう。

「ボクはそういうのガラじゃないからなぁ」

「そんなことないわ。茜はかわいいから、アクセサリーしてみるのもいいと思う。今度、見に行く？」

「うー、な、なんか照れるね？　でも、沙雪ちゃんが選んでくれるならいいかも？」

「なら、萌も誘って皆でお揃《そろ》いのものを探そうか？」

自分からこんなことを言いだせるなんて、以前の沙雪からは考えられない。しかしこの青い宝石は友情を守ってくれるらしい。だから少しだけ勇気を出すことができた。

「そうだねっ。あ、萌ちゃんといえば。最近ね、葉加瀬さんとメッセージのやりとりしてるみたいなんだけど、これ見て！」

茜が見せてくれたのは、葉加瀬のプライベートの画像。喫茶店ニルのマスターと猫カフェにいるところだった。

「萌ちゃんが画像くれたんだ。猫に囲まれてすっごく幸せそうでしょ？　葉加瀬さん猫好きだけど妹に禁止されてて飼えないんだって。猫カフェいいなー、ボクも行きたい」

「そうなんだ……」

（あれ？　そういえば私、葉加瀬さんの連絡先知らない……）

なんだろう。

先程までとは違って、妙なモヤモヤが胸にはあった。

第九話　部下のことその二

１２２：ハカセ
もう素直に魔霊兵《まれいへい》メインで活動すればええような気がしてきたわ。
１２３：名無しの戦闘員
どうしたいきなり。
１２４：名無しの戦闘員
M男がらみ？
１２５：名無しの戦闘員
十二歳に射精管理とかどう考えてもギルティだもんな。
１２６：ハカセ
んにゃ、今回は別口。どっちにしろまた戦闘員がやらかしたんやけど。
１２７：名無しの戦闘員
デルンケムいっつも誰かやらかしてるよなｗ
１２８：名無しの戦闘員
そんでハカセが首領に叱《しか》られると。
１２９：ハカセ
ふふん、ワイがいつまでも後手に回ると思うなよ？
今回はちゃんと経緯を理解してもらえるよう首領と話し合いの場を設けた。
具体的に言うとワイの部屋でたこ焼きパーティーや。
１３０：名無しの戦闘員
お前らはもっと悪の組織としての自覚を持てｗｗｗ
１３１：名無しの戦闘員
理不尽《りふじん》でしんどいとか言っといてただの仲良しじゃねぇかｗ
１３２：ハカセ
そら仲がいいから言える軽口やしね。
さて今回の事件のメンバーはこいつら。

・戦闘員N太郎（Sやかとは幼馴染《おさななじみ》兼恋人同士）
・戦闘員Sやか（戦闘員のアイドル）
・戦闘員C男（女癖悪し・猫耳に手ぇ出したらアレする）
あと、たこ焼きパーティーのメンバー。
・ワイ（部屋の提供と準備）
・首領（お呼ばれゲスト、ジュース買ってきてくれた）
・猫耳くのいち（調理担当、たこパ企画者）
133：名無しの戦闘員
N太郎とかSやかとか日本名だけど、戦闘員って基本は異次元人なんだよな？
134：名無しの戦闘員
さらっといる猫耳ちゃん。
てか戦闘員C男って前に話に出てきたC（チャラ）男か？
135：名無しの戦闘員
たこパやりたかったの猫耳ちゃんかよw
136：ハカセ
≫≫133　うん。あくまでスレでは日本風にしとるだけ。
それでや、N太郎くんは需品科の戦闘員でな。倉庫整理・備品管理が主な仕事や。
戦闘科が職務放棄しとる中、地味ながら真面目《まじめ》に働いとる子でワイの評価は高い。
確か今年で二十一歳やったかな？
137：名無しの戦闘員
真面目に働いてるだけで評価が高くなってしまう辺りハカセの苦労が透けて見える。
138：ハカセ
N太郎くんには故郷でいっしょに育った、幼馴染のSやかちゃん（十九歳）がおる。
この娘は通信システム科で通信室勤め。I奈ちゃんと同じく戦闘員の四大アイドルの一角で人気もあるんやけど、やっぱ付き合いの長さからかな。N太郎くんと恋人同士や。
139：名無しの戦闘員
いいなぁ幼馴染カノジョ。幼馴染に朝起こしてもらいたいだけの人生だった。
140：ハカセ
　実際幼馴染で想像される定番のアレコレは一通りやってると思っててええで。
　これは二人が結婚するのも秒読みかなーってところでN太郎くんが相談に来た。
　N太郎「ハカセ幹部……俺、もしかしたらSやかに浮気《うわき》されたかもしれなくて」
　うん、あのさぁ。ワイ幹部やで？　相談する相手を間違えてません？
　N太郎「でも……ハカセ幹部なら相談しても断られないかなって」
　ワイの評価おかしない？
141：名無しの戦闘員
もう戦闘員にも仕事振ればなんとかしてくれる人って認識が定着してるな。
142：名無しの戦闘員
よかったじゃん、頼られてんだよｗ
143：ハカセ
　こんなん言ってくんのN太郎くんくらいや。
　微妙に納得しきれんけど、とりあえず話は聞いたわ。
144：名無しの戦闘員
結局受けてんじゃねえかｗ
145：名無しの戦闘員
認識通りだよね。
146：ハカセ
　泣きながら話してくれたのは「Sやかが戦闘員C男と二人きりで抱き合っているところを見た」というもの。
　ちゃんと画像も撮影済みで、確かに二人は抱き合っとる。
　が、Sやかちゃんの顔が見えてない状態やった。
　C男は女癖が悪くて軽いタイプ。恋人のいる女の子にも普通に手を出すやろな。
147：名無しの戦闘員
結婚を意識してる状態からの浮気発覚は辛いよなぁ。

148：名無しの戦闘員
俺寝取られゼッタイ否定派。
149：名無しの戦闘員
ワイ将も十八禁創作は興奮するけど現実のＮＴＲ嫌いンゴ。
150：ハカセ
問題はこの相談を、たこ焼きパーティー中にしてきたＮ太郎くんのクソ度胸だよね。
首領「……なぜ、ほぼ無理矢理入ってきてまで相談を？」（ハフハフ。
猫耳「今はたこ焼き中、にゃ」（ホフホフ。
Ｎ太郎「いや、女性の意見もある方がいいかなって」
あのさぁ、その度胸あるならＳやかちゃんを直接問い詰めてくれんかな？
あと首領も猫耳も食べる手を止めてあげて？
151：名無しの戦闘員
すげえぞこの組織。上から下までバカしかいない。
152：名無しの戦闘員
アットホームな悪の組織です！
153：ハカセ
せっかくやから猫耳の意見も取り入れて大相談会や。
一応Ｎ太郎くんにもたこ焼きは振る舞ったで。
Ｎ太郎「もしかしたら、浮気されてるのかも」
ワイ「そもそもさ、彼氏いるのに他の男と抱き合うこと自体が浮気やない？」
首領「いや、それは早計。もしかしたら転んだところを支えただけやも」
猫耳「はい、たこ焼きの追加、にゃ」
首領「わーい」
どうやら首領はたこ焼きが気に入ったようや。すっごく嬉《うれ》しそうに食べとる。
ワイ「ワイ的にはプライベートでＣ男と二人きりになる時点で嫌なんやけど」
猫耳「恋人がいるのに、ひどいと思う、にゃ」（ホフホフ。
首領「そこは同意。ただ、それを浮気と断ずるかは別ではないか？」（ハフハフ。
ワイ「ああ、〝キスは浮気に入りますか？〟の話ですか」
首領「うむ。Ｓやかが、この程度の接触は浮気と捉えていない可能性もある」
わりと真面目に相談に乗ってくれる首領。
１５４：名無しの戦闘員
経営能力低いだけで基本は善人なんだよね首領。
１５５：名無しの戦闘員
日本に被害少ないのも首領の方針のおかげみたいなところあるからなぁ。
１５６：名無しの戦闘員
つーかたこ焼きメッチャ食ってるやんけｗ
１５７：ハカセ
ワイ「猫耳的には、どこからが浮気？」
猫耳「部屋に他の女性のポスターを自作して貼ってあったら、にゃ」
首領「ああ、それは間違いないのじゃ」
なぜか責められるワイ。

N太郎「僕はずっと、Ｓやかと結婚すると思ってた。でも彼女はC男に股《また》を……」
ワイ「すまんけど首領と猫耳がおるところで直接的な表現やめてもらえる？」
それでも気遣うワイ。
猫耳「かつお節は、おいしい……。でも青のりの存在価値が分からない、にゃ」
首領「あった方が香りはいいが、歯にくっつくのはのう」
そろそろ興味を失《な》くしてきた首領たち。
首領「どちらにせよ、Ｓやかの浮気が真実か知るより他に解決の道はないのじゃ」
N太郎「それは、そうですが」
首領「ということでハカセ、ちくと調べてもらえるか？」
うん、知ってた。
１５８：名無しの戦闘員
流れるように増えるハカセの仕事ｗ
１５９：名無しの戦闘員

もうお決まりのパターンだよなw
160：ハカセ
そしてたこ焼きパーティーはお開きになった。
そこそこ楽しかったけどN太郎くんの乱入で騒ぎ切れなかったこともあるので、今度は首領の私室でロボットアニメ映画の鑑賞会をする約束をした。
161：名無しの戦闘員
もうそれただの友達ですよね。
162：ハカセ
マジメな話、みんな的にはどこからが浮気？
ワイからすると今回の件は普通に浮気やと思うんやけど（童貞《どうてい》並みの感想。
163：名無しの戦闘員
あー、俺はやっぱりキスとか肉体関係までいったらかなぁ。
164：名無しの戦闘員
俺も。今回のはSやかちゃんが抱き合ってたのを見たN太郎視点しかないから。
そもそも浮気か？　って思う。
165：名無しの戦闘員
ええ？　俺はハカセ派。彼氏いんのに内緒でチャラ男と会うとか普通に裏切りじゃん。
166：名無しの戦闘員
ワイ将もハカセと同じンゴねぇ……。
恋人には自分以外の男と喋《しゃべ》ってほしくないレベルのゆにこーんンゴ。
167：名無しの戦闘員
喋《しゃべ》るなはきつすぎ。付き合ってても他の女の子と飯食いに行くケースはあるじゃん。
168：ハカセ
今回の件くらいやと許容範囲って人はそれなりにおんねんな。
そんでな、ワイ一応Sやかちゃんに話聞きに行ったんや。
169：名無しの戦闘員
そうやって素直に従うから仕事を振られると思うんだが。
断ることも覚えた方がいいじゃね？

170：ハカセ
首領のお願いを断るとか普通に無理や。
で、Sやかちゃんとのお話。
Sやか「は、ハカセ統括幹部代理！　わたくしに何かお話があるとお聞きしましたが」
ワイ「ああ、そう固くならなくていい」
Sやか「はっ、ありがとうございます！」
ええ子やん、Sやかちゃん。

171：名無しの戦闘員
そうだよな、ハカセ偉いんだから本来なら恐縮されて当然なんだよな。

172：名無しの戦闘員
それを自室まで押しかけてくるN太郎の強さよ。

173：ハカセ
Sやかちゃんから話を聞いてみれば「N太郎くんが浮気してるんじゃないかとC男に相談していた」と言う。
それ自体ワイ的にはナシなんやけど、ワイお手製高精度ウソ発見器も使用したから、キスや肉体関係がなかったのは間違いない。
C男に異性としての好意を向けたこともなく、抱きしめられたのも相談してたら急にC男が盛り上がって無理矢理ガバッって感じ。そこを運悪くN太郎くんが見たって感じやった。

174：名無しの戦闘員
チャラ男を相談相手に選ぶ時点でダメだろ。

175：名無しの戦闘員
そう？　同じ戦闘員なんだから言ってみたら同僚でしょ。
それなら多少の相談はしてもおかしくないかなぁとエレ×ハカ女は思います。

176：名無しの戦闘員
おい、エレスちゃん推《お》しがまた来たぞ。

177：ハカセ
もちろんSやかちゃんもそこは反省して、今後はC男に近付いたり二人きりにならないよう注意しているって話や。
そんで「N太郎が二人が抱き合うシーンを見てし

まった。浮気疑われとるよ」って言ったら真っ青になって、どうしようって大慌て。
謝りたい、私が好きなのはN太郎くんだけ、傷付けてしまったけど離れるのは嫌。そこも本音の本音やった。
反省も後悔もしとるようやし、しゃーないからワイがN太郎くんとの仲裁を買って出て、なんとか仲直りはした。ワイ有能。
178：名無しの戦闘員
慌てるSやかちゃんの発言が完全に浮気女《うわきおんな》のテンプレw
179：ハカセ
ここから引っかかるところなんやけど。
Sやかちゃんが N太郎くんの浮気を疑った理由が「私以外の女の子と頻繁《ひんぱん》にメッセージのやりとりをしてたから」やってん。
いやいやいやいや！　その理論でいくと君がやってたことカンペキに浮気やんけ！
そう思ったけどワイは大人やからなんも言わんかった。
N太郎「ごめんね、Sやかちゃん。君を不安にさせて」
Sやか「ううん、私の方こそ。愛してるよ、N太郎くん」
一応空気は読んだけど正直もう勝手にしてくれと思いました。はかせ。
180：名無しの戦闘員
それは呆《あき》れてもしゃーない。
181：名無しの戦闘員
いるよね、騒動起こしといて自分たちだけ被害受けないで平然としてる奴《やつ》ら。
182：名無しの戦闘員
なんかSやかちゃん今後も普通に浮気しそう。
183：ハカセ
そんで改めて本題、おまえらに質問や。
キスは浮気に入りますか論争。首領や猫耳くのいち、お前らのレスでもわりと差があった。
だから聞きたいんや。

ワイ最近ルルンちゃんとけっこうメッセのやりとりしてるんやけど、これってフィオナたんからしたら浮気になるかな？

１８４：名無しの戦闘員
　ハカセはそんなこと気にするよりフィオナちゃんとキョドらず喋れるようになった方がいいんじゃないですかね。

１８５：名無しの戦闘員
　そもそもお前恋人じゃねーから！

１８６：名無しの戦闘員
マジメに答えると浮気ではないんじゃない？
フィオナちゃんの性格知ってるわけじゃないからあくまで一般論としては、になるけど。

１８７：名無しの戦闘員
　そもそもハカセの印象は「いきなりエレスちゃん口説いてきた変な人」で止まってる。

１８８：名無しの戦闘員
　付き合ってないなら気にするほどではないかな。

１８９：ハカセ
　なるほど、つまり実際に恋人になってなければ問題ない行動だと。

１９０：名無しの戦闘員
　でもこういうのって個人の感覚だから俺らの意見は参考程度に留めとけ。
　それに本気でにフィオナちゃんを口説こうとするなら、線引きは大切だと思うぞ。
　ルルンちゃんはあくまで「友達」ってことをアピールしとかないと。

１９１：名無しの戦闘員
女友達と絶縁までするのはやりすぎだし、メッセくらいは「仲がいい」の範疇《はんちゅう》だと思う。
現状フィオナちゃんよりルルンちゃんの方が親しいみたいだから、距離感の注意は必要かな。

１９２：名無しの戦闘員
　ロリが当たり前にそういう範疇に入ってる辺り、にゃんJ民ってアレだよなw

１９３：ハカセ
　普通は初めから意識の外にあるもんだぞ。

く、口説こうって、ちょと恥ずかしいな。サンガツ、参考にするわ。あんまり避けすぎてもルルンちゃんが悲しむし、適度なやりとりを心掛けつつ、しっかり友達って伝える感じか。

194：名無しの戦闘員
つーかルルンちゃんと普通に仲良くなってるw

195：名無しの戦闘員
これは第二のM男誕生間近だな。

朝比奈萌《あさひなもえ》は最近スマホを毎晩弄《いじ》っている。

訪れの妖精メイの加護を受けて『萌花《もえか》のルルン』として戦う彼女だが、普段は明るく無邪気な女の子だ。

中学一年生ということもあって沙雪や茜《あかね》よりも子供っぽいところもある。その分素直で警戒心がなく、誰とでも仲良くなれるタイプだった。

ハルっち【この前たこ焼きパーティーやりました】

もえもえ【わー、すごい！ ハルさんが焼いたんですか？】

ハルっち【いや、妹が焼いてくれた。ちなみに私が焼いたのはこっちだ】

もえもえ【あはは、丸くなりきれてないです。でもおいしそう！】

喫茶店《きっさてん》ニルで偶然知り合った葉加瀬晴彦《はかせはるひこ》という男性とは馬が合い、結構な頻度《ひんど》でやり取りをしている。

萌からすると「ハルさん」は頼れる優しいお兄さんみたいな人だ。聖霊天装《せいれいてんそう》を会得《えとく》した際はちょっと高級なお店で夕食をご馳走《ちそう》してもらった。

『さあ、お姫様。いこうか』

『えへへ、はいっ』

お店では思い切りお姫様扱いをしてくれた。キザな言動もあれだけの美形だからよく似合う。

ただ最近は忙しいみたいで、以前よりも遊びに行く頻度が減ってしまった。

それでもちゃんとこうやって画像を送ってくれるし、前にすごく嬉しいメッセージをくれた。

【年齢こそ離れているが、私は萌ちゃんを大切な友達だと思っているよ】

まっすぐな言葉に照れてしまったが、それ以上の喜びが胸に広がる。思い出すとじんわりと心が温かくなり鼓動が早まるほどだ。

たこ焼きパーティーの話だって、普段の晴彦のことを知れて楽しい。

「いいなぁ、私もたこ焼きパーティーしたい。そうだ、今度茜さんや沙雪さんといっしょにやって、ハルさんにお返しの画像送ろう！」

まだまだ恋も知らない少女は、この画像を沙雪たちに見せて自分たちもパーティーをしよう、なんて無邪気に考えていた。

第十話　日本のこと

373：名無しの戦闘員
いやあ、今回はルルンちゃんが大活躍《だいかつやく》だったな。
374：名無しの戦闘員
銀行襲撃《しゅうげき》は資金難の悪の組織としては定番だけど見事ロスフェアに阻まれたな。
しかし聖霊天装《せいれいてんそう》ルルン＝メイほんと美少女。
375：名無しの戦闘員
風に舞う花びらとルルンちゃんの邪気のない微笑《ほほえ》み。
またロスフェア画像まとめが賑《にぎ》わうぜ。
376：名無しの戦闘員
今回の俺的ハイライトは怪人《かいじん》の攻撃に押されて尻もちついちゃったエレスちゃん。
てか怪人地味に強くなってない？
377：ハカセ
おー、前のデルンケムグの時に簡易偽造魂の昇華の方法を確立してな。
今の怪人はお値段据え置き出力二割増しや。
それでもロスフェアちゃんには全然追い付いてないけど。
378：名無しの戦闘員
なにがすごいってお値段据え置きの部分だよ。
ハカセはホントバカなのに天才だよな。
379：名無しの戦闘員
正直こんな技術者ほちい。ブラック悪の組織辞めてウチの会社に来ない？
ウチもブラックだけどな！
380：ハカセ
どうしてその誘《さそ》いで乗ると思ったのか。
381：名無しの戦闘員
今は不景気だしどこもブラック気味だよ。
382：名無しの戦闘員
ウチもサビ残多すぎてもう……給料少ないしさぁ。

383：名無しの戦闘員
そういやデルンケムて経営難っぽいのにハカセって節約してないよな。

384：ハカセ
給与や福利厚生はきっちり整えとるで。主にワイが。

385：名無しの戦闘員
悪の組織って給料出るのか……。

386：名無しの戦闘員
そういやデルンケムって実質ハカセが運営してるんだっけw

387：名無しの戦闘員
しっかし日本侵略失敗してばかりなのに資金源ってどうなってんの？

388：ハカセ
そこはアニキとワイの頑張りや。
統括幹部時代のアニキは組織最強の男やったけど用心深いお人でな。
・先代のような強奪を主としたやり方は次第に頭打ちになる。
・侵略を行わずとも継続的に資金を得られる手段を確立しておくべき。
仕損じてもリカバリーの利《き》く状況にしておこう、がアニキの考えやった。
戦いで身を立ててきた先代やゴリマッチョは微妙に理解できとらんかったけどな。
ワイはアニキに賛同して、いくつかの発明品を献上《けんじょう》しとる。
他組織への技術貸与は重要な資金源の一つや。

389：名無しの戦闘員
アニキも有能やのぉ。

390：名無しの戦闘員
悪の組織として正しいかって言ったら微妙だけどな。
それができるなら侵略の意味自体ないやん。

391：ハカセ
だとしても欲しいモノがあって、それを手に入れるためなら他者を踏みにじる。

そういうヤツらの集まりやからワイらは悪の組織なんや。
392：名無しの戦闘員
ハカセが真面目《まじめ》だとなんか違和感ある。
393：名無しの戦闘員
だよね。ポンコツじゃないとハカセじゃないというか。
394：名無しの戦闘員
まあ、ここにおる限りは学生でも社会人でもニートでも悪の科学者でも皆等しくにゃんJ民や。細かいことは気にせずグダグダ時間の浪費《ろうひ》しようぜ。
395：ハカセ
サンガツ、おまいらのテキトーさには助かっとるわ。
396：名無しの戦闘員
しんみりしたところで空気換えるためにもしつもーん。
ハカセたちってさぁ別次元からきたんだろ？　なんでにゃんJに書き込めるの？
会話だけならよくある翻訳魔法的なヤツで納得できるけど。
397：名無しの戦闘員
そういや日本文化に関してもすげー理解度高いよな。お値段据え置きの言い回しとか。
398：名無しの戦闘員
猫耳ちゃんはたこ焼き作れるし首領はアニメオタクだし。
アニキに至っては店を開いてるしな。
399：ハカセ
よっしゃ、しんみりはワイらには似合わんし、こっからはいつも通りな！
質問に関してなんやけど、ワイやアニキは偽の戸籍を手に入れとる。
ワイの場合某悪の組織の科学者であると同時に日本人のハカセさんでもある。
スマホとかも合法的に契約しとるだけや。
400：名無しの戦闘員
偽の戸籍がまず非合法な件。

401：名無しの戦闘員
分かってたけどさらっと犯罪やってる……。

402：ハカセ
日本文化への理解度は努力の成果やね。
三年前に首領が組織を継いで、初めての侵略が日本。準備はしっかりするべきとアニキが提言した。
人員を確保するとともに、幹部は日本への理解度を高めようって感じ。その中には日本語の習得も含まれとった。

403：ハカセ
ちなみにウチの幹部の能力は、
【つよさ】アニキ ＞ ゴリマッチョ ＞ 猫耳くのいち ＞ せくしー ＞ ワイ
【かしこさ】ワイ ＞ せくしー ＞ アニキ ＞ 猫耳くのいち ＞ ゴリマッチョ
【酒癖】猫耳とアニキ以外みんな悪い
こんな感じ。早々に日本語を習得したワイはゴリマッチョの専属教師やっとったわ。
そしてワイらは日本について意欲的に学んだ。
……それが、あんな不幸に繋《つな》がるとは気付かずに。

404：名無しの戦闘員
苦労人アニキ高水準だ。

405：名無しの戦闘員
ハカセは極端だな。てか酒癖ってなんだw

406：名無しの戦闘員
なにその不穏当《ふおんとう》な感じ。

407：ハカセ
侵略の準備とはいえ新しい文化に触れたらお気に入りの一つや二つは出てくる。
例えばアニキは製菓や料理、昭和的な喫茶店《きっさてん》に心惹《こころひ》かれた。
せくしーはビーズアクセサリーとか編み物。
ゴリマッチョなんて自分激強なくせしてショープロレスにドハマリ。
当時は小さかった猫耳も絵本をワイに読んでってせがんできたわ。

408：名無しの戦闘員
首領のアニメ好きもそういう経緯か。

409：名無しの戦闘員
首領のアニメとかハカセのカップ麺好きは日本に来てからじゃなかった？

410：ハカセ
うん、日本に来てから。

ワイがインスタントにハマったのも仕事が忙しくなって食べる機会が増えてからやね。

さて、日本は食べ物に恵まれた国や。何食ってもだいたいうまいし、酒の種類も豊富。

そこでゴリマッチョの提案。

「酒も文化ってことで、いろいろ試し飲みしてみねえか？」

正直ワイらも興味あったしな。

ということで未成年の猫耳くのいちを除いた幹部による【日本を学ぼう幹部大宴会！】が開催された。

411：名無しの戦闘員
こいつら楽しんでんなーw

412：ハカセ
知らない酒がたくさん、おいしいつまみもたくさん。そりゃもう大盛り上がりよ。
ワイ「ぷっはぁ！　このビール、うまいな」
アニキ「日本酒。コメ？　なる植物の酒か。辛口で俺好みだ」
ゴリ「かぁっ！　芋焼酎、これ気に入ったぞ！」
せくし「へえ、果物のお酒ですか。ん～、飲みやすいですねぇ」
ワイらの次元にも酒はあるが、日本のは言ってみれば旅行先の地酒みたいなもん。
テンションが高くなれば首領も多くなって当然や。

413：名無しの戦闘員
酒量なw

414：名無しの戦闘員
待って、せくしーのキャラが思ってたのと違う。

415：ハカセ
せくしーは幹部の時は黒の露出多めのラバーな女王様な衣装やけど、性格はのんびりおっとりな美女やぞ。
指輪とかイヤリングなんかの手作りマジックアク

セが趣味。
なおアニキにベタ惚《ぼ》れな模様。喫茶店の常連や。
416：名無しの戦闘員
マジか……アニキぃ！
417：名無しの戦闘員
ここで戦闘員A子ちゃんも含めた三角関係が発覚。
418：名無しの戦闘員
そっちの事情も面白そうだな。
419：ハカセ
さらにヒートアップする飲み会。
アニキ「ウィスキーもイケる」
せく「はぁい、アニキさんどうぞ～」
アニキ「悪いな、せくしー。ではご返杯」
ゴリ「ハカセ、このから揚げ食ってみろ。ヤバいぞ」
ワイ「うまぁ、これは酒が進む」
どんどん増える空瓶《あきびん》と空き缶。そう、ワイらはこの辺りで気付くべきやったんや。
ごちゃまぜで飲んだら悪酔いするよねって事実に。
420：ハカセ
ワイらは飲みすぎてしまった。でも皆で飲むのが楽しくて止められんかった。
そこからさらに飲んで、ぐでんぐでんのべろんべろんや。
ゴリ「おぉ、飲んでるかぁ、ハカセ」
ワイ「うっす、ちょっと飲みすぎたかなぁ」
せく「でしたらこれをどうぞ～、缶チューハイだから大丈夫だと思いますぅ」
よくよく考えたら缶チューハイも酒ですよね？
ツッコめないほどにワイらは酔っぱらっていたし、普通に受け取って飲んだ。
で、酒飲むと体が火照《ほて》るやろ？
ワイも暑くなってきて、なんか体を涼しくする方法はないかなぁと考えとった。
そこで目に入ってしまったんや。
…………部屋に無造作に置かれていた、ミントのタブレットが。
421：名無しの戦闘員

わくわく。

422：名無しの戦闘員
おい、ハカセまさか……。

423：ハカセ
こいつは口の中に入れた瞬間、ミントの強い刺激が広がる。

一粒で清涼感が得られるミントタブレットは頭脳労働をするワイのお気に入りやった。

清涼感……涼しい……火照りが抑えられる？

一応言っとくが、普段ならこんな考えはせん。酩酊《めいてい》というか泥酔《でいすい》というか、ともかくまともに頭が働いとらんかった。黒と緑のケースが救いに思えてしまったんや。

そうしてワイはミントタブレットに手を伸ばし……。

424：ハカセ
――おもむろに、ケツの穴に挿入した。

425：名無しの戦闘員
なんでだよｗｗｗ
426：名無しの戦闘員
バカじゃねえのかｗ
427：名無しの戦闘員
ひどいｗｗｗ
428：ハカセ
言い訳しとくけど、ものすごい酔ってたからね？ほんま自分でも何考えとったのか分からん。お酒怖い。
でもその時のワイにとっては最適解やったんや。
実際清涼感は得られた。
…………？！？！？？！？？！！！？！
ワイ「ふぉぉぉぉぉぉぉぉぉ⁉　お尻が⁉　お尻がスースーするぅ⁉」
アニキ「なにやってるんだハカセっ⁉」
最初は心地よかったのにある一点を超えると刺激がスプラッシュした。
ワイ「はぁあああああ⁉」（床をゴロゴロゴロゴ

ロゴロ。
ゴリ「なんだなんだ？」
せく「しゃくとり虫さんのマネですか～？　うふふ、楽しんでますねぇ」
アニキ以外の皆はワイレベルで酔っており、異常事態だとさえ思っていなかった。
429：名無しの戦闘員
もう、こいつらもうw
430：名無しの戦闘員
これが幹部w
431：ハカセ
しかしゴリマッチョはワイがやったことの一部始終を見ていたらしい。
ゴリ「へっ、ハカセ。お前もバカだなぁ。いいか？　酒に酔って熱を冷ましたいなら、むしろ熱くなるべきなんだ」
言ってることが分からない。そう、ゴリマッチョもまた酔っていた。
どうやら毒をもって毒を制す的なことを考えたみたいや。
ゴリマッチョはピザ用のタバスコ（お徳用）と和からしのチューブを手にして……浴びるように飲んだ。
ゴリ「ぐわぁあぁあ!?　喉が焼けるぅ!?　目が鼻が皮膚が大事なところが痛ぁい!?」
アニキ「むしろなんでイケると思ったの!?」
あまりにも勢いが付きすぎて、下半身にまでかかったらしい。
そのまま床をゴロゴロゴロゴロ。大の大人が駄々っ子のように床で暴れ回る大惨事や。
432：名無しの戦闘員
バカw　すこぶるバカwww
433：名無しの戦闘員
くっそwwwwwwww
434：ハカセ
ワイ「ふぉおおおお!?」（床ゴロゴロ。
ゴリ「ぐぉおおおお!?」（床ゴロゴロ。
悶《もだ》え苦しむワイたち。しかし惨劇《さんげき》は終わらない。

ワイ「あれ、なんだろ、悪寒が、悪寒がするぅ……」

ゴリ「痛い、いたひぃ。はち、ハチミツを塗れば、なんとかなるか？」

せく「もう、二人ともいけませんよ？　いくら暑くてもぉ服を脱ぐくらいで止めないと」

ワイらを諫《いさ》めるように見せて、せくしーも酔っぱらっていた。

彼女はなんの躊躇《ためら》いもなく服を脱いだ。下着もいっしょに。つまり全裸や。

435：名無しの戦闘員

ガタッ……！

436：名無しの戦闘員

そこら辺くわしく。

437：ハカセ

せく「ささ、アニキさんも飲みましょぅ？」

アニキ「その状態で普通にお酌《しゃく》しようとしないでもらえるか!?」

被害は酔いながらも意識を保っているアニキに向かう。

あれや。裸でお酌の動作はよくない文化や、むにょんってなる。

すぐに限界が来たんやろうなぁ。

せく「あ、もう無理ですぅ……ｚｚｚ」

糸が切れたようにせくしーは倒れ込んで眠ってしまった。

なおワイとゴリマッチョはごろごろ中。

アニキ「嘘《うそ》だろ……俺がこれの後処理するのか……」

悶え苦しむ男二人、暴れたことで部屋グチャグチャ、全裸ですやすや女の子。

絶望に染まったアニキの呟《つぶや》きを聞きながら、ワイの意識は途切れた。

438：名無しの戦闘員

ホントに苦労人アニキだｗ

439：名無しの戦闘員

アニキィ……おいたわしや（涙）。

440：名無しの戦闘員

ちょっとカッコつけた締め方すんなｗ

４４１：ハカセ
飲みすぎたせいか、飲み会の後ワイはお腹を壊した。
酔っぱらって前後不覚になって意味不明な行動に出る。我ながらひどかったわ。
でもな、時々思うんや。
歩き続ける道の途中、ふと懐かしさに後ろを振り返った時。
思い出すのはああいう皆でバカやった記憶なんやろなって……。

４４２：名無しの戦闘員
気取って言ってもア○ルタブレットが黒歴史だって事実は変わらないぞｗｗｗ

４４３：名無しの戦闘員
お腹壊したのは飲みすぎじゃなくミントタブレットのせいだろｗ

４４４：名無しの戦闘員
これで外見銀髪イケメンなんだから詐欺だよなｗ

４４５：ハカセ
まあこんな感じでワイらは日本の文化についても学んだってことや。
他にも質問があったら受け付けるで。
ハカセへの質問と明記の上、どしどしご応募お待ちしております。

４４６：名無しの戦闘員
有名人気取りかｗ

４４７：名無しの戦闘員
ハカセはあれだな、能力はあるはずなのに人としての抜けが多すぎて不安になるｗ

４４８：名無しの戦闘員
でも変に真面目よりこっちの方がハカセだよな。

第十一話　沙雪ちゃんと晴彦さん①

神無月沙雪《かんなづきさゆき》は学園でも淑《しと》やかで清楚《せいそ》な美少女として有名であり、男子生徒から声をかけられることも少なくない。

しかし同性の友達すらほとんどいない彼女にとって、同年代の男子と仲良くするのは非常にハードルが高かった。

告白されてもはっきりと断っているし、軽い遊びの誘《さそ》いさえだいたいは遠慮している。当然ながら男子と連絡先を交換した経験なんて今まで一度もない。

はっきりと言えば、沙雪は容姿が優れているだけで本質的には陰キャのぼっち気質《きしつ》である。加えて幼い頃の経験から軽い人間不信も併発していた。

そういう彼女にとって、葉加瀬晴彦《はかせはるひこ》は初めて親しくなった異性だと言える。

「葉加瀬さん、守り石ありがとうございます。おかげで成功しました」

「それは神無月さんの日頃の行いの結果だろう。その石は単なる気休めだよ」

今では喫茶店《きっさてん》ニルでタイミングが合うと自然に相席するようになった。

沙雪が感謝を伝えても葉加瀬は恩に着せようとはせず、おいしそうにシュークリームを頬張っている。

「うまぁ……マスター、このほうじ茶のシュークリームお土産《みやげ》に六つくらい包んでください」

「はは。気に入ったか？」

「ええ。妹にも食べてもらいたいと思って」

沙雪は未《いま》だに葉加瀬の連絡先を知らない。

素直に聞けば教えてもらえそうなのだが、場数を踏んでいない彼女にはそれが難しい。有り体に言えばとても恥ずかしかった。

反対に萌《もえ》は葉加瀬と連絡先を交換しており、普段から連絡を取り合っているようだ。

『沙雪さん、茜《あかね》さん。見てください、これ！　ハルさんが妹さんとたこ焼きパーティーした時の画像です。私たちも今度しませんか？』

以前、鮮やかな笑顔で葉加瀬から送られた画像を見せてくれた。

メッセージや画像のやりとりだけでなく、聖霊天《せいれいてん》装《そう》を会得《えとく》した時はお祝いに食事に連れていってもらったとか。

嫉妬《しっと》ではない。萌はいい子だし大事な親友で『ハルさんですか？　大事なお友達です！』と言っていたから、まったくもって嫉妬ではない。そもそも別に葉加瀬を男性として意識しているわけでもないし。

「そう言えば最近、萌から葉加瀬さんの話をよく聞きます」

「萌ちゃんから？」

「……はい。お兄ちゃんみたいだって言っていました」

「そうか。少し、恥ずかしいな。私にとっても大事な友達だよ」

照れた彼を思わず凝視してしまう。それを奇妙に感じたのか、葉加瀬は気遣うように声をかけてくれた。

「神無月さん、どうかしたのか？」

特にどうということもない。

ただ『萌ちゃん』と『神無月さん』という呼び方の差に、ちょっとモヤモヤするだけだ。

「いえ、なんでもないです」

誤魔化《ごまか》すように微笑《ほほえ》む。

この日も彼の連絡先は聞けなかった。

545：名無しの戦闘員
最近ヤバいくらいＮＴＲ６やってる。
今日も一日中やっちまった。気付いたら日付変わろうとしてるじゃん。

546：名無しの戦闘員
なになにエロい話？

547：名無しの戦闘員

ちげーよ。『ナイト・テイルズ・ロマネスク6』っていう対戦格ゲー。
勇者とか魔法使いとかファンタジーなキャラで戦うやつ。育成要素のあるストーリーモードと自由度高いキャラビルドがとにかく楽しい。
548：名無しの戦闘員
ワイ将も好き。コマンド技を自由にセットできるのがいい。
あと踊り子のオフィーリアちゃんかわいいンゴ。
549：名無しの戦闘員
もうそんなに出てたんか。ナイロマ2まではやったんだけどなぁ。
俺の持ちキャラ孤高の剣士バーファァイってまだいる？
550：名無しの戦闘員
今じゃ孤高の剣聖バーファァイになって最強キャラ群の一角よ。
魔獣使いミアと結婚して子供もいるし、妹のキャロルも見習い魔法剣士としてプレイアブル化してる。
551：名無しの戦闘員
ぜんぜん孤高じゃねぇ……!?
552：名無しの戦闘員
ミアもキャロルもラスボスの幻魔王ヴァルジュアに寝取られてるし、子供も托卵《たくらん》だからバーファァイは孤高のままだよ。
553：名無しの戦闘員
コンシューマーのゲームですよねぇ……？
554：名無しの戦闘員
それ公式が勝手に言ってるだけだから。
555：名無しの戦闘員
公式の概念が崩れとる。
556：名無しの戦闘員
横からだが、マジで公式が勝手に言ってるんだよ。
ゲームのストーリー中にそんな描写はなくて、設定資料集に載ってる座談会で「なんで結婚してんのに孤高なの？」って質問にスタッフの一人が笑いながら僕の中の裏設定では……って話しただけだから本編に反映されてるか微妙なんだ。

557：ハカセ
できれば反映されてほしくないな、それ。
558：名無しの戦闘員
俺のオススメは牧場経営シミュなんだけど悪の組織運営中のハカセにはちょっとすすめにくい。
559：名無しの戦闘員
てかハカセ今日は遅かったな、もう日付変わるぞ。
560：ハカセ
今日はにゃんこがワイに輝けと囁《ささや》いてな。だから相談させてくれ。
561：名無しの戦闘員
一切内容が伝わってこないんだけど。
562：名無しの戦闘員
つまりいつものハカセやな。
563：ハカセ
いやな、今日は妹といっしょに買い物に出かけたんや。
564：名無しの戦闘員
あれ？　ハカセ妹いたの？
565：ハカセ
うん、猫耳くのいちのことやけど
566：名無しの戦闘員
⁇
567：名無しの戦闘員
妹プレイ？
568：名無しの戦闘員
猫耳ちゃんとだと服とか？
569：ハカセ
プレイゆうな。服がメインやな。
あとちょっと家買ってきた。
570：名無しの戦闘員
家はちょっとで買うようなもんじゃねーよw
571：名無しの戦闘員
ぶるじょわじー……。
572：名無しの戦闘員
組織は経営難なのに羽振りいいなぁ。
573：ハカセ
いやいや、わりとしゃーない事情からでな。

今日ワイは猫耳くのいちとお買い物に出かけとった。

オシャレにハマった彼女は新しい服を「選んで、にゃ」と頼んできたんや。

そんならショッピングモールにでもとお出かけして、帰りにはフードコートでジャンクな料理に舌鼓でも打とうと思ってな。

574：ハカセ
猫耳「ハカセ、これどう、にゃ」

ワイ「おお、いいやん。かわいい」

以前の安価の時の反省からワイは猫耳をちゃんと褒《ほ》めるようになった。

それが嬉《うれ》しいのか、次々に新しい服を持ってきてちょっとしたファッションショーや。

その中からいくつか気に入ったのを選んで購入。

物静かで表情変わらない系の猫耳も今日ばかりは満足そうな顔をしとったわ。

575：名無しの戦闘員
普通にデートじゃん。

576：名無しの戦闘員
憎い……憎しみで人が○せたなら……。
577：ハカセ
猫耳「今度はハカセ、にゃ」
ワイ「ええ、ワイもですか？」
その後はちょっと予想外。どうやら猫耳はワイをコーディネイトするつもりらしい。
いつものスーツは無難すぎるとかなんとか。
猫耳「身長高いし、こういうのも、にゃ」
ワイ「むう、ちょっと冒険しすぎでない？」
猫耳「大丈夫、似合う、にゃ」
なんというかパンク？　ちょっと厳《いか》ついバンド系みたいな服とか大学教授っぽい服。
正直自分では選ばんような服ばかりやけど、せっかくのオススメやし着てはみたんや。
そんで鏡を見たらびっくり。あれ……ワイ、かっこいい？
578：名無しの戦闘員
イケメンなのは間違いない。シャクだけど。

579：ハカセ
ワイ「どや？」

猫耳「セクシーにゃ」

ワイ「こっちもよくない？　眼鏡《めがね》もかけてみたり」

猫耳「知的に見えるにゃ」

うん、神霊工学者《しんれいこうがくしゃ》やから見えるも何も知的なんやけど？

思いつつも無粋《ぶすい》なツッコミはしない。猫耳は素直に褒めてくれとるだけやしな。

猫耳コーデはあつらえたようにぴったりやった。気分が良くなってファッション誌ばりのポーズを決めると抑揚《よくよう》のない感じで猫耳が「きゃー、すてきー、にゃ」とノってくれた。

やばい、楽しい。

580：名無しの戦闘員
だから『にゃんこが俺に』かw
581：名無しの戦闘員
あの手のギャル男ポーズをやったわけね。

582：名無しの戦闘員
前々から思ってたけどハカセって科学者ポジなのに基本お調子者だよな。

583：ハカセ
猫耳「次はコレ、にゃ」

ワイ「任せろぃ」

ファッションショーは続く。

すると店内のお客さんもチラチラと目を向けてくるようになってな。

なにバカにやってんだろ的な視線もあるけど「あの人かっこいー」みたいな好意的な目も多かった。

なのでさらに調子に乗るワイ。

ワイ「ふふ、どうかな？」

クールに決めポーズ。喜ぶ猫耳。ニコニコな店員さん。ちょっと黄色い声を上げる女性客。

エレス「……」（頬赤。

フィオ「……」（頬赤。

ルルン「わー、ハカセさんすっごく似合ってますっ」（超笑顔。

何故《なぜ》かいるロスフェアちゃんたち。
誰がどう考えても分かるよね。ワイ、やらかした。
ガバッと胸元を開いて肌を晒《さら》しつつキメ顔してると
ころをガッツリ見られた。
584：名無しの戦闘員
このタイミングよｗｗｗ
585：名無しの戦闘員
もう狙ってるとしか言いようがないｗ
586：名無しの戦闘員
やっぱ持ってるわｗｗｗ
587：ハカセ
固まるロスフェアちゃん。
そりゃそうや、なんだかんだみんな十五歳前後。
成人したばっかりやもんな。
男の肌を見せつけられたら引くわ。
そんな中、また救いの妖精が手を差し伸べてくれ
た。
ルルン「ハカセさん、こんにちは！　今日はお休
みですか？」
ワイ「ああ、それで、新しい服でも仕入れようと
ね。ははは……」
ルルン「スーツ姿も、今日みたいな服もどっちも
かっこいいです」
ワイ「うん、ありがとう」
一切の躊躇《ためら》いなくワイに声をかけてくれるルルン
ちゃん。
いい子や……そのまま成長するんやで……。
588：名無しの戦闘員
またルルンちゃんの好感度上がったな。
589：名無しの戦闘員
ついでにハカセが処刑台の階段を上がっていくｗ
590：ハカセ
ワイはフィオナたん推《お》し！　成人（十五歳以上）
にしか興味なしです！
それにフィオナたんもいい子や。
ちょっと戸惑いつつも咳払《せきばら》いして、微笑みながら
話しかけてくれた。
フィオ「ハカセさん、こんにちは」

ワイ「ああ、フィオナさん。昨日はどうも」

フィオ「あはは。最近は偶然ですが、相席する機会が多いですね」

さっきの失態はなかったことにしてくれるつもりらしい。

エレス「こんにちは！　えっと、いい筋肉な胸板ですね!?」

エレスちゃんもいい子ではあるけど状態異常【混乱】が続いていた模様。

フィオナたんから話を聞くと、お揃《そろ》いのアクセを買いに駅前まで出てきたらしい。

で、その後についでに服をと立ち寄ればワッションショー中だったと。

591：名無しの戦闘員
ワイのファッションショーでワッションショーか。

592：名無しの戦闘員
仲良しやなぁ、ロスフェアちゃんたち。

593：名無しの戦闘員
アイドルグループみたいに「ちょっとー、私がセンターなんだからアンタら目立つマネ止めてよ」みたいな争いあるのかと思ってた。

594：名無しの戦闘員
そんな変身ヒロインいやだ。

595：ハカセ
猫耳「……」（くいくいっ。

フィオ「あ、あれ？　その方は……？」

そういやロスフェアちゃんと猫耳は初対面やった。

幸いにも変身前のためフィオナたんたちの正体はバレていない様子。

逆に猫耳も認識阻害《にんしきそがい》をかけとるから幹部だとは気付かれていない。

ワイ「妹なんだ」

猫耳「……ハカセ妹です」

フィオ「ああ、妹さんだったんですか！」

諜報《ちょうほう》の専門家である猫耳は打ち合わせなしでもすぐにワイの妹として振る舞った。

初対面でちょっと警戒していたフィオナたんにも笑顔が戻る。

いつものスーツ姿に着替えるワイ。

猫耳「……着替えたの？」

ルルン「すっごく似合ってましたよ？」

勘弁《かんべん》してください。

596：ハカセ
猫耳が軽く自己紹介すると、エレスちゃんとルルンちゃんからの質問攻め。

どうしてもワイらの人間関係って組織内で完結してまうからな。これも経験ってことで見守っとった。

フィオ「妹さん、かわいいですね」

ワイ「自慢の妹だよ」

フィオ「お料理も上手《じょうず》だと聞きました」

フィオナたんはその輪から外れてワイとお喋《しゃべ》り！

ワイとお喋りや！

ルルンちゃんから前のたこ焼きパーティーの画像を見せてもらったらしい。

ずるいー、みたいな拗《す》ねた表情もかわええ。

597：名無しの戦闘員
なんだかんだイイ感じじゃやん。

598：名無しの戦闘員
でもさ、ハカセのフィオナちゃんへの感情って惚《ほ》れた腫《は》れたじゃなくて推しのアイドルに会えて嬉しい！　結婚したい！　の域を出てないよな。
599：ハカセ
≫≫598　あー、そうかもしれん。でも好きなことには変わらんで。
ワイ「君たちは仲がいいね」
フィオ「はい。歳は違いますが、二人とも大切な親友です。ところで、ハカセさん。実は、ですね……その。お願い、といいましょうか」
雑談の途中、フィオナたんはなにやら言いにくそうにしとった。
こらワイから促したらなあかんかな、と思った時や。
600：ハカセ
猫耳と話しとったエレスちゃんがこっちに来て、
「あ、ハカセさん！　それじゃあ今度おうちにお邪魔しますね！」

ものっそい笑顔でそう言った。

601：ハカセ

ワイ「うん？」

エレス「えっと、妹ちゃんと仲良くなって、今度は遊ぶ話になったんです」

ワイ「そうなの？」

エレス「はい、フィオナちゃんやルルンちゃんもいっしょに。よろしくお願いします！」

ワイ、猫耳の方を見る。すすっと目を逸《そ》らされた。

猫耳「……にゃ」

ワイ「にゃじゃないが!?」

猫耳、エレルンちゃんたちの勢いに負けてハカセ家にご招待する約束をした模様。

それってつまり組織の秘密基地ですが？

602：名無しの戦闘員

正義の変身ヒロイン、悪の秘密基地に遊びに行く約束をする。

603：名無しの戦闘員

まさかとは思うが猫耳ちゃんもポンコツなのか……。

604：名無しの戦闘員

よく考えてみろよ、十二歳の頃からハカセが面倒《めんどう》見てきたんだぞ？

605：名無しの戦闘員

あぁ、それはポンコツだわ。

606：ハカセ

≫≫604、605　どういうこと!?

この事態を打開するためにワイは虹色の脳細胞をフル回転させた。

ワイ「今日はこれから食事に行くから、また日を改めてもらうが構わないかな？」

エレス「はい、もちろんです！」

ワイ「なら、こちらから改めて連絡を入れよう。三人が来るなら歓迎したいしね」

フィオ「で、でしたら私が一番年上ですし、連絡役を請け負います」

ワイ「そう？　じゃあワイの番号を教えておくよ」

そう、ひとまずこの場は解散して早急に家を買って、さも「ここで暮らしていましたが？」みたいな顔をして彼女たちを迎える。

ハカセさん家の家庭事情計画発動や。

６０７：名無しの戦闘員

……タイミングが合わずに結局約束はお流れになりました、でいいのでわ？（名案。

６０８：ハカセ

そんなことしたら猫耳が嘘《うそ》ついたみたいになるやろ!?

６０９：名無しの戦闘員

なんだその理由ｗ

６１０：名無しの戦闘員

猫耳ちゃんにはわりと甘いのね。

６１１：ハカセ

あと、よくよく考えたらフィオナたんがウチに遊びに来るってことやしな！

ちょっとイイ感じのマンションを買ってセンスある内装にして「わぁ、ハカセさんってオシャレー」とか言われたい。

なので相談です。

なんか女の子受けのいいオシャレなインテリアについて教えてください。ペコリ。

６１２：名無しの戦闘員

そこはにゃんＪ民任せかよ!?

６１３：名無しの戦闘員

しょせんハカセはハカセだなｗ

６１４：ハカセ

ちなみに帰り際、猫耳に。

「ハカセが何も言わないなら、私は何も知らないままでいる、にゃ」って言われた。

女の子っていつの間にか成長するもんやな……。

「ふふ……」

日曜日の夜、沙雪はスマホを握りしめてニヤニヤとしていた。

昼間は茜や萌とお揃いのアクセを買いに出かけた。
その帰り、立ち寄ったお店に葉加瀬晴彦がいた。
女性といっしょにいたので一瞬動揺《どうよう》したが、話を聞いてみれば妹と買い物に来ただけだった。妹の名前は美衣那《みいな》といって、クールな印象の美人だ。
葉加瀬は妹の要望に応《こた》えていろいろな服を試着していた。
しかもなぜか少しはだけてポーズまでつけて。普段は穏《おだ》やかな彼も家族の前ではふざけたりするようだ。あと、服の下の体はけっこう鍛え……なんでもない、考えてはいけない。
妹の美衣那とは相当仲がいいらしい。彼女がワガママを言っても「仕方がないなぁ」と優しい表情で受け入れていた。おそらくあのポーズもその一環だったのだろう。
葉加瀬の意外な一面を知ることができて楽しかった。加えてもう一ついいことがあった。
ハルっち【では、また予定が決まったら連絡するよ】
Sayuki【お願いします、葉加瀬さん】
ハルっち【そうだ。苗字《みようじ》だと妹と被るから下の名前で呼んでもらえるかな?】
Sayuki【それなら晴彦さんと。私のことも、どうぞ沙雪と呼んでください】
ハルっち【分かった。それじゃあ、お休み。沙雪ちゃん】
美衣那にはとても感謝をしている。
彼女と茜が交わした遊ぶ約束のおかげで、沙雪は意図せずして葉加瀬の……晴彦の連絡先を得られた。しかも今後は「沙雪ちゃん」と呼んでもらえるようになった。
申し訳ないような気もするが、とりあえず。
「にへへ……」
沙雪は妖精の加護に感謝して、しばらくスマホを眺め続けていた。

第十二話　アニキのこと

781：ハカセ
　そういやこの前アニキと猫カフェ行ったで。
　猫かわいいけどあれやな、なんか貢いでる感がある。
782：名無しの戦闘員
　あそこは猫がキャストのキャバクラだしな。猫カフェというか猫キャバ。
783：名無しの戦闘員
　ハカセ猫好き？
784：ハカセ
　好きやで。不思議なもんでウチの次元にも猫はおる。
　ちなみにアニキは鳥派や。今回はワイの希望に付き合ってくれただけ。
785：名無しの戦闘員
　鳥派は珍し……くもないのか？　インコとかオウムとか飼う人はいるし。
786：名無しの戦闘員
　アニキ付き合いいいなぁ。
787：名無しの戦闘員
　猫かわいいよね。飼ったりはせんの？
788：ハカセ
　うんにゃ、猫耳くのいちがな。
「猫飼うくらいなら、私をかまえ、にゃ」とのことで禁止されとる。
789：名無しの戦闘員
　か～っ！　これだからイケメンは！
790：名無しの戦闘員
　俺も銀髪ネコミミ少女にそんな甘えられ方したい。
791：ハカセ
　せやろ？　ええやろ？　羨ましかろ？
　まあ十三歳の時の話やけどな。成人した今ではなかなか……。

792：名無しの戦闘員
女の子は難しいからね。
793：名無しの戦闘員
んだんだ（童貞《どうてい》並みの意見。
794：名無しの戦闘員
ま、男だったら女の事情を踏まえてやらにゃならんわな。

(彼女いない歴＝年齢。
795：ハカセ（恋人募集中）
男の甲斐性《かいしょう》ってやつやな。
796：名無しの戦闘員
びっくりするくらい女語りに一切説得力がない！
797：名無しの戦闘員
ハカセ黙ってればモテそうなのにな。
798：名無しの戦闘員
外見だけならトップクラスなのは間違いない。
799：名無しの戦闘員
中身がポンコツすぎるけどね。いくら銀髪イケメンでもア〇ル・タブレッターは……。
800：名無しの戦闘員
なんかラスト・エリクサーみたいでちょっとカッコいいンゴ。
801：ハカセ
ワイはほら、モテんというより研究一筋やったから。
十七歳で組織入りしたし、仕事忙しかったし。だから決してモテんわけではないはず……。
802：名無しの戦闘員
あれハカセも？　いやー俺もさー。
学生時代は部活で忙しかったし社会人になると有能すぎて仕事が舞い込むからなー。
なかなかそういう機会が得られないんだよねー。
803：ハカセ
君もかー、そやなー。
やっぱり能力高いと忙しくなりすぎてタイミングがなくなってまうよなー。
804：名無しの戦闘員
現実逃避してんじゃねえｗ
805：名無しの戦闘員

そういやアニキはモテるんだよな。戦闘員A子ちゃんは脱退の時に付いていったんだし。

806：名無しの戦闘員

ああ、せくしー女幹部もベタ惚《ぼ》れなんだっけか。

807：名無しの戦闘員

ハカセ自身もアニキのことけっこう慕《した》ってるよな。断片的な情報しかないけど実際のところどういう人やったん？

808：名無しの戦闘員

どっちかっていうと善人そうなのに現首領から離反したことも含めて謎ではある。

809：ハカセ

あー、アニキの件はなぁ。話すとちょっと重いんやけど……聞く？

810：名無しの戦闘員

聞く聞く。

811：名無しの戦闘員

デルンケムの内部事情に正直興味アリアリです。

812：ハカセ

んー、まあええか。ただアニキはワイより早く組織に入っとるからこの話は伝聞《でんぶん》が多い。細かいところは勘弁《かんべん》してな。で、アニキがどういうお人かというと。

四大幹部をまとめる統括幹部にして、呪霊剣王《じゅれいけんおう》と呼ばれた組織最強の男。

そして首領の義兄や。

813：名無しの戦闘員

えっ、マジで兄貴なの？

814：名無しの戦闘員

やっぱり本物の統括幹部はすごいんやな。

815：名無しの戦闘員

ハカセが偽物みたいに言ってやるなw

816：ハカセ

そうや、ワイも頑張っとるんやぞ。

アニキはもともと先代がどこかの戦地で拾ってきた孤児らしい。

組織に入ったのが十歳の頃。その時点で既に一角の戦力で、まだワイがおらんから魔霊兵《まれいへい》や怪人《かいじん》も用意できんかった時代は侵略の最前線に常におったとか。

817：名無しの戦闘員
ヤバいガキやんけ。

818：名無しの戦闘員
ハカセさりげなく自分の功績自慢してない？

819：ハカセ
先代自身が腕っぷしを頼りにやってきたお人やからな。

邪魔する奴《やつ》は叩《たた》き潰《つぶ》す、を体現するアニキがお気に入りやった。

孤児だったアニキにとっても頼れる大人は先代しかおらんかった。

ワイの知らん紆《う》余曲《よきょく》折《せつ》もあったんやろうけど、お互いの了承のもとアニキは先代の養子になった。

それが十二歳の時。

根本的にアニキは能力が高かったからな。

組織の後継者にするために養子に迎えた、というのが当時の評価だったそうや。

……が、その二年後。アニキが十四歳の時に現首領が生まれた。

820：名無しの戦闘員
かなり年齢離れてんのな。

821：名無しの戦闘員
なんだろう、ドロドロした感じになってきた。

822：ハカセ
ワイが組織に入ったのは現首領が五歳の時。その頃の二人はいい感じやった。

アニキは首領の面倒《めんどう》をよく見てたし、首領の方もアニキを慕っとった。ちゃんと家族やったと思う。

ただ前にも言ったが、先代は首領としての手腕に優れていたわけやない。

前もって準備するのも苦手でなぁ。

後継者を指名する前に、遺言もなく病死してもうた。

823：名無しの戦闘員
うわぁ、やべえ火種残しおった……。

824：名無しの戦闘員

ド定番の争いの原因じゃねえか。

825：ハカセ

結果だけ先に言えば、先代の実子である現首領が当時十一歳で組織を継いだ。

代わりにアニキは副首領的ポジである統括幹部に。はっきり言ってアニキは現首領より優れとる。

年齢差があるから当たり前やけど、戦闘能力も経営手腕もアニキが上や。

せやけど首領にはなれんかった。ただ一点、先代の血を引いていないがために。

周囲を納得させるには、こういう形を取らざるを得んかった。

826：名無しの戦闘員

そりゃ先代に惹《ひ》かれてできた組織なら実子の方がまとまるかもだけど。

アニキ的には不満だろうな……。

827：名無しの戦闘員

でも首領を傀儡《かいらい》にするポジとしてはよくない？

828：名無しの戦闘員

そういうダーティな真似《まね》ができるような人なら離反なんてしてないと思う。

829：名無しの戦闘員

ということは首領が現在十四歳、アニキは二十八歳、ハカセが二十六歳か。

首領、向こう基準でもまだ成人してないんだな。

830：ハカセ

この辺りから家族がギクシャクしていった。

首領は頑張っとるけど、まだ若いだけにうまくいかんことも多い。

先代の血筋！　とかいって祭り上げられたのに古《こ》参《さん》は「頼りない！」とか言って出てくわ。

アニキが首領になると踏んでいた勢《ぜい》からは余計なヘイトを溜《た》めるわ。

はっきり言って最悪な状況やった。

831：ハカセ

そういう状況で決行されたのが日本侵略や。

先代が計画していたモノを首領が引き継いだ形になる。

アニキは基本首領の支えになろうとしとったんや。
初期は飲み会やる余裕もあった。
せやけど組織ガタガタやのに無理を押したからなぁ。
だんだん首領の方が頑《かたく》なになってきて、アニキとの間でもケンカが増えていった。
832：名無しの戦闘員
ハカセのスレで普通に重い話を聞くことになるとは。
833：名無しの戦闘員
ケンカってどんな感じ？
834：名無しの戦闘員
アニキぃ……。
835：ハカセ
一番は方針の違いや。
首領「先代の方針を継ぎ日本侵略は続行する。ただし、被害はなるべく抑えよ」
アニキ「その時点で先代の方針ではない。なら初めから侵略など止めるべきだ」
首領「では先代の遺志を無駄《むだ》にするというのか！」
アニキ「先代の遺志を間違えているのはそちらだ。日本に来た時点で先代の目的は達成し、侵略の意味もなくなった。現状を維持しても戦闘員の負担が増えるだけ。組織の解散を視野に入れた方がいい」
首領「そのようなことができるか！　私は父のただ一人の実子として、父が形作ったモノを受け継ぎ、生前の願いを叶《かな》える！」
アニキ「死者の願いを今生きる組織の者に強いるのか」
お互い一歩も譲らん。最終的には首領は感情のままに叫んでしまった。
首領「アニキよ、組織から追放じゃ！」
836：名無しの戦闘員
首領はパパのために頑張りたいけど人が氏ぬのはヤダ。
アニキは昔の暴力的な悪の組織が好き、でも戦闘員がしんどいなら解散でおっけー。

微妙にかみ合わない感じ？
837：名無しの戦闘員
そもそも日本に来た時点で目的は達成してるってのはどういうこと？
838：名無しの戦闘員
アニキは首領を見捨てたんでなく追放されたのかぁ。
839：ハカセ
アニキが組織を追い出されたことで、首領に不満を持ち離反する奴らはさらに増えた。
せくしーやゴリマッチョはその筆頭や。
本人は「いい機会だし喫茶店《きっさてん》でもやるかなぁ」みたいにあっけらかんとしとったけどな。
戦闘員のアイドルA子ちゃんも「アニキさんといっしょにいたい！」ってついてったし、せくしーも喫茶店の常連や。
840：名無しの戦闘員
悪の組織を追放されたけど美少女戦闘員と喫茶店やってます。
841：名無しの戦闘員
首領も悪い子じゃないっぽいからざまぁはしないであげてほしい……。
842：名無しの戦闘員
根本的な話、デルンケムというか先代はなんで日本侵略をしようと思ったの？
そこが分からんとどっちの意見も擁護《ようご》できん。
843：ハカセ
組織の目的は究極的には日本侵略やない。
根本は【日本に来ること】。
もっと言えば、別次元の治安が良くてご飯がおいしい島国に来ることや。
844：名無しの戦闘員
ん？　侵略じゃない？
845：名無しの戦闘員
どういうこと？
846：ハカセ
現首領は幼い頃から不治の病でな。こちら風だと『空気過敏症』とでも言えばいいのか。

空気って一口に言っても、いろんな気体の混合物やろ？

首領はその一部の物質を吸い込むと過敏反応を起こしてまう。

しかも治療法が確立されてない。

つまり首領は息を吸ってるだけで体がボロボロになって、いずれ限界を迎える。

847：名無しの戦闘員

えぇ、まじか……。

848：名無しの戦闘員

あ、わかった。

だからアニキは「日本に来た時点で目的は達成している」って言ったのか。

849：ハカセ

もともと先代は現首領の病気をどうにかしようと思っとった。

が、治らんと分かったら次の方法に切り替えた。

つまるところ『過敏反応を引き起こす物質が空気に含まれていない別次元を侵略し領土とする』のが先代の計画やった。

その条件に適合するのが日本だったってだけの話や。

根本は首領の病気が大丈夫なら問題ないわけやから、特に侵略自体は必要ない。

850：ハカセ

ただ先代は逆らう奴らを排除し、自分らが好き勝手できる土地にしようとした。

ワイらが来られるってことは他の別次元の来訪者もあり得るってことやからな。

日本を首領のための庭かつ外敵に対する要塞にしておきたかったんやと思う。

せやけど実行の前に亡くなった。

851：ハカセ

だから首領は「父が自分のために起こした計画。それを完遂し、父の遺した組織をさらに拡大することこそが弔《とむら》いになる」と考えた。

反対にアニキは「先代は実の子が健やかに生きられる場所を望んだだけ。首領さえ穏《おだ》やかに暮らせるのなら侵略なんて止めていいし、血腥《なまぐさ》い組織だって潰してもいいはずだ」と解釈した。
先代の遺志の捉え方で反目して、それが追放に繋《つな》がったわけやな。
852：名無しの戦闘員
なんというか切ねえな……。
853：名無しの戦闘員
たぶん首領からしたらアニキの提案は父親の偉業を軽んじているように思えて、そこが反発につながった。
実際にはアニキは「そんなもんより首領が穏《おだ》やかに暮らしてくれる方がいい」って言いたかったんだろう。
お互い言葉が下手すぎるよなぁ。
854：名無しの戦闘員
アニキは首領に悪の組織なんて辞めてほしかったのかもな。
855：名無しの戦闘員
でもさ、侵略が実感ないせいかも知らんけど首領の気持ちも分からんでもないんだ。
856：ハカセ
アニキは反抗せず組織を去った。ただな、アニキの今の自宅には一室空き部屋があるんや。
たぶん誰かがふらっと来てもすぐそこで暮らせるように。
首領は、追放したけど統括幹部はアニキのみだと公言しとる。
今後もワイの役職から〝代理〟の文字がとれることはない。
血が繋がってなくとも家族は似るもんやな。
857：名無しの戦闘員
二人して不器用すぎるだろ。
858：名無しの戦闘員
というかさ、この状況を知ったら「ハカセに理不《りふ》尽《じん》に仕事を押し付ける」の意味合いが変わるんだけど。
859：名無しの戦闘員
ハカセ、正直他のところでもやっていけるだけの能力はあるよね。
それでもブラック首領の下にいるのはそこら辺の理由？
860：ハカセ
みんなの想像通りやと思う。
ワイと猫耳くのいち、後は片手で数えられるくらいかな。
先代もアニキもいなくなった今、首領にはそのくらいしか信頼して自分の望みを預けられる相手が残っとらんのや。
861：名無しの戦闘員
ハカセを頼る、じゃなくてハカセ以外頼れない、なのか。
862：名無しの戦闘員
首領お辛《つら》い……。
863：ハカセ
前に誰かブラックな組織辞めないの、みたいなこと聞いとったな。ここで断言しておくわ。
確かに首領に理不尽に怒られて仕事押し付けられて毎日しんどい。
愚痴《ぐち》スレたてる程度には負担がある。
それでもな、父親が亡くなってアニキを心ならずも追放した十四歳の子供を置いて組織を離れようとは思わん。
ワイは、最後の最期まで悪の組織の科学者ポジや。
だから、この先どうあっても私は日本人の敵のままだ。
謝りはしないし許してくれとも言えないが、そういうものだと思っておいてくれ。
864：名無しの戦闘員
ハカセ……。
865：名無しの戦闘員
お前ももうちょっと生き方考えろよ。
866：名無しの戦闘員
最初っから悪の科学者だとは言ってたもんな。そこはハカセにとって譲れないわけか。
867：名無しの戦闘員
ところでさ、首領って弟？　妹？

868：名無しの戦闘員
のじゃっぽい喋《しゃべ》り方してたし、のじゃロリだと思ってた。

869：名無しの戦闘員
俺はなんとなくショタだと。

870：名無しの戦闘員
ワイ将もロリ派。

871：名無しの戦闘員
お前らシリアス続かねえなぁ!?

872：名無しの戦闘員
にゃんJ民にそんなもん求められましても……。

873：ハカセ
どっちでもないで。
首領や先代はワイらの次元に存在する『アムソラル』と呼ばれる種族でな。
祖先が高次霊体だと言われとって、霊格の高い魂を生まれながらに有する。
アムソラルは十五歳になるまで性別が存在せん。
十五歳からの一年間は男女を行ったり来たりして、十六歳になると同時に自分の生き方を自分で選ぶんや。男と女、もちろん性別ナシも選べる。
なんで今の首領はちっちゃカワイイ「のじゃ無性」の子やな。

874：名無しの戦闘員
なんと中性的なかわいい系首領……！

875：名無しの戦闘員
男の子でもあり女の子でもある？　そんな……おいしいです！

876：名無しの戦闘員
ハカセも切り替え早すぎない!?

877：名無しの戦闘員
なんというか、ハカセだなぁ。

878：ハカセ
よう考えてみぃ。ワイ、あんだけ理不尽でしんどい思いしてるんやで？
首領がキモいおっさんやったら速攻で辞めとるわ。

879：名無しの戦闘員
恐ろしいほどの説得力。

880：名無しの戦闘員
さっきまでちょっとイイ感じだったのにｗ
881：名無しの戦闘員
いろいろと台無しだｗ
882：名無しの戦闘員
でも正論ではあるよね。
883：ハカセ
ちなみに先代がワイを求めた理由は「首領の病気をどうにかできる発明が欲しい」なんや。
そんでワイは位相をずらした異空間に基地を作り上げる技術を提供した。
そこで引きこもっとる限り元の次元でも大丈夫やけど、親心として外で陽《ひ》の光《ひかり》は浴びさせてやりたいわな。
ということでワイがおらんと基地の維持が難しいんで、どっちにしろ辞められん。
884：名無しの戦闘員
場末のクソスレで垂れ流されるとんでもない衝撃の事実……！
885：名無しの戦闘員
くそわろた。
886：名無しの戦闘員
どうしようｗ　デルンケムの基地の秘密知っちゃったｗ
まあだからってどうしようもないけどさ。
887：名無しの戦闘員
テレビのコメンテーターとか真面目《まじめ》にデルンケムについて論じてるけど、すでに俺たちの方が詳しいよなｗ
888：名無しの戦闘員
マジメな話が長くもたない。それがにゃんJの悪いところであり良いところでもある。
だから気にせず書き込めよハカセ。どうせ明日になったら皆忘れてるから。

第十三話　首領のこと

45：ハカセ

【悲報】組織、派閥争いが拡大し混沌《こんとん》の様相。

46：名無しの戦闘員

デルンケム内部崩壊？

47：名無しの戦闘員

マジか……。

48：名無しの戦闘員

正直、首領派と統括幹部派で争いになってもおかしくないとは思っていたが。

49：名無しの戦闘員

アニキと首領は絶対そんなこと望んでないってのがまたね。

50：名無しの戦闘員

仕事ぶりからするとハカセ擁立派が出てもおかしくないぞ。

51：名無しの戦闘員

実際の意思決定は首領でも組織運営してんのほぼハカセだからな。

52：ハカセ

あ、すまん。そういう重いヤツやない。

混沌の様相ではあるし問題の中心は首領ではあるんやけど、どっちかというと目玉焼きになにをかける論争に近いというか。

53：名無しの戦闘員

そらマヨネーズやろ。

54：名無しの戦闘員

これだからクソマヨラーは。そろそろ自分がアナフィラキシーだと理解しろよ。

55：名無しの戦闘員

アナフィラキシー？　どうゆうこと？

56：名無しの戦闘員

……もしかしてマイノリティと仰《おつしや》りたい？

57：名無しの戦闘員

マヨネーズ・アナフィラキシーw
58：名無しの戦闘員
まあマヨに過敏なアレルギー反応は見せたなw
俺は醤油《しょうゆ》で、ご飯の上に乗っけて食べる。
59：名無しの戦闘員
ソースかな、ハムエッグだとより嬉《うれ》しい。
60：名無しの戦闘員
俺めんつゆ。ちょっと甘味があるとおいしい。
61：ハカセ
どれもええなぁ。ワイはフレキシブルに楽しむ派。
パンに乗っける時はバター＋マヨネーズ、ご飯の時は出汁醤油が多いかな。
ただ目玉焼きの黄身は半熟が至高。
62：名無しの戦闘員
分かる。トロッと卵黄がパンやご飯にかかると最高だよね。
63：名無しの戦闘員
組織内の派閥闘争はどうなったw
64：ハカセ
おっとそうやった、今組織では大きく三つの派閥に分かれて争っとる。
といっても組織内ではあんまり影響力のない、先代やアニキとの因縁に関《かか》わりが薄い、若い世代の戦闘員の集まりや。
以前首領がアムソラルっていう特殊な種族なのは説明したよな？
65：名無しの戦闘員
十五歳になったら男と女になっちゃうアレな体質だっけ？
66：ハカセ
そや。おまけに言うと未成年のアムソラルは、性を感じさせないだけに透明感のある綺麗《きれい》かわいいな存在や。
こっちの伝承における天使とか妖精が近いイメージかも。
首領の外見も透き通るような美少女のような美少年のような存在でございます。
67：名無しの戦闘員

回りくどいけどとにかくかわいいのは分かった。
68：ハカセ
首領は今十四歳。アムソラルにとって特別な時期である十五歳まで一年を切った。
十五歳になれば男性体と女性体に変化する能力を持ち、十六歳に本決めとなる。
で、戦闘員の中で首領に関する話題が上がった。
「首領ってさー、男の子になるのかな？　それとも女の子になるのかな？」
何気ないその発言に多くの戦闘員が立ち上がった。
69：名無しの戦闘員
派閥ってそういう話かｗ
70：名無しの戦闘員
よかったー、統括幹部派によるクーデターとかじゃなくて。
71：名無しの戦闘員
それでこそデルンケムだぜ！
72：ハカセ
いの一番に発言したのは女癖の悪い戦闘員Ｃ（チャラ）男やった。
Ｃ男「当然女っしょ。首領のほっそりとした体付き、透明感のある肌。ガラス細工《ざいく》を思わせる繊細さ、見惚《みと》れちまうくらいに整った顔立ち。あれで女になったらマジで傾国レベルじゃん。ていうか今でも抱けるわオレ」
ワイ査定によりＣ男の今期の給与が四割削減されました。
73：名無しの戦闘員
ひどいｗｗｗ
74：名無しの戦闘員
しゃーない。
75：名無しの戦闘員
首領のこと言えないくらい理不尽《りふじん》ｗ
76：ハカセ
しかし意外にも戦闘員Ｃ男の賛同者は多い。
「だって首領めちゃキレイだし」「のじゃロリ最高！」「美幼女神」「声もかわいい」
首領にかわいらしさを見出した勢《ぜい》は【首領はとっ

てもかわいい女の子です派】に属しとる。
77：名無しの戦闘員
俺も女の子派！
78：名無しの戦闘員
のじゃロリ！　のじゃロリ！
79：名無しの戦闘員
十六歳のおにゃのこが率いる悪の組織……いいンゴねぇ。
80：名無しの戦闘員
私ちゃんはエレ×ハカ派。
81：名無しの戦闘員
エレスちゃん推《お》し定期的に湧くよな。
82：ハカセ
続いて主張したのは戦闘員Sやかちゃんや。
Sやか「絶対、男の子だよ！　首領ならアイドル系のかわいい男の子になるはず！」
それはええけど恋人の戦闘員N太郎くんの前でようそんな発言できたな。
賛同者には戦闘員I奈ちゃん（十二歳）もおった。
I奈「私もぉ、男の子かなー。ほら、統括幹部代理のハカセ様は超カッコいいけど隙《すき》がなさすぎて冷たい感じがするしー？　カワイイ系がいいんじゃないかなーって思うなぁ」
Sやか「いやいや、ハカセ様はあれで面倒見《めんどうみ》も人当たりもいいんだよ？　私やN太郎くんもお世話になってるから。カワイイ系が欲しいのは同意だけど」
I奈ちゃんは単純な年数だけ見ればワイよりも組織歴長いんやけど、首領に対して悪感情はないみたいやね。
83：名無しの戦闘員
隙が……無さすぎる……？
84：名無しの戦闘員
冷たい？　誰の話をしてるんだ……？
85：名無しの戦闘員
し、仕事ぶりだけで考えたら有能なのは間違いないから（震え。
86：名無しの戦闘員

ニュースで流れる統括幹部代理ハルヴィエド様の映像とかホントにスレ主か疑うほどだからなｗ

８７：名無しの戦闘員

あの姿見ると詐欺師に騙《だま》される人が減らないのも分かるよね。

ポンコツだって知ってる私ちゃんでも酷薄《こくはく》なイケメン幹部だと勘違いしそうになる。

８８：ハカセ

何もしてないのに詐欺師扱いぃ……。

ともかく【あんなにかわいいんだから首領は男の子だよね派】もかなりの勢力や。

戦闘員のアイドルであるＳやかちゃんやＩ奈ちゃんが旗印になってるのがデカいな。

わりと男性戦闘員も属しとるんや。

８９：名無しの戦闘員

それはどうかな？　男の娘が好きな男は普通に多いぞ。

９０：名無しの戦闘員

同じかわいいなら生えてた方がお得と考えるヤツは一定数いるからな。

９１：ハカセ

マジで？　性癖ってのは闇が深いな……。

９２：名無しの戦闘員

ハカセの好みのフィオナちゃんは正統派美少女だし理解しづらいかもね。

９３：ハカセ

【男の子派】と【女の子派】、組織内ではこの二大派閥が争っとる。

Ｃ男「だーかーらぁ！　首領は女になんの！」

Ｓやか「はぁ!?　男の子に決まってるじゃん！　あんたは女なら何でもいいんでしょ!?」

Ｉ奈「そうだそうだー」

Ｃ男「んなわけねーだろ！　かわいい女の子限定だっつーの！」

Ｓやか「私だってＮ太郎くん限定ですしー。それはそれとして、推しのアイドルは日々の潤いなの！」

首領≠アイドル。

９４：名無しの戦闘員
アイドルと恋人が別なのは理解できる。
９５：名無しの戦闘員
でもパートナーがいるのにのめり込むのは嫌かな。
９６：ハカセ
そして狡猾《こうかつ》なＩ奈ちゃんはＭ男の膝《ひざ》の上で勧誘や。
Ｉ奈「ねー、Ｍ男お兄ちゃん♡　お兄ちゃんは、【男の子派】に入ってくれるよねー？」
Ｍ男「それは難しいかなぁ。僕はずっと【Ｉ奈ちゃんが大好き派】だから」
Ｉ奈「あ、ずるーい！　私だって【Ｍ男お兄ちゃんが大・大・大好き派】だもん！　ごめんねＳやかちゃん、やっぱり【男の子派】脱退しまーす！　どんなにかわいい男の子でもぉ、お兄ちゃんには勝てないもん♡」
Ｃ男「素直にうぜえ」
ちょっとＣ男に共感しちゃったので給与三割減にしとくわ。
９７：名無しの戦闘員
うらやま……ねたま……うらやま……。
９８：名無しの戦闘員
Ｃ男はＩ奈ちゃんには興味ないのか。
９９：名無しの戦闘員
十二歳が範疇《はんちゅう》のヤツってそんなに数多くないと思ふ。なんＪ民は別として。
１００：ハカセ
いがみ合う二つの派閥。そこに波紋を投じたのはＮ太郎くんやった。
Ｎ太郎「男を選んだ場合、首領も父親と同じ筋《きん》骨隆々《こつりゅうりゅう》とした巨漢《きょかん》になるのでは？」
そう、先代は戦場を好む生粋《きっすい》の戦人《いくさびと》。見るからに威圧感《いあつかん》のあるムキムキ具合であり、ゴリマッチョ幹部と並ぶと暑苦しいってワイが言ってた。
１０１：名無しの戦闘員
言ってたのお前かよｗ
１０２：名無しの戦闘員
アムソラルって天使や妖精みたいにキレイなのに

大人になったらそうなるのか……。

103：名無しの戦闘員
ほら、ゴブリンだって妖精の範疇だし。

104：ハカセ
Sやか「いやあああああ!?　首領きゅんがあんな無残な姿になるなんてぇ!?」

言っとくけど近頃のSやかちゃん、株下げまくってるからね？

首領にも先代にも不敬な発言してるからね？

「くそがぁ!?」「そんなぁ、美少年が」

「いや、俺は先代もイケる」

「やっぱり髭《ひげ》とか生えてくるのか!?」「せめて統括幹部代理風の美形にぃ！」

一言で瓦解《がかい》寸前の派閥。これで勝ちは決まりかと思いきや、またも一言。

N太郎「だからって、女の子を選んでも純粋にキレイなままでいられるかは別問題だよね」

さらなる阿鼻叫喚《あびきょうかん》。ねえ、N太郎くんそれ容姿の話してないよね？

もっと重苦しいものを感じるんやけど？
105：名無しの戦闘員
闇堕《お》ちN太郎。
106：名無しの戦闘員
深い意味の有無はどうあれ言ってることは間違いでもない。
107：名無しの戦闘員
あかん、俺微妙にSやかちゃん苦手だわ。
108：名無しの戦闘員
戦闘員たちにネタにされてる首領ちゃんおいたわしや……。
109：名無しの戦闘員
首領はこの騒動について知ってるの？
110：ハカセ
知ってるで、ワイが伝えたからな。
ワイ「とりあえず出た意見はまとめておきました」
首領「なんで!?」
もちろん有能なワイは分かりやすくグラフにして

おいたで。
　だいたい四割が女の子派、三割が男の子派、その他が残り三割って感じや。
　意見も様々やな。
【女の子派】
・麗《うるわ》しい少女首領とかイケると思います。
・ジェンダーフリーの時代、女首領は世間へのアピールになります。
・首領の新衣装はキツネ耳と巫《み》女装束《こしょうぞく》を所望します。
・首領カワイイ！
【男の子派】
・先代のような雄々しい姿を見せてください。
・ライブ楽しみにしてます。
・統括幹部代理とのＣＰを想像しただけで滾《たぎ》ります。
・いつまでも無垢《むく》な少年でいてください。
首領「これを渡されてどうしろと……」
ワイ「いえ、首領が戦闘員に慕《した》われているという証明にはなるかと」
首領「どう考えてもオモチャにされておるだけでは？」

１１１：名無しの戦闘員
でも首領嫌われてるわけじゃないんだって知れてちょっと安心した。

１１２：名無しの戦闘員
　実は俺も。

１１３：ハカセ
なおワイ氏は「仕事終わりにちょっと付き合え」とお呼び出しをくらった模様。
　いつもと比べりゃ理不尽でもないかな。

１１４：名無しの戦闘員
ただの自業自得だからなｗ

「むむ、待った、なのじゃ！」
「四回目ですよ、ヴィラ首領」

「ハルヴィエドはもっと手加減してもよいと思う！」

神霊結社《しんれいけっしゃ》デルンケム首領、ヴィラベリート・ディオス・クレイシア。

陽光を受けて輝く金紗《きんしゃ》の髪と神秘的な薄紫の瞳、透き通るような白い肌をした美しいロボットアニメマニアである。

十四歳という年齢からすれば小柄で、顔立ちも幼く見える。ただしその美貌《びぼう》は現時点ですら完成されていた。

仕事が終わった後、ハルヴィエドの部屋で将棋《しょうぎ》を指していたが今のところ全敗。この局も当然のように敗北した。

「あー、負けたのじゃ。……のう、戦闘員たちはまだあの話をしておるのか？」

「ヴィラ首領が男の子になるのか、女の子になるのか、ですか？　ええ、おそらくは。そろそろ十五歳ですしね。ビール、うまぁ」

「首領の前で普通に飲酒とかおかしくないかや？」

「大丈夫です、最近は意識を失わない酒量を覚えました。首領だけに」

「そうではなく」

首領だからもっと敬われるべきでは？

しかしこの適当な態度を好ましくも思う。

先代首領セルレイザは既に亡くなり、義兄であるゼロスも傍《そば》にはいない。

今やヴィラベリートに気安く接してくれるのは、幹部のハルヴィエドとミーニャくらいだった。

「飽きもせずよう言い争うものじゃな」

「それだけ首領を好いているのでしょう」

「……好かれておるなら、デルンケムはこうはなっておらぬのじゃ」

祭り上げられて失望された。父の願いに固執《こしつ》して義兄を追放した。

首領になっても何一つうまくいかず、そのしわ寄せはハルヴィエドに向かっている。これが偉大なる首領セルレイザの実子かと思うと、自分で自分が情けなくなる。

「ゼロス様は、あなたが願えば助けてくれますよ」

「それはできん」

ヴィラベリートはきっぱりと言い切った。

「確かに謝って頼めばゼロスは手を貸してはくれる。だがそれは首領に対する敬意や忠誠ではなく、義兄としての同情や義理でしかない。追い出しながら情けにすがるのは、さすがに筋が通らんのじゃ」

「ヴィラ首領」

「もしゼロスを呼び戻すのであれば、私が器を示してからなのじゃ」

日本侵略を進めて首領として相応《ふさわ》しいと示せたならば、義兄もきっと戻ってくれる。今はそう信じて邁進《まいしん》するしかなかった。

「そう気を張っていても持ちませんよ。適度な息抜きも必要です」

「うむ、そうじゃな。この前のたこ焼きパーティーは楽しかったのう、余計な乱入者はおったが」

「また今度、ミーニャを呼んでやりましょう。お好み焼きやホットケーキもいいですね」

「ホットケーキがいい！　メープルシロップたっぷりで！」

ハルヴィエド・カーム・セイン統括幹部代理。

父が連れてきた神霊工学者《しんれいこうがくしゃ》で、現在のデルンケムの基地は彼が提唱《ていしょう》した理論を用いて造られている。

空気を吸うだけで体が蝕《むしば》まれる奇病に侵されたヴィラベリートのために、異空間に基地を造り空気も自前で生み出すなんてとんでもない真似《まね》をしでかした、バカスレスレの天才である。

同時に、頼れる者の少ない今のヴィラベリートにとってはなくてはならない存在だ。

正直理不尽に仕事を押し付けている自覚はある。しかし義兄がいない今、彼以上に有能で信頼できる相手はいないのだ。あと、いっしょにロボットアニメ見てくれるし。

「……私は、どちらになればいいと思う？」

だからこんなことまで頼ってしまう。

男になったところで父や義兄のように戦場を駆けられるとは思えない。

女になったとしても大人しくしてはいられない。

どちらを選んでも、今と同じ中途半端なままのような気がした。

「どちらでもいいですよ。男でも女でも、性別がなくともヴィラ首領ですから。ただ、女性だと牛丼《ぎゅうどん》屋《や》に入りにくいし男性はパフェを食べにくい。そこら辺を考える必要はあるかと」

けれどハルヴィエドの返答は軽い。

「ああ、男女にかかわらず清潔感がないタイプには忠誠心が揺らぐのでご注意を」

「おぬしは本当に好き勝手言うのう……」

「仕事中は難題に全て応えているのですから、プライベートならこれくらいは許されるでしょう」

思わずヴィラベリートは笑みを浮かべる。

つまり今は仕事だから相手をしているわけではないということだ。もっとも、がっつりビール飲んでいるのでこれを仕事中と言われたら別の意味で困る。

「ハルヴィエドは、なんじゃ、普段の行いはともかく天才なのは間違いない。デルンケムを辞めても引《ひ》く手数多《てあまた》であろう？」

「どうでしょう。先代には恩もありますし、ヴィラ首領にも世話にはなっていますしね。あと、今さら職場を変えるのも面倒臭いですし」

「それ絶対後者が本音じゃろ」

半眼で睨《にら》んでも、彼は小さく肩を竦《すく》めて流してしまう。

「なんにせよ、首領に見捨てられるまでは悪の科学者ポジでいようと思っています。男でも女でも、どちらでもなくとも、長い付き合いをお願いしたいものです」

明確な答えはくれない。たぶん自分で考えなくてはいけないことだから。

それでも、たとえ何を選んでも配下でいると約束してくれた。

「ちなみにロスト・フェアリーズのポスターは」

「それは私の癒《い》やしです。剝がしません」

「うぬぅ」

多少引っかかるところは残っているが、きっと彼はこれからも支えてくれるだろう。

「まったく、ハルヴィエドは」

　悪態をついても頬は緩んでしまっていた。

１１７：ハカセ
呼び出されたと言っても将棋の相手をさせられただけやけどな。
あとはちょっとした愚痴を聞いたくらいか。

１１８：名無しの戦闘員
やっぱストレスはあるんだろうな。

１１９：ハカセ
首領はコンプレックスが強いんよなぁ。
ぶっちゃけ先代も腕っぷしがあるだけでそんな有能ちゃうのに「偉大なパパ上のように！」って気張ってもうとる。そこを指摘しても意固地になるだけやし、なんともはや。

１２０：名無しの戦闘員
人望はあったみたいだし。

１２１：名無しの戦闘員
いいところで亡くなっちゃうと美化はされやすいよな。

１２２：名無しの戦闘員
ちなみに騒ぎはどうなったの？

１２３：ハカセ
戦闘員のアイドル最後の砦《とりで》、日本に来てから採用された若手の星・日露のデュアル属性の戦闘員Ｌリアちゃん（十七歳）率いる最後の派閥、【そんなのどっちでもいいから働いてもらえませんかね派】が強制的に鎮圧した。

１２４：名無しの戦闘員
圧倒的正論っ……！

１２５：名無しの戦闘員
というかそれ本来ハカセの仕事じゃないすかねw

１２６：ハカセ
いやいや、ワイはあくまで悪の科学者ポジやから。首領の日本侵略を助けるために日夜頑張っとるわ。

127：名無しの戦闘員
ロスフェアちゃんのこと報告してないのに？
128：ハカセ
隠し事の一つや二つは幹部のたしなみ。黙っているのはワイの計略に必要ってだけや。
いずれあの三人にもワイの役に立ってもらうからなぁ！　……ｗｗｗ
129：名無しの戦闘員
おお、ハカセ悪役っぽいぞ！
130：名無しの戦闘員
笑い漏れてるしぜってー大したこと考えてないけどなｗ

第十四話　沙雪ちゃんと晴彦さん②

いつもよりも衣服には気を遣い、晴彦《はるひこ》からもらった守り石も身に着けた。

お土産《みやげ》はクッキーの詰め合わせ。ケーキにしようかとも思ったが、彼がおもてなしの準備をしていた場合被る可能性もある。初めての訪問なら無難なものを選ぶべきだろう。

「あ、沙雪ちゃん早いね！」

「お呼ばれしているのだから、万が一にも遅れるわけにはいかないもの」

「気合い十分だね！」

「べ、別にそういうつもりでは」

待ち合わせ場所に一番に来たのは沙雪だった。口ごもってしまったが他意はない。

次に茜《あかね》が、そして最後に「お待たせしましたっ」と元気に萌《もえ》が走ってくる。

日曜日。今日は美衣那《みいな》との約束で、葉加瀬《はかせ》家に遊びに行くことになっていた。

「今日はハルさんもお休みで、お家で歓迎してくれるんですよね？」

萌が嬉《うれ》しそうにしている。

美衣那さんの家に行くということは、兄である晴彦さんの家に行くということでもある。意識すると少し緊張してきてしまった。

「そうね、失礼のないようにしないと」

「分かってるよ沙雪ちゃん。さ、行こっ！」

元気な茜の笑顔を見ると勇気をもらえるような気がする。

向かった先は駅前にあるマンション。ここで晴彦たちは二人暮らしをしているそうだ。部屋は二階の角部屋《かどべや》だと聞いているので直接訪ねた。

「……はい、お待ちして、ました」

出迎えてくれたのは美衣那だ。銀髪だけど二人とも生粋《きっすい》の日本人らしい。

首元の開いた大きめなリボンがついたトップスにフレアミニスカート。チャーム付きのチョーカーがよく映える、かわいらしくまとまった着こなしだった。

「やっほ、美衣那ちゃん！」

「美衣那さん、こんにちはっ」

「今日はお招きありがとうございます」

晴彦のことを別にしても美衣那と仲良くできるのはとても嬉しい。

なにせ沙雪の交友関係は狭い。茜や萌以外の友達の自宅にお呼ばれするなんて、めったにないイベントである。

「ここには最近引っ越したばかり。ハル兄さん、私が根戸羅《ねとら》学園の推薦とったと知ったらすぐにマンションを借りた」

「じゃあ美衣那は私の後輩になるのね」

「ん、よろしく。沙雪先輩」

「こちらこそ」

確かにこのマンションなら学園からも近いし登校しやすい。しかし妹のために引っ越すなんて思い切ったことをする。

「ボクも目指してるから、三人いっしょになれるかもね！」

「茜はもう少し勉強を頑張らないと」

「うっ、あはは、それは……」

勉強が苦手な茜はぎこちなく笑っている。

そういうところもかわいいとは思うが、ここで手心を加えたら後々困るのは彼女だ。今日は遊びがてら勉強会も開く予定だった。

案内された美衣那たちの家は、落ち着いたデザインの木製家具で統一されていた。インテリアが少ないのは引っ越してきたばかりだからだろう。

「ああ、沙雪ちゃん。萌ちゃんに、茜ちゃんも。いらっしゃい、よく来てくれたね」

リビングに行くと私服姿の晴彦が待っていた。

銀髪でクールな顔立ちの美貌《びぼう》の青年がソファーで英字新聞を読んでいる。すごく違和感があるようで、しっくりくるような不思議な感覚だった。

「お邪魔しまーす！」

「ハルさんこんにちはです！」

「お邪魔します。今日はよろしくお願いしますね、晴彦さん」

　スムーズに名前も呼べた。そんな当たり前のことに胸を高鳴らせ、沙雪は自然と笑顔になった。

５１２：ハカセ
ワイがロスフェアちゃん三人を家に呼んでシスコン認定されたあげくフィオナたんとイイ雰囲気になった話したっけ？
５１３：名無しの戦闘員
してねぇよ!?
５１４：名無しの戦闘員
なにそれくわしく！
５１５：ハカセ
もーしゃーないなぁｗ　にゃんJ民は欲しがりさんやなぁｗ
５１６：名無しの戦闘員
未《いま》だかつてないほどハカセうっざ。
５１７：名無しの戦闘員
お前とにかく話したいだけだろ。
５１８：ハカセ
前振りはこんくらいにしとこか。
前に猫耳くのいちがエレスちゃんたちを家に呼んだ話したやろ？
あの後速攻でマンション契約してハカセ・猫耳兄妹の二人暮らしを構築したんや。
日本での拠点も欲しかったし、ちょうどいい機会やったわ。
で、ちゃんとエレスちゃんたちが遊びに来たんでおもてなしをしたってわけや。
５１９：名無しの戦闘員
ああ、ハカセさん家の男性事情がうんちゃらかんちゃらってやつ?。
５２０：名無しの戦闘員

家庭事情計画な。男性事情だと猫耳ちゃんが大変な感じになっとる。
521：ハカセ
とりあえず設定も練ってみた。
【ハカセ・アニタロウ】
とある電機メーカーに勤める二十六歳。
若くして役員ではあるが現場主義で、いまだに研究の陣頭に立っている。
両親を早く亡くしたため妹の面倒《めんどう》を見てきた。実は義理の妹だが、血の繋《つな》がりなど関係なく大切に想《おも》っている。
趣味は読書と研究。仕事人間すぎて恋人とはすぐ別れてしまうのが悩み。
本当は猫を飼いたいが義妹に止められている。カップ麺や冷凍食品、ケーキなどが好き。濃い味が好きだが体に悪いといつも義妹に窘《たしな》められている。
家事は一通りできるが、料理は普段義妹が担当している。一番の好物は義妹の手料理。
522：名無しの戦闘員
恋人とはすぐ別れてしまう、の辺りに小さなプライドが見え隠れしてるなw
523：名無しの戦闘員
お前恋人いないし童貞《どうてい》じゃんwww
俺？ ……聞くなよそんなこと。
524：名無しの戦闘員
後半はわりと普段のハカセだな。
525：ハカセ
続いて猫耳くのいちの設定な。
【ハカセ・イモウット】
都内の中学に通う十五歳。
すでに根戸羅《ねとら》学園の入学が推薦で決まっており、アニタロウが引っ越しを決めたのはイモウットの高校生活を考えてのこと。
人見知りがあり、普段は無口で感情を見せないが友人や家族とはけっこう喋《しゃべ》る。
運動は得意だが勉強はちょっと苦手。兄と二人暮らしで家事をするため中学時代部活に入っていなかった。

実は兄とは血が繋がっていない。
兄のことは『兄さん』呼び。仲が良く、休日にはいっしょに買い物に出かけたりもする。
ハカセ家の調理担当。兄のためになんとか野菜を食べさせようと工夫している。
最近はオシャレに目覚めて、いろいろと試している。
……こんな感じか。名前からワイらに辿《たど》り着《つ》こうとしても無理やで。当然ながら仮名や。
526：名無しの戦闘員
言われんでも分かるわw
てかマジで猫耳ちゃん料理できるの？
527：名無しの戦闘員
義理の妹か……いいねぇ、すばらしい設定を盛り込んできた。
528：名無しの戦闘員
なんかラブコメが始まりそうな設定だな。
529：ハカセ
≫≫526　できるで、設定と言いつつも大きな乖離《かいり》はない。
フィオナたんを迎えるための準備は万端や。
マンションを購入し家具やインテリアを調えた。
ウォーターサーバーも設置してある。
しかもただのウォーターサーバーやない。
周りに馴染《なじ》むシックなデザインのウォーターサーバーや……！
530：名無しの戦闘員
お、おう。
531：名無しの戦闘員
なんなのそのウォーターサーバー推《お》し。
532：ハカセ
そらウォーターサーバーはモテアイテムやとネットの記事を見たからな！
あと猫耳が欲しいゆうたから設置してみたんやけど意外と便利でお気に入りなんや。
533：名無しの戦闘員
やっぱ猫耳ちゃんに甘いよなハカセ。
534：名無しの戦闘員

実際にそこで暮らしてんの？

535：ハカセ
基本は基地やけどお泊《と》まり感覚で過ごすこともあるで。猫耳が喜んでくれてな。

猫耳「晩御飯できた、にゃ」

ワイ「ありがとう。猫耳妹のご飯はおいしいからなぁ」

猫耳「ハカセ兄さん。今夜は昔みたいに、絵本を読んでほしい、にゃ」

ワイ「おいおい、もう十五歳だろ？」

猫耳「いいにゃ。妹は、兄に甘えるもの、にゃ」

こんな感じ。にゃ、はあかんぞとちゃんと注意もしておいた。

なんか昔の、教育係だった頃を思い出すわ。

以前の猫耳はワイに絵本を読んでとせがんだもんや……。

536：名無しの戦闘員
あれ、なにこれ。俺らハカセのリア充っぷりを見せつけられるの？

537：名無しの戦闘員
この段階で既にイチャついてるけど本題はフィオナちゃんだからな。

538：ハカセ
その通りや。ワイはこの日のためにアニキに紅茶の淹《い》れ方《かた》を学んだ。

猫耳やA子ちゃんも教えてくれようとしたが「弟分のためだ、俺が基礎から教えるよ」って言ってくれた。明日も仕事あるのに一晩中付き合ってくれるアニキまじアニキ。

ケーキも準備済み。インテリなところを見せるため英字新聞も用意しとる。ワイにしたら日本語も英語も他次元の言語やけど、学生にはアピールになるらしいからな。

539：名無しの戦闘員
気合い十分みたいだけど微妙にずれてると思わなくもない。特に英字新聞のくだり。

540：名無しの戦闘員
努力は認める。

541：名無しの戦闘員
相変わらずの面倒見のよさンゴねぇ。アニキぃ！
542：ハカセ
そしてついにフィオナたんたちがウチに来た。
ワイ「ああ、フィオナちゃん。ルルンちゃんに、エレスちゃんも。いらっしゃい、よく来てくれたね」
ちなみにワイ、ロスフェアちゃんたちのこと下の名前で呼ぶようになった。
妹と区別するために向こうも下の名前呼び。よう考えたら苗字《みょうじ》の方が本名に近いんやけどな。
エレス「お邪魔しまーす！」
ルルン「ハカセさん、こんにちはです！」
フィオ「お邪魔します。今日はよろしくお願いしますね、ハカセさん」
うんうん、元気なええ子たちや。なんて思ってるとくいくいと服を引っ張られた。
猫耳「ハカセ兄さん、鼻の下を伸ばさない」
ワイ「おいおい、そんなつもりはないぞ」
猫耳「兄さんはかわいい子に弱いから」
ワイ「まいったな……」
さすがスパイも難なくこなす猫耳やな。まるでほんまの兄に腹を立てている妹のようや。
543：名無しの戦闘員
……うん、そやな！
544：名無しの戦闘員
義理の妹の嫉妬《しっと》最高かよ。
545：ハカセ
エレス「妹ちゃん、お兄さんと仲良しなんだね！」
猫耳「違う。ハカセ兄さんは仕事できるけど普段はだらしないからしつけてるだけ」
フィオ「し、しつけ……」（頬赤。
ねえフィオナたん、なんでちょっと顔赤くしてるの？
ルルン「わぁ、ウォーターサーバーだ！　家にあるの初めて見ましたっ」
ワイ「はは、意外と便利でね」

ルルンちゃん……ほんまええ子や。

ワイ「まあ座ってくれ。お茶でも用意しよう」

そしてケーキとワイが淹《い》れた紅茶を振る舞った。

クリーム系が多いので茶葉はディンブラがいいってアニキが言ってた。

ワイはアニキを全面的に信じてる。

546：名無しの戦闘員

ルルンちゃんは本当にうまくハカセの好感度を稼ぐよな。

547：名無しの戦闘員

というよりハカセの感性が幼いルルンちゃんに近いのでは……。

548：名無しの戦闘員

おいバカやめろ。

549：ハカセ

いわれなき風評被害にも耐える健気《けなげ》なワイ。

エレス「わぁ、ハカセさん。紅茶淹れるのすごく上手《じょうず》なんですね！」

フィオ「おいしい……」

ルルン「マスターみたいです」

意外とボクっ娘エレスちゃんの評価が高く尊敬の目を向けられた。

ふふふ、そうやろう。ワイかっこええやろ。見て、もっとワイを見て！

猫耳「……今日のためにアニキさんのところで一夜漬けしただけ」

つーんとした感じでバラす我が妹。それ言っちゃあかんヤツやん。

550：名無しの戦闘員

猫耳ちゃんの義妹としての鉄の意志を感じる。

551：名無しの戦闘員

かーっ、あざとかー！　猫耳ちゃんあざとかー！

552：ハカセ

フィオ「へぇ、練習を。嬉しいです」（ニコニコ。

エレス「ハカセさん、ありがとうございます」（ニマニマ。

ルルン「そうなんですか、一日でこれってすごいですねっ」（超笑顔。

あかん、ワイが女の子の前でカッコつけようと練習しちゃう男だと露見した。

内心見栄《みえ》っ張《ぱ》りだとか思われてるかも知らん。

なにこれすっごい恥ずかしい。見ないで、ワイを見ないで……。

ワイ「こ、こら猫耳」

猫耳「皆騙《だま》されたらダメ。兄さんは恰好《かっこう》いいけど晩酌《ばんしゃく》のビールを何より楽しみにしてるおじさんくさい人」

ワイ「本当に止めてくれません!?」

なんなのこの子？　ワイを辱めてどうしたいの？

ワイの評価だだ下がりやんけ。

553：名無しの戦闘員

なんなのって、なぁ……？

554：名無しの戦闘員

義理の妹としては正しい行動だよね。

555：名無しの戦闘員

ラブコメの基本を押さえてるじゃないか。

556：名無しの戦闘員

猫耳ちゃん分かってるよ、うん。

むしろこれはノレなかったハカセの方に責任がある。

557：ハカセ

こうしてワイの見せ場は猫耳くのいちの手によって潰されてしまった……。

だがチャンスはまだある。今日はウチで遊びつつ、勉強会みたいなこともするらしい。

そして夕食も食べていくと。

そう……夕食や。ここでワイがオシャレなパスタを作って再度アピールする。

アニキ直伝のレシピを使ってな！

558：名無しの戦闘員

紅茶もパスタもってそれアニキがすげーだけじゃねえかw

559：名無しの戦闘員

そもそもパスタがオシャレって感覚がもうね。

　初めて会った時は、美形なのに女性に慣れていない人だと思った。

　聖霊天装《せいれいてんそう》ができず悩んでいる時は、相談に乗ってくれて頼れる大人だと感じた。

　だけどこうして日常を覗《のぞ》き見ると、晴彦は想像していたよりも普通だ。妹を大切にしていて、沙雪たちをもてなすために勉強してくれる真面目《まじめ》な人だった。

　それを知られて恥ずかしそうにする姿は、年上の男性には失礼な表現かもしれないが、なんとなくかわいらしい。

「へへ。晴彦さん、ボクたちのために紅茶の淹れ方勉強したんだって」

　美衣那の部屋でおしゃべりをしていると、茜がまんざらではない様子でそう言った。

　彼は恥ずかしがっていたが、社交辞令でなく歓迎してくれた証拠なのだから、沙雪としてもかなり嬉しかった。

「でも、こんなに頑張ったんだよーって言ってくれてもいいのに、なんで隠そうとしたんでしょうね？」

　萌が不思議そうにしている。

「え？　特訓は隠すものじゃない？」

「そうなんですか？」

「うん。ボクもバスケ部の頃、秘密の練習はよくやったよ」

　もともと体育会系な茜からすると、努力を見せないのは普通のことのようだ。しかしそれを美衣那が否定する。

「たぶん、みんなにカッコいいって思ってもらいたかっただけ」

「ハルさんはかっこいいですよ？」

「でもあの人は、気合いを入れると空回る」

　美衣那は少し不満そうだ。兄を嫌っているのではなく、もどかしさを感じているといった様子だ。

「ふふ、美衣那は晴彦さんが大好きなのね」

「当然。ハル兄さんは、私の神様だから」

からかったつもりが、美衣那は堂々としている。

そうして彼女は今までのことを語り始めた。

「私と兄さんは血が繋がってない。父親に虐待《ぎゃくたい》されてた私を、兄さんが助けて引き取ってくれた」

「え……こ、これ、ボクたちが聞いていい話？」

「大丈夫、暗いのじゃない。むしろハル兄さんが父を殴ったり、私を抱きかかえて帰ったり、冒険活劇的」

「おおー、意外とアグレッシブ……」

茜が妙なところで感心している。けれど確かに、そこまで過激な対応をするとは思っていなかった。

「それからは兄さんだけが私の家族。いつも面倒を見て、いっしょにご飯を食べて、勉強を教えてくれたし、絵本を読んでとせがむと眠るまでずっと傍《そば》で読み聞かせてくれた。今だってたこ焼きパーティーしたいって言ったら、忙しくても時間を作ってくれる。……私が動きやすいように、会社の環境を整えてくれたのも知ってる」

美衣那が、とても優しく微笑《ほほえ》んでいる。

「まともな家に生み落としてくれなかった神様なんて信じない。代わりに私は自分の神様を信じる。私を愛してくれて、私が守りたいと願える誰か……それが、私にとっての神様」

一転して彼女の表情は悪戯《いたずら》っぽい笑みに変わった。

「まあ私の神様は、日常生活では少しポンコツだけど」

そのオチに堪《こら》えきれず沙雪たちは吹き出してしまった。

「ハル兄さんは、本当は変に恰好つけたりしないで、自然にしてるのが一番なのに。意識すると途端にうまくいかなくなる人」

「教えてあげないの？」

沙雪がそう聞くと、美衣那は拗《す》ねたように口をとがらせる。

「……教えてモテたら何となくシャクだからイヤ」

それがおかしくてみんなしてまた笑った。

普段は無表情で兄を弄《いじ》っているようだが、どうやら彼女はけっこうなブラコンらしい。

560：ハカセ
今度こそと気合いを入れるワイ。夕食の材料は購入済みや。
とはいってもパスタってすぐ作れてまうからなぁ。夕食まではのんびり仕事しとった。

561：名無しの戦闘員
のんびり仕事って辺りに社畜根性が染み付いてるな。

562：名無しの戦闘員
マンションで怪人《かいじん》作成？

563：ハカセ
うんにゃ、実はワイが会社で働いとるってのは嘘《うそ》でもない。
日本で活動するために侵略を始める半年前から合同会社を設立しとる。そっちの収支報告を組織用にまとめとこ思てな。
社名は……問題あるとあかんから今は内緒で。

564：名無しの戦闘員
やべえ、いつの間にか日本の金がデルンケムに流れてる。

565：名無しの戦闘員
ほんとに無駄《むだ》に有能だなコイツ。

566：ハカセ。
そやから経営難と言いつつも給与は確保できるって寸法や。
なお首領の報告書には分かりやすいようにミニハカセくんが指差しして「ここの部署は好調だよ！」とか「むむ、この数字おかしくない？　放置してるとちょっとまずいかも……」とか説明してるカラーイラスト付きや。
重要なところはミニハカセくんを追っていけば把握できるようになっとる。

567：名無しの戦闘員

それはさすがに甘やかしすぎでは？

568：名無しの戦闘員
未成年が会社の経営状況を把握するにはそういうのも必要……なのか？

569：ハカセ
補助輪みたいなもんや。慣れれば報告書のどの部分を見ればいいのか分かるようになる。
いずれは首領を社長に据えるつもりやし、今からちょっとずつでも報告書をさばけるようにならんとな。

570：名無しの戦闘員
優しいのか厳しいのか。

571：名無しの戦闘員
俺はそういうことやってくれる秘書欲しい。

572：名無しの戦闘員
おい！　にゃんJ民のくせして社長がいるぞ！

573：名無しの戦闘員
なんだと!?　血祭りにあげろ！

574：名無しの戦闘員
物騒すぎるわw

575：ハカセ
ワイも統括幹部代理なんやけど……（震え。
そんな感じで仕事をしつつ時間を潰しとった。
途中ゴリマッチョから「やべえぞ！　往年の名プロレスラー真剣十番勝負のビデオが手に入った！いっしょに見ねえか!?」と誘いがあったけど別の日にしてもらった。
自分は強化系の異能でヤバイ肉弾戦できるのにゴリマッチョはプロレス大好きなんや。

576：名無しの戦闘員
二人の悪友感w

577：名無しの戦闘員
なあなあハカセ。お前頭いいんだから料理より勉強教えてやれば好感度アップじゃね？

578：ハカセ
んー、ワイは天才と言いつつプロトタイピングを重視する研究者やからなぁ。
試行錯誤を積み重ねるのは若いフィオナたんたち

にとって大事なことやと思うんや。
　そりゃ教えてと頼まれたら引き受けるけど、初めからしゃしゃり出るのはちゃうやろ。
　一番の理由は「友達と勉強会やるなんて猫耳にとってもいい機会やから奪いたくない」ってとこやけど。
579：名無しの戦闘員
　プロトタイピングってなんだ？
580：名無しの戦闘員
　プロトタイプ（試作品）を早めに作って実機で問題点出して修正して完成に近付けていく手法だよ。
ここでは効率のいい手段を教えてもらうより、失敗をどうにかしていく方法を自分で学ぶのが大事っていうのがハカセの意見ってことかな。
　うん、私ちゃんもそれには賛成。
581：名無しの戦闘員
　解説サンガツ。
582：名無しの戦闘員
　意外にちゃんと研究者してるんだな。

　そういえば猫耳ちゃん中学生設定だけどこっちの勉強分かるの？
583：ハカセ
　侵略前の準備期間にワイら幹部はある程度学んどるよ。
　話の続き。時間もいい感じになって、そろそろ夕飯の支度でもしようかなぁってところでロスフェアちゃんたちも猫耳の部屋から出てきた。
　エレスちゃん・フィオナたん・ルルンちゃん。皆なぜかワイを見てニコニコ笑っとる。
ワイ「ねえ猫耳くのいち？　なにかまた変なこと言ってない？」
猫耳「私への普段の接し方を話しただけ」
接し方……？　特別なことをした覚えないし、ほんまになんでや？
猫耳「とりあえず、夕飯手伝う」
ワイ「え、ワイがやるけど？」
猫耳「偶《たま》にはいっしょにしたい、にゃ」
そう言われたら逆らえるはずもなく了承するワイ。

それを見ていたルルンちゃんが一言。
ルルン「わぁ、わたし知ってますっ。こういうの、シスコンって言うんですよね？」
どこでそんな言葉を覚えたのルルンちゃん!?
584：名無しの戦闘員
無邪気さって時に悪意より人を傷つけるよな。
585：名無しの戦闘員
十五歳の妹にせがまれて絵本読んであげるのはシスコン呼ばわりも仕方なし。
586：名無しの戦闘員
うん、十分シスコンだよねｗ
587：ハカセ
そりゃあ猫耳は家族みたいなもんやし大切にも想っとるけどさぁ。
フィオ「お二人とも、本当に仲良しですね」（ニコニコ。
ワイ「そう見えているなら嬉しいが、なにか恥ずかしいな……」（頬ポリポリ。
そんなこんなでワイの見せ場のはずが、ワイと猫耳が仲良く料理するのをフィオナたんたちが微笑ましそうに眺めるという謎状況が形成された。
ま、悪い気分ではなかったかな。ちなみに夕食はアニキ直伝ラタトゥイユパスタや。
簡単で、野菜たっぷりだけどおいしい。野菜不足なワイにはこれがぴったりやって。
588：名無しの戦闘員
アニキいい人すぎだろ。
589：名無しの戦闘員
それが本当にモテる男の気遣いだぞ。
590：名無しの戦闘員
ハカセも見習えよ。
591：ハカセ
うん、さすがアニキや。ワイもこういうさり気ない技使えるようになりたい。
実際ワイでも簡単に作れたしな　おかげでロスフェアちゃんたちも大喜びやった。
特にエレスちゃん、本当においしそうに食べるんや。

こういうのって嬉しいなぁ。好印象を与えるって目的はほぼ失敗しとるような気もするけど、なんやかんやいい休日やったわ。

………と、思っとったところで！

ワイには嬉し恥ずかしラストイベントが待ち受けとった！

592：名無しの戦闘員
おお、最初に言ってたやつ！

593：名無しの戦闘員
ついにフィオナちゃんの出番か。

594：ハカセ
洗い物を終えたワイはベランダで夕涼みをしとった。

そろそろ帰る時間やし、女の子たちだけでわちゃわちゃしとる方がええやろ思ってな。

片手にはビール。醜態《しゅうたい》さらすのもアレやし最近は一日三本まで。休肝日も設けとる。

595：名無しの戦闘員
カラダを気遣う系悪の科学者ｗ
596：名無しの戦闘員
けっこう飲んでるじゃねえか。

597：ハカセ
景色を肴《さかな》にビールを飲んでるとフィオナたんが一人でベランダにまでやってきた。

ワイ「ん……どうしたんだ、フィオナちゃん」

フィオ「今日はお世話になりましたので、ご挨拶《あいさつ》を」

ワイ「いや、私も楽しかったよ」

お世辞やないで。猫耳も同年代と触れ合えて楽しそうにしとったしな。

フィオ「私も、楽しかったです。ハカセさんの普段の姿も見られましたし」

ワイ「まいったな……」

今日は恥ずかしい姿ばっかりだった気がするけど、フィオナたんはくすくす笑っとる。

あれ、実は好印象？

フィオ「……また今度、遊びに来させてもらってもいいですか？」

??「にゃ」（壁に隠れつつチラリ。

ワイ「ああ、もちろん。君たちならいつでも歓迎するよ」

そうしてまた遊びに来る約束をして、フィオナたんたちは満足そうに帰っていった……。

どや！　もうこれだいぶ親しくなっとるやろ⁉

598：名無しの戦闘員

いや、猫耳ちゃんの優しいお兄さんの域を出ていないと思うんだが。

遊びにっていうのも妹ありきだろうし。

599：名無しの戦闘員

つか覗き見る謎のにゃんこがおるぞｗ

600：名無しの戦闘員

いい雰囲気というには微妙だな……。

601：ハカセ

おまいら……ワイの結婚式には呼んだるからな。

その時は社長代理のワイとフィオナたんに祝福のシャンパンをかける権利をやろう。

602：名無しの戦闘員

こいつデルンケムと日本の一般人で二重生活送る気でいやがる……！

603：名無しの戦闘員

しかもすげー出世してるｗ　なんでこんなに強気でいられるのか。

604：名無しの戦闘員

能力的には不可能ではないのがまた。

605：ハカセ

とまあここまでが昨日の話、問題はここからでな。

フィオナたんたちが帰った後、ワイは猫耳ともう一泊日本で過ごしたんや。

それが首領にバレて、罰として首領の私室でアニメ鑑賞会に付き合うことになった。

ロボットアニメやけど異能＋戦略がメインでかなり面白かった。ただ首領がハマりにハマって、特に主人公がかっこいいって大はしゃぎ。

結果としてワイの幹部服をその主人公風の厳つい黒マント＋顔の半分を隠す仮面のスタイリッシュスタイルにする計画が持ち上がっとるんやけど、どないすればいいと思う？
606：名無しの戦闘員
　知らねえよｗ
607：名無しの戦闘員
　ほんとハカセは決めきれねえなｗ
608：ハカセ
　もしワイが次の出撃の時に謎の仮面被ってたり襟《えり》がすごい立ってたりしても、触れないでそっとしといてな。

　日が暮れてそろそろ帰宅する頃合いになった。

　沙雪は帰る前に挨拶しようと晴彦を捜した。彼は片手にビール缶を持って、ベランダで夕涼みをしている。

　声をかけようと近付くと晴彦が振り返る。沙雪を見つめる瞳は普段よりも優しかった。

「ん……どうしたんだ、沙雪ちゃん」

「今日はお世話になりましたので、ご挨拶を」

「いや、私も楽しかったよ。美衣那も、同じ年ごろの友人と触れ合えて喜んでいたようだ」

　シスコンという評価はあながち間違っていないように思う。沙雪はくすりと笑ってしまった。

「私も、楽しかったです。晴彦さんの普段の姿も見られましたし」

「まいったな……」

　気取っていない、大人としての立ち振る舞いでもない、家族にだけ見せる姿。

　妹の友達を歓迎するために頑張ってくれたり、美衣那と料理を作ったり。普段の彼を垣間見《かいまみ》て、ぐっと距離が近付いたように感じられる。

　……虐待されていたという美衣那を引き取り、惜しみなく愛情を注ぐ彼のことも知った。

　そんな過去を微塵《みじん》も感じさせない横顔に、なぜかとくんと鼓動が鳴る。今の沙雪は彼に対して、単なる親しみやすい男性とは違った印象を抱いていた。

「……また今度、遊びに来させてもらってもいいですか？」

「ああ、もちろん。君たちならいつでも歓迎するよ」

返ってきた微笑みに顔が熱くなるのを自覚する。

それを悟《さと》られないように、沙雪は早々にベランダを後にした。

第十五話　ゴリマッチョのこと、或いはハカセの企み

　都内某所。神霊結社《しんれいけっしゃ》デルンケムの襲撃《しゅうげき》により道行く人々は騒然としていた。

　対するはロスト・フェアリーズ。妖精姫《ようせいき》、浄炎《じょうえん》のエレスが一気に前に出る。

　今回は魔霊兵《まれいへい》や怪人《かいじん》だけではない。デルンケム統括幹部代理、ハルヴィエド・カーム・セインの姿があった。

　彼はなぜか前回の研究者風の服装ではなく、黒いマントと顔の半分を覆う仮面を装着している。その変化に多少面食らったが今は気にしている暇もない。エレスは他の二人に足止めを任せ、幹部をここで倒すつもりだった。

「統括幹部ハルヴィエド！　覚悟しろ！」

「あくまで私は代理だよ、エレスちゃん。そこを忘れてもらっては困るな」

「ううぅ、ちゃ、ちゃん付けとか、バカにするな！」

「そんなつもりはなかったのだが、すまないな（しまった、普段のクセが）」

「もぉ、やりにくいなぁこの人!?」

　ハルヴィエドは敵でありながら妙に親しげな瞬《しゅん》間《かん》がある。しかも素直に謝るのだからどういう対応をすればいいのか分からない。

　浄炎のエレスは炎をまとった拳《こぶし》で果敢に攻めるが、それを容易《たやす》くいなされてしまう。高速の近接戦闘をしながらもハルヴィエドは余裕のある態度を崩さず、さらには反撃の蹴りを繰り出した。

　ハルヴィエドの一撃はエレスのガードの上から叩《たた》き込《こ》まれた。

　彼女が防いだのではなく、相手が敢えて狙ったのだ。手加減か、舐《な》められているのか。ハルヴィエドの攻撃に大きなダメージを与えるようなものは一切なかった。

「くぅ、強いっ」

「ふふふ。その評価は嬉《うれ》しいが、残念ながら私は幹部最弱だ」

得意の格闘でも互角以上。しかもハルヴィエドは研究畑の人間だと以前言っていた。つまりデルンケムの幹部は本職でない者ですらこのレベルなのだ。

「エレス、引いて！」

「フィオナちゃん！」

エレスが大きく引くと同時に、清流《せいりゅう》のフィオナの魔力が迸《ほとばし》る。

高圧水流がハルヴィエドに襲い掛かるも、それさえ簡単に無効化されてしまった。

「バリアー……⁉」

「魔力干渉《かんしょう》の断絶だ。こういった小細工の方が私の本業でね」

「くっ、これが、統括幹部の実力……！」

「ふふ……（ハルヴィエド特性アイテムを使えば誰でもできるけど内緒です）」

二人がかりでもハルヴィエドにかすり傷さえ負わせられない。

魔霊兵や怪人を倒してきたことで勘違いしていた。まだ、幹部クラスとはここまでの差がある。

エレスは呼吸を整えた。今の自分では届かない……ならば聖霊天装《せいれいてんそう》に勝負を懸《か》ける。

「きゃあああああ⁉」

しかし集中が途切れてしまう。魔霊兵や怪人の足止めを任せていた萌花《もえか》のルルンが攻撃を受けたのだ。

「わっ、ちょ、ちょっと待ってください⁉」

ダメージはほとんどないようだが、ただでさえ薄い妖精衣《ようせいい》が破れて肌が露出している。まだ中学生の女の子だ。恥ずかしさから動けなくなってしまっていた。

「む、いけないな」

ハルヴィエドはそれを見るや否や、エレスとの戦闘を中断しそちらに向かった。

かと思えば、妙に襟《えり》が立った厳《いか》つい黒マントを脱ぎ、ルルンにすっぽりと被《かぶ》せた。

「あ、あれ？　えーっと……？」

「さて、今回は目的を達成した。ここで退散させてもらおう」

ルルンの肌を隠したハルヴィエドは撤退を決めたらしく空間ゲートを展開した。

「えっ!?　ま、待て!」

「では、失礼するよお嬢さん方。また会える時を楽しみにしている（マジで）」

エレスが止めても振り返らず、彼は転移で逃げおおせた。

気付けば魔霊兵や怪人もいなくなっており、その場には戦闘による傷跡とロスト・フェアリーズだけが残されてしまった。

「もお、なんなのアイツ!?」

エレスは顔を真《ま》っ赤《か》にしている。完全に負けた、それどころか相手にさえしてもらえなかった。胸にある感情は怒りよりも悔しさだ。

「目的は達成したと言っていたけれど、ひとしきり暴れて建築物や道路が破壊されただけ。いったい、彼はなにがしたかったのか……」

フィオナも頭を悩ませている。

はにかみつつも落ち着いているのはルルンだ。

「わ、私はなんか助けられちゃいました。えへへ……」

襟がすごいマントで体を隠しながらルルンはぎこちなく笑う。ハルヴィエドは奇妙な人物だが紳士ではあるのだろう。

結局今回の襲撃の目的は分からないままだが、一つだけ確かなことがある。

「少なくとも、通常の妖精衣のボクじゃ幹部クラスには敵わない……」

言い知れない敗北感を味わい、エレスは呻《うめ》いた。

784：ハカセ

ふふふ、まさかフィオナたんたちも「首領のご機嫌を取るためにロボットアニメ主人公風マントで出撃すること」自体が目的だとは思うまい……。

しかもルルンちゃんの肌を隠すために使い紛失、これじゃもう着れないなーという理想的な流れ。ワイ、有能。

785：名無しの戦闘員
いまだかつてそんな理由で出撃した幹部知らねえw

786：名無しの戦闘員
でもSNSでハカセ叩かれまくってるぞ。
「悪の組織の幹部のくせして邪魔しやがって！」
「ルルンちゃんのピンク色が見れなかった！」みたいな感じ。

787：名無しの戦闘員
ハカセお帰りー。出撃した日も書き込むとか相変わらずにゃんJ民してるなぁ。

788：ハカセ
≫≫786　そんな苦情は受け付けんし足の小指をハンマーに全力でぶつけろどうぞ。
ただいまやで。とはいえまた出かけるんやけど。

789：名無しの戦闘員
あれ、まだ仕事？

790：名無しの戦闘員
しかしハカセ意外と強くてびっくり。
幹部最弱でこのレベルとかアニキがおったらロスフェアちゃんヤバかったな。

791：ハカセ
この前お誘い断ってもたからな。
今夜はゴリマッチョと回転寿司《かいてんずし》食べに行く予定や、臨時収入もあるし。

792：名無しの戦闘員
ゴリマッチョも日本に溶け込んでるのか……。

793：名無しの戦闘員
この調子だと気付いてないけどお隣さんが元デルンケムってのもありそうだな。

794：名無しの戦闘員
臨時収入？

795：ハカセ
土建関係の企業とちょっと癒着しとってな。
ワイらがぶっ壊す↓仕事が増える！　の流れがオ

イシイらしい。
　前もって某企業の役員に襲撃について情報流すようにしたらお小遣いくれるんよ。
　他のも組み合わせて、怪人倒されても収支トントンくらいにはできるようになったわ。
796：名無しの戦闘員
　嫌な侵略の仕方してる……。
797：名無しの戦闘員
　ロスフェアちゃんじゃ絶対止められないタイプの攻め方だ。
　しかも俺らが知ったところでどうにもならないし。
798：名無しの戦闘員
　ハカセが悪の科学者っぽい……。
799：ハカセ
　ぽいもなにも本物やし。お寿司の後は「名プロレスラー真剣十番勝負」のビデオも見るで。
　ふふふ、今夜くらいはビール三本の制約を解放してもかまわんかもな。
800：名無しの戦闘員
　それはやめとけ、絶対後悔するから。
801：名無しの戦闘員
　前の飲み会の時といいハカセとゴリマッチョ仲いいよなぁ。
802：名無しの戦闘員
　パワータイプの戦闘職と研究者って相性悪そうなのに。
803：ハカセ
　実際組織に入ったばかりの頃はいがみ合いもしたわ。
　現首領の病気をどうにかするためにワイがスカウトされたって話は前にしたよな？
　もっとも首領のそれは疾患《しっかん》というより生来の性質、治せるようなもんやない。
　限定的な異空間を造り、生物に適した環境に整え基地を建設するっていう力業に頼らざるを得んかった。
　建設には二年くらいかかったけど、おかげで首領は基地内限定でも気兼ねなく出歩けるようになった。

幼首領「ありがとね、ハカセ！」

超かわいい首領ちゃん、その笑顔のまー破壊力の高いこと。

組織の貯《たくわ》えクソほど使ったのに、先代もワイを一切責めずに「よくやった！」って褒《ほ》めてくれたわ。

そんな感じでワイは「あ、ここでもうしばらく働こ」って思ったわけやな。

804：名無しの戦闘員

子供のためとはいえ先代さん器でけぇな。

805：名無しの戦闘員

軽く流されてるけど異空間を造るとかとんでもないことしてんなハカセ。

806：ハカセ

まあその後先代の経営手腕の低さが露呈《ろてい》してまうんやけど。

経営資金が底をつこうとしてんのに「また稼げばいいじゃねえか」と楽観的すぎるご意見。

あ、ヤバい。この人ってば金勘定がダメダメなタイプや。

呆《あき》れはしたが理解のある雇い主なのも事実やし、ワイはアニキに協力して組織が問題なく回るよう裏方仕事を率先してやるようになった。

仕事が楽になるってアニキは喜んでくれたわ、そしたら今度は先代直々のお呼び出しよ。

先代「喜べハカセよ、お前を幹部に任命する！これからは権限も強くなる、もっと自由にやれるぜ！」

自由にと言えば聞こえはいいが、つまり面倒事《めんどうごと》はお前の裁量に任せるってことな。

つまるところワイの幹部入りって、功績を称《たた》えるよりもできる仕事の範囲を広げるための理由付けだったわけや。

当然仕事の量は目に見えて増えた。え？　舐めてんの？

807：名無しの戦闘員

先代の時点でわりと理不尽《りふじん》じゃねえかｗ

808：ハカセ

今と違って人手はあったから自分の研究を楽しむ

時間はあったけどな。

ただ、それがゴリマッチョには「好き勝手しながらも先代やアニキの信頼を得て異例の速度で出世する頭でっかち」に見えたみたいや。

ゴリ「おい、テメエ。調子に乗ってんな？」

ワイ「用件なに？　ワイまだ仕事あるんやけど」

ゴリ「そんなの関係ねえ！」

ワイ「関係あるわ。ゴリマッチョが壊した基地設備の修繕や」

なおワイの皮肉は全く通じていない模様。

ゴリ「俺はテメエの幹部入りを認めちゃいねえ」

ワイ「奇遇やな。ワイもですが？」

一番認めたくないのワイに決まっとるわ。仕事メッチャ増えとるからね？

ゴリ「お子さんを助けたことは、まあ褒めてやる。だが！　テメエが幹部を名乗るんなら、その価値を俺に示してみやがれ！」

そう啖呵《たんか》を切って、ゴリマッチョは去っていった。

８０９：名無しの戦闘員
見事な脳筋ムーブだ。

８１０：名無しの戦闘員
ゴリマッチョからしたら憧れの先代さんとアニキに認められてる時点で引っかかるわな。

８１１：ハカセ
そこら辺の機微を察してはいても、なにせワイもまだ若かったからな。

ゴリマッチョとは今一つ噛《か》み合《あ》わんままやった。

仕事での接点も少ないし現状維持でも構わんかな、そう思ってた時や。

８１２：名無しの戦闘員
お、急展開？

８１３：ハカセ
戦闘業務メインのゴリマッチョはよく鍛錬をしとった。

場合によってはトレーニングルームを貸し切りにすることもあった。

ただその頻度《ひんど》が高い上に無断の時間延長も多くてなぁ。周囲からクレームが上がっとったんや。とは言えヒラの戦闘員では文句も言えん。

で、同じ幹部のワイに「どうにか注意してもらえませんか？」とお鉢《はち》が回ってきた。

ぶっちゃけ嫌やったけど放置するわけにもいかん。

結局ワイは鍛錬中のゴリマッチョを訪ねて、貸し切りのトレーニングルームに足を踏み入れた。

８１４：ハカセ

「天に轟《とどろ》け、地よ唸《うな》れ！　我が咆哮《ほうこう》を喰《く》らえ！　覇《は》王滅殺爆裂《おうめつさつばくれつ》竜《りゅう》撃《げき》破岩砲《はがんほう》おぉぉぉぉ！」

部屋に入った時、ゴリマッチョは覇王滅殺爆裂竜撃破岩砲をしている最中やった。

８１５：名無しの戦闘員
これ知ってるw　少年マンガの有名な技を練習する小学生だw

８１６：名無しの戦闘員
俺もエリアル・スマッシャーでやったことあるw

８１７：名無しの戦闘員
懐かしい……よく瞬炎爆撃で同級生に倒されたンゴねぇ……。涙が出そう。

８１８：名無しの戦闘員
いや、でもハカセの次元には魔法も異能もあるんだろ？
決め技の練習ってそんなに変なものでもないような気が。

８１９：ハカセ
うん、そやね。アニキもワイも猫耳くのいちも、せくしーも得意技の一つや二つ持っとる。

特に猫耳は家伝の技もあるし、問題はそこやない。

ゴリ「いかん、今のはスタイリッシュさが足りない。それに技名の語呂《ごろ》も悪かった。口上も今一つか」

あいつ、技自体やなくて、出す時の決めポーズと口上のカッコよさを練習しとったんや。

ついでに言ったら技自体もただの魔力砲やし。名前、いっぱい頑張って付けたんやろな。

８２０：名無しの戦闘員

これは恥ずかしいw
821：名無しの戦闘員
でも気持ちは分かるw　男の子だもんな、異能はカッコいいやつがいいよなw
822：ハカセ
鍛錬を続けるゴリマッチョ、それを見守るワイ。
ワイ「……」
ゴリ「よし、いくぜ。我が全霊の奥義、受けてみるがいい！」
ワイ「…………」
ゴリ「お、今の良い感じじゃなかったか？　ポーズはもっと力強く」
ワイ「…………」
ゴリ「首領がいるのに覇王はまずいか。闘王、の方が……ん？」
ワイ「……………………」
そこで、目が合った。
固まるゴリマッチョ、固まるワイ。震えるゴリマッチョ、無表情のワイ。

赤くなって青くなるゴリマッチョ、それをじーっと見つめるワイ。
親指で「こっちに来い」と示せば、うなだれたゴリマッチョは素直に従った。
823：名無しの戦闘員
いたたまれねぇw
824：名無しの戦闘員
今となってはさっきの啖呵がむなしく響くぜ。
825：ハカセ
ゴリ「いや、違うんだ。首領やアニキは、すげえ必サツ技があるんだ」
ワイ「うん」
ゴリ「でもよ、俺は出力こそ高いが単純な魔力操作しかできねえ。強化と収束、放出がせいぜいだ」
ワイ「うん、それで？」
ゴリ「だからその、せめてポーズとか口上はハッタリの利いたやつが欲しくて」
ワイ「トレーニングルームを貸し切りにして練習してた？」

ゴリ「………はい」
826：名無しの戦闘員
悲しいのうw　かなしいのうw
827：ハカセ
秘密を知られたゴリマッチョは思い切り落ち込んどった。
別にやり込めたかったわけやない。バカにする気もないし、ワイは優しく声をかけた。
ワイ「恥ずかしがることないで、ゴリマッチョ。こいつを見てくれ」
ゴリ「それは……な、なんだと!?」
ワイが見せたのは一冊のファイルや。そこには怪人の草案がいくつもある。
ゴリ「これは、有する特殊能力は同じ……なのにデザインやモチーフがどれも違う！」
ワイ「そう。ワイもお前をバカにはできん。同じ能力でも、怪人のデザインによってイメージはまったく変わるんや」
ゴリ「お、おお！　分かる、分かるぜ！」
ワイは研究者ではあるが機能だけでなくデザインにも拘《こだわ》りたいタイプ。
炎を操る能力はできれば機械的な怪人よりも火炎鳥モチーフがいい。
必サツ技のポーズを考えるゴリマッチョの気持ちはよく分かった。
828：ハカセ
ゴリ「ハカセよ。俺はお前を誤解していたようだ」
ワイ「ふっ、それはワイも同じよ」
ゴリ「なあ、お前の技術で俺用の大戦斧《だいせんぷ》を造ることは？」
ワイ「特殊な魔霊変換器によって、雷撃を放つことさえ可能や」
ゴリ「お、おおお！　そうだ、斧には雷属性！　話せるじゃねえか！」
こうしてワイたちは和解した。
以来ゴリマッチョの武器はワイが調整し、それをもって多大な戦果を叩き出す。

戦場を共にする機会は少ないが、ワイたちのコンビは多くの戦士を恐れさせたもんや。
829：名無しの戦闘員
お前らが仲いいわけわかったわ。つまり同タイプのバカなんじゃねえかw
830：名無しの戦闘員
別次元にもそういう病気のお方っておられるんすね。
831：ハカセ
こうしてワイらは友人となり、今や普通に飲みに行く仲ってわけや。
おっとそろそろ時間やな。そんじゃ夕飯行ってくるから今日はこれで落ちるわ。
832：名無しの戦闘員
おー、飲みすぎんなよー。
833：名無しの戦闘員
でもそうやってバカやれる友達は普通に羨《うらや》ましいな。

「はぁ、食った食った。俺、やっぱハマチが一番好きだわ。日本はマジで食いモンがうめぇな」

「まったくだ。今度はゼロス様も誘って焼き肉はどうだ？」

「いいじゃねえか。ハルヴィ、声かけといてくれよ」

スレでゴリマッチョと語られる男……元デルンケム四大幹部が一人、レング・ザン・ニエベは友人のハルヴィと寿司を食べた帰りだった。いい感じに酒も入って気分が高揚《こうよう》している。

統括幹部であるゼロスの追放を機に組織を離れたレングは今では日本で暮らしている。

戸籍の偽造はハルヴィエドがやってくれた。現首領ヴィラベリートに含むところはないが、先代首領セルレイザやゼロスのいない組織に魅力は感じなかった。

「おう、お前は組織を離れる気はねえのか？」

「ああ。私は、ヴィラ首領の補佐をしたいしな」

「お前は昔からヴィラベリート様に甘《あめ》ぇな。こき使われるだけだろうに」

同じ幹部ではあるが、ハルヴィエドの立ち位置は先代に近かった。

そのせいか、この男が首領に抱くのは忠誠よりも親しみや単純な心配だ。おかげで余計な苦労を背負い込んでいるというのに、我が友人ながら奇妙な奴《やつ》だと思う。

「それよりレング、頼み事の件は任せたぞ」

「おお、そりゃ構わねえが。いいのか？　下手しないでも、ヴィラベリート様は余計ヤバくなるんじゃねえか？　いや、早々に見捨てた俺が言うのもなんだがよ」

「お前がタイミングさえ間違わなければ、そうはならないさ」

はっきり言ってレングは頭が悪い。

今日はハルヴィエドに『頼み事』をされたが、一体それがどんな意味を持つのかは理解できない。実行すればデルンケムが窮地《きゅうち》になるようにしか思えなかった。

「お前にしか頼めないことだ。ヴィラ首領にも内密に、な」

念押しされてレングは頷《うなず》いた。

ハルヴィエドは親友であり、信頼できる上に頭も回る。自分の頭では分からない企みがあるのだろう。

「うっし、じゃあウチに来いや。飲み直そうぜ」

「ああ、お邪魔させてもらおう」

そんなことよりも、今日はこのまま自宅で往年のプロレスラーたちの名勝負を堪能《たんのう》するのだ。

久しぶりの友人との時間にレングはご機嫌で、小さな疑問はすぐに忘れてしまった。

第十六話　せくしーのこと

　今日も神霊結社《しんれいけっしゃ》デルンケムの怪人《かいじん》は街を襲う。

　しかし浄炎《じょうえん》のエレスの焔《ほのお》に焼かれ、その姿を消した。

　街は正義のヒロインの勝利に沸き立つが、被害を受けない場所にいる人間など勝手なものだ。お昼のテレビ番組ではデルンケムとそれに対抗するロスト・フェアリーズについてコメンテーターがわけ知り顔で語っていた。

「えー、つまりですね。彼女たちはなぜ警察と連携して動こうとしないのか、ということですよ。本当に日本のために戦っているのなら、公的機関とコンタクトをとるのは当然でしょう？」

　五十代半ばの中年社会学者はどうやら少女たちに否定的な立ち位置らしい。

　先程からねちねちとロスト・フェアリーズを責め立てる。

「だいたい、あんな薄着で戦っている時点で、なにか勘違いしているとしか言いようがない！　若い娘がはしたない……」

「ですが、彼女たちのおかげで街の平和が守られていると言っても」

「どうだかねぇ、そもそも自衛隊が出てくれば対処可能なわけであって」

　同席する他のコメンテーターが擁護《ようご》してもその態度は変わらない。

「いえ、初期の時点で自衛隊のバズーカ砲が怪人には通用しなかったこともあり」

「そんなものは当たり所の問題だろう、まったくこれだから物を知らない人間は」

　ＣＭに入るまで中年社会学者は持論をぶちまけ続けた。

117：名無しの戦闘員
はー、あの社会学者むっかつくわー。
118：名無しの戦闘員
そもそも二年前は警察の拳銃も自衛隊の火器も通用せずに都内に被害出てただろうが。
119：名無しの戦闘員
そんでロスフェアちゃんたちが出てきて一年半で復興が進んだだけだってのに。
120：名無しの戦闘員
なんなの、社会学者って頭ハッピーにできてんの？
121：名無しの戦闘員
著名人でもわりと意見は分かれてるよな。
122：名無しの戦闘員
ロスフェアちゃんファンを公言するタレントもいれば、アンチも一定数おる。
平和に観客やれるんはロスフェアちゃんのおかげやぞ、と言ってやりたいンゴ。
123：名無しの戦闘員
いやまあ、薄着って部分だけは否定できんけども。
124：名無しの戦闘員
なんだかんだハカセたちの侵略のせいで俺らの生活にも少なからず影響はある。
悪いのは間違いなくデルンケムなんだけど、止められなかったフィオナちゃんたちにも責任がある、みたいな意見はどうしたって出てくるわな。正直腹立つけど。
125：せくしー
はぁい、こんばんわ～。皆様は今日の夜をいかがお過ごしですか？
126：名無しの戦闘員
おー、ハカセ、って誰だお前⁉
127：名無しの戦闘員
なに？　乗っ取り？
128：名無しの戦闘員

コテハンも変わってるし。
129：せくしー
いえいえ、乗っ取りではありませんよ。ハカセさんの関係者です。
130：名無しの戦闘員
せくしーって、もしやせくしー女幹部さん？
131：名無しの戦闘員
えっ、二人目の幹部？　いや、元だけどさ。
132：せくしー
はい、それで合っています。今日はハカセさんの代わりに書き込ませていただきますね。
133：名無しの戦闘員
マジで？　本物？
134：名無しの戦闘員
ハカセが女言葉で書き込んでいる可能性も否定できないぞ。
135：せくしー
でしたら証明として、これならどうでしょうか？
【画像】

136：名無しの戦闘員
すげえや！　これはせくしー女幹部だ！
137：名無しの戦闘員
た・に・ま！　た・に・ま！（腕振り）
138：名無しの戦闘員
せくしーさん、あなた酔ってませんかw
139：名無しの戦闘員
あんた、なんちゅうご立派なもんを。
140：名無しの戦闘員
アニキはこの巨大な戦力をナマで見たのか……
141：せくしー
≫≫138　多少お酒は飲みましたが大丈夫ですよ。
過去スレは確認したので呼称はそれに合わせますね。
実は今日はアニキさん・ゴリマッチョさん・ハカセさん・私で焼き肉を食べに来たんです。
以前みたいな醜態《しゅうたい》を晒《さら》さないよう首領には制限をかけていますよ。

皆で騒ぎつつ、少しこちらに書き込ませていただいています。
142：名無しの戦闘員
酒量な。ホントに過去スレ見てやがるw
143：名無しの戦闘員
今ってハカセのスマホで書き込んでるの？
144：せくしー
はい、お借りしています。
最初は普通に書き込もうと思ったんですが、ハカセさんの作ったプロテクトが突破できなくて……。
145：名無しの戦闘員
そういやこの一連のスレってマスコミ関係とデルンケム完全除外の上、にゃんJ歴二年の勇士以外検索も書き込みもできないようになってるんだっけ。
146：名無しの戦闘員
改めてハカセは謎の超技術の持ち主だな。
147：名無しの戦闘員
あれ？　じゃあせくしーはどうやってこのスレの存在知ったの？
148：せくしー
待ち時間にハカセさんがニヤニヤしながらスマホを見ていたので後ろから覗《のぞ》きました。
そして「知人に連絡しようと思ったんですが、スマホを忘れてしまって」と言ったら「私のを使うといい」と貸してもらえました。
149：名無しの戦闘員
ハカセぇ!?
150：名無しの戦闘員
どんな超技術も結局は人が使うんだもんなw
151：名無しの戦闘員
卓越《たくえつ》した技術でもハカセのポンコツ具合まではカバーできないのね。
152：せくしー
そこは私が信頼されているから、と思っていただければ幸いです。
組織を離れた今も、ハカセさんは私が自分を害するなんて想像もしていないんですよ。
嬉《うれ》しい反面、勝手に抜けた身としては申し訳なくもありますね。
とまあ、そういった経緯で知りまして。
すべて読ませていただいた上で私もにゃんJ民の皆さんと交流できれば、と。
153：名無しの戦闘員
ありがたいけどどこ掃《は》き溜《だ》めみたいなもんやでw
154：名無しの戦闘員
つかハカセ大丈夫？　ロスフェアちゃんたち叩《たた》かれてたけど荒れてない？
155せくしー
ハカセ「まったく、日本人にもアホウはいるものだな。誰のおかげで平穏無事に暮らせると思っているのか」
アニキ「まあまあ。そら、カルビ焼けたぞ」
ハカセ「どうも。うまぁ……これはビールがすすむ」（大ジョッキごくごく、ぷはー。
最初は気にしていましたけど今は楽しそうにビールを飲んでおられますよ。
156：名無しの戦闘員
そうか、せくしーさん視点だとワイ口調ではないのか。
157：名無しの戦闘員
別視点からのハカセって貴重だな。
158：せくしー
なにか知りたいことがあれば答えますよ。
159：名無しの戦闘員
マジで？　じゃあせくしーさんとハカセの関係ってどんな感じ？
160：名無しの戦闘員
普段のハカセは？
161：名無しの戦闘員
やべえ、こういうの楽しい。
162：名無しの戦闘員
せくしーはアニキにベタ惚《ぼ》れらしいけど戦闘員A子ちゃんと仲悪いの？
163：名無しの戦闘員
せくしーちゃんから見たハカセってどんな人？
164：名無しの戦闘員

みんなの年齢っていくつ？

165：せくしー

少しまとめますので待っていてくださいね。

166：名無しの戦闘員

了解でーす。

167：せくしー

たくさんのご質問ありがとうございます。

まず年齢はアニキさん（二十八歳）、ハカセさん（二十六歳）。

ゴリマッチョさん（三十四歳）、私ことせくしー（二十二歳）。

猫耳ちゃん（十五歳）、首領（十四歳）です。

私たちの次元は成人・飲酒可能年齢が十五歳ですから猫耳ちゃんも飲み会に誘いたいんですが、日本式に合わせて今回は遠慮してもらっています。

私とハカセさんの関係はというと普通に同僚で、仲の良いお友達です。

組織に侵略された土地の、商家の生まれだった私は颯爽《さっそう》と戦場を行くアニキさんに一目惚《ひとめぼ》れして、十七歳の時に組織入りをしました。

アニキさんは困った様子でしたが、当時二十一歳ですでに幹部だったハカセさんは「いいではないですか、アニキ。理由なんて人それぞれでしょうに」と私の動機を認めてくれました。すごくニヤニヤしていました。

168：名無しの戦闘員

かんっぜんに悪ノリじゃんw

169：名無しの戦闘員

自分とは関係ないところの色恋沙汰《いろこいざた》楽しいよね。

170：せくしー

私から見たハカセさんですか。

このスレだとハカセさんは道化たことをしていますが、意外とマジメですし苦労性の上に面倒見《めんどうみ》もいい、優しい男の人ですよ。

あと最上位の研究者ですが「こんなことも分からないのか、無能め……」みたいなタイプではなく、「分からない？　それはすまない、なら少しかみ砕いた説明をするか」とできない人にも理解しやすいよう苦心しています。
教えを受け取ってもらえないことを「その人の無知」ではなく「自身の不足」だと考えるんです。
分かりづらい書類に登場するミニハカセくんのイラストにお世話になっている人も多いですね
ただあの外見ですから、事情を知らない戦闘員は別人が注釈をつけていると勘違いしています。地味にカワイイキャラ描くの上手《じょうず》です。

１７１：名無しの戦闘員
I奈ちゃんも勘違いしてるんだっけ、そういや。

１７２：名無しの戦闘員
ハカセ普通のいい人やんけ。

１７３：名無しの戦闘員
抱え込みやすそうな性格ではあるけどな。

１７４：せくしー
抱え込む、はまさにその通りだと思います。
なにかが起こると溜息《ためいき》を吐きつつも「放置するわけにもいかない、私が対処しよう」と自分から面倒を買って出ます。
だいたいデルンケムがホワイト組織なのはアニキさんとハカセさんのおかげですから。
先代は偉大と評価されていますが、給与制度や福利厚生、基地環境を整えたのはお二方です。
ハカセさんこそ、組織を離れたら大金を稼いで悠々《ゆうゆう》自適《じてき》の生活ができる才覚の持ち主なんですけどねぇ……。

１７５：名無しの戦闘員
首領ちゃんを見捨ててまでスローライフするヤツちゃうやろ。

１７６：せくしー
そこですよね。そもそも幹部の中でもハカセさんは立ち位置が特殊なんです。
アニキさん↓先代の義理の息子。
ゴリマッチョさん↓先代とアニキさんの強さに憧れた叩き上げ。
私↓アニキさんに一目惚れして頑張りました。
猫耳ちゃん↓ハカセさんに連れられて幹部入り。
ハカセさん↓先代のスカウト、現首領の病気改善のために。
ハカセさんだけは最初から首領を助ける目的で組織入りしています。
そのため私から見ても先代と距離が近く、首領とも親しく接していました。
おかげですごく首領に対してすごくすごく甘いんですよね。
177：名無しの戦闘員
すごく連呼ｗ　理不尽《りふじん》でしんどいと言いつつ辞めないのは、病弱だった近所の子供が元気になってワガママを言ってくる、みたいな感覚なのかもね。
疲れるけど無事なのが嬉しいし、振り回されるのもそれはそれで楽しいというか。
178：名無しの戦闘員
すげースケール小さい話になったなｗ
179：名無しの戦闘員
こう見ると組織からの離反って分かりやすいな。
先代やアニキに惹《ひ》かれてた人はごそっと辞めてる。
猫耳ちゃんは首領というよりハカセについた形なのか。
180：せくしー
居心地《いごこち》はよくても悪の組織ですから。
これのためなら犯罪をしてもいい、そう思えるくらい執着するモノが失われたら離れるのは当然ですよね。
私、首領のこと好きだし、かわいいとも思っていますよ。
おしゃべりするのが楽しかったのも本当です。でもあの方のために人を○せと言われたらできません。
ハカセさんはたぶん、できてしまいます。残った彼と離れた私の差です。
181：名無しの戦闘員
いつもふざけてるけどハカセは〝最期〟まで悪の組織の科学者ポジだって表明してるからな。
182：名無しの戦闘員
あれ誤字じゃなくて文字通り死んでもそれを張り通すってことなんか。
183：名無しの戦闘員

ア○ル・タブレッターのくせしてな。
１８４：名無しの戦闘員
それは持ち出してやるなｗ
１８５：名無しの戦闘員
ほんとお前らはシリアス続かねえなｗ
１８６：せくしー
いいですねぇ、この流れ癒《い》やされます。
だからきっとハカセさんもこのスレを好んでいるんでしょうね。
１８７：名無しの戦闘員
そんないいもんじゃ絶対ねえわｗ
ところでせくしーちゃん、アニキにベタ惚れらしいけどアニキってハカセよりイケメンなの？
１８８：名無しの戦闘員
ハカセとの友情エピソードを一つ。
１８９：せくしー
外見は個人の好みはありますが、二人ともイケメンですよ。
ハカセさんは肩まである長めの銀髪＋オッドアイの酷薄《こくはく》そうな「美人」で、アニキさんは短めの黒髪黒目のワイルドな「男前」といった感じですねぇ。
１９０：名無しの戦闘員
せくしーちゃんが惚れるくらいだし、やっぱカッコいいんだろうなぁ。ちくしょうが。
１９１：せくしー
ハカセさんとのエピソードはけっこうありますよ。
たとえば、私はマジック・アクセサリーの手作りが趣味なんですが、効率の良い魔力付与を教えてくれたのがハカセさんです。
わたし「ハカセさんは、やっぱりすごいですねぇ」
ハカセ「いや、せくしーのデザインも魅力的だ。こういった愛らしい細工《さいく》は、私ではできないな」
わたし「ですが本職の神霊工学者《しんれいこうがくしゃ》さんからしたら手作りなんて取るに足らないのでは？」
ハカセ「なぜ？　手作りだと籠《こ》もる想いがきっと違う。私は、温かみのある君の作品が好きだよ」
信じられます？　ハカセさんは私に対して異性へ

の好意を欠片《かけら》も持ってないんですよ？
つまりあの人、口説《くど》くつもりもなくこんなこと言うんですよ？
私がアニキさん一筋じゃなかったら、うっかりトキメクところでしたよ？
192：名無しの戦闘員
あのイケメンでこんなこと言えるとかもう反則じゃろ。
193：名無しの戦闘員
くそがぁ！
194：名無しの戦闘員
やはり顔か……。
195：せくしー
ちなみに初出撃の時のリボン、あれ私の贈り物です。
多少の魔力が込められたマジックアイテムではあります。
……あんなのより高レベルの物を簡単に作れるくせに、今でも作業する際はあのリボンで髪をまとめているみたいですね。
196：名無しの戦闘員
遠い友人ってせくしーのことも含まれてたのね。
197：名無しの戦闘員
ハカセのくせに粋《いき》な真似《まね》しやがって。
198：せくしー
あ、ちょっと待ってください。リアルが凄《すご》いことなっています。
ゴリ「うっま、肉といっしょにかっこむ白飯うまっ！　店員さん白飯特大三つ追加な！　あと上カルビ五人前と、上ロース三人前で！」
ハカセ「ミスジが気になっているんですが、アニキもどうですか？」
アニキ「希少部位だっけ？　じゃあ俺ももらおうかな」
ハカセ「了解です。ああ、せくしーはどうする？」
わたし「んー、なら私もお願いしますねぇ。あと、ホルモンも食べたいです」

ハカセ「分かった。店員さん、ミスジ四人前と牛ホルモン盛り合わせ二人前で。あとビール、ジョッキ大を一つお願いします」

アニキ「あ、俺も飲みたい。だからジョッキ大は二つで」

わたし「ジントニックと冷麺もお願いします〜」

いつの間にかすごくお皿が積み上がっています。

私も真剣に食べたいのでそろそろ終わりにしますね。

１９９：名無しの戦闘員

ハカセ絶対一日ビール三本の制約忘れてるよな。

２００：名無しの戦闘員

ホルモンうまいよねぇ。

２０１：名無しの戦闘員

俺もゴリマッチョと同じ焼き肉は白飯派。

２０２：名無しの戦闘員

俺はアニキらみたくビールでいただく。

２０３：せくしー

そういったわけで、組織からは離れましたが私もアニキさんもゴリマッチョさんもハカセさんを大切な友達だと思っています。

ハカセさんが私たちを大切に想ってくれているのと同じくらいに。

ポンコツなところもあるので皆さんにご迷惑をかけるかと思いますが、今度ともよろしくお願いしますね。

では、今日はありがとうございました〜。

２０４：名無しの戦闘員

まかせろ！　ハカセ弄《いじ》るの楽しいからな！

２０５：名無しの戦闘員

じゃあねせくしーちゃん、機会があったらまた書き込んでねー。

２０６：名無しの戦闘員

楽しかったぞ、せくしーさん！

２０７：名無しの戦闘員

飲みすぎに気をつけてな。前みたいなこともあるかもしれんしw

２０８：名無しの戦闘員

任せちゃいけないタイプが一番にレスしやがった
w

209：名無しの戦闘員

いいなぁ焼き肉食べたくなってきた。大学の奴《やつ》らに声かけてみようかな。

210：名無しの戦闘員

というか戦闘員A子ちゃんと仲悪いの？　って質問最後まで答えなかったなw

：

……

………

485：ハカセ

あの……気付いたら恥ずかしい書き込みがされてたんですが。

せくしーのやつ、なにしでかしてくれとんの？

486：名無しの戦闘員

よう、今でもせくしーさんのくれたリボン大切にしてるんだって？

487：名無しの戦闘員

作業してる時はそれで髪縛ってるらしいじゃんw

488：名無しの戦闘員

すごく友達想いなんだねw

489：ハカセ

やめて…やめてクレメンス……。

第十七話　ひとりのこと

桜枝公園《さくらえこうえん》は広大な敷地を有する国営公園で、涼やかな噴水を中心とした庭園や四季折々の花が植えられた花壇など、景観に優れたスポットである。

また総延長九キロのサイクリング専用コースが整備されており、レンタル自転車も完備。花や水場など公園内の美しい景色を楽しみながら自転車を走らせることができる。

ある休日、沙雪《さゆき》は桜枝公園を訪れた。

体にフィットするサイクルウェアを身に着けて、レンタルがあるのに自前のロードバイクを持ち込む気合いの入れようだった。

沙雪の趣味はピアノとロードバイクだ。実は一人カラオケも好きだったりする。

ピアノはもともと母の言いつけで幼い頃から習っていた。ロードバイクの方は中学の頃に触れて以来、かなりのめり込んでいる。

スピードを重視して作られたロードバイクは、シティサイクルのような利便性こそないものの操作感が楽しい。なによりぐんぐんと速度を上げた時に感じる、向かい風が頬を撫《な》でる感覚がたまらなく心地よいのだ。

市街部を高速で走る愛好者もいるが、沙雪は有料でもサイクリング専用ロードを使用する。歩行者に迷惑をかけるのは本意ではなく、なにも考えずペダルをこげる方がストレス解消にもなる。桜枝公園は春には見事な桜並木を、季節を外しても葉桜や季節の花を眺めながら走れるのでお気に入りだった。

「ふぅ……」

葉桜の立ち並ぶサイクリングロードを抜けて、公園近くの自販機で小休止。

火照《ほて》って汗ばむ体に冷たいスポーツドリンクが染みわたる。茜《あかね》や萌《もえ》と友達になってからは機会も減ったが、やはり偶《たま》には体を動かさないといけない。

しっかりと運動した後は一度家に戻り汗を流してから夕食をとる。

父は社長、母はエステサロン経営。家庭が裕福な反面両親は忙しく、食事は大抵一人でとる。

今日は季節外れだが鍋を食べたい。学生の身分でお高いところは気後れするので鍋料理専門チェーン店の『なべ七』に決めていた。

「いらっしゃいませー、何名様ですか？」

「一人でお願いします」

「はい、こちらどうぞー」

日が暮れる頃、沙雪はなべ七に向かった。

和風な瓦屋根の店舗は幸いなことに混んでおらず、独りでもテーブル席に案内してもらえた。

すき焼きに水炊き、寄せ鍋などメニューはいろいろあったが選ぶのは好物の豆乳鍋。食べきれないといけないので最初から肉は少なめで注文しておく。

さすがにチェーン店、品物が届くのにそれほど時間はかからなかった。

出汁で味付けした豆乳ベースに浸った具材がくつくつと音を立てて煮えている。火が通った頃合いを見計らって順々に箸《はし》をつける。

まずは野菜。火が通りすぎてない白菜やニンジンをポン酢でいただく。肉厚なシイタケもいい。まろやかなスープの絡む豚肉もおいしい。昼間はたくさん運動をしてお腹を空《す》かせたのでどんどん箸が進む。

メインはなんと言っても豆腐だ。口当たりが優しく、豆乳との相性もすこぶるよい。木綿《もめん》よりも絹ごしの方が個人的には好みである。

しっかりと豆乳鍋を堪能《たんのう》した後のシメはうどん。

これにはポン酢は使わず、豆乳スープに軽く塩を振るくらいが一番だ。沙雪は追加でうどん半玉を注文して、ほうじ茶を飲みながら待つ。

食後はカラオケにもいこうかな、なんて考えていると見知った顔に声をかけられる。

「ん？　沙雪ちゃんじゃないか」

なぜか葉加瀬晴彦《はかせはるひこ》がなべ七に来ていたのだ。

「は、晴彦さんっ⁉」

驚きすぎて声が上ずってしまう。

晴彦は気にしていないようだが恥ずかしさに顔が熱くなった。声もそうだが、このタイミングで出会ってしまったこと自体が沙雪を揺さぶった。

神無月《かんなづき》沙雪《さゆき》はもともと人付き合いが得意ではない。両親とのふれあいが少なく、幼い頃にうまく友人関係を構築できなかったせいだろう。

また金目当てで近寄ってくる者も多かったせいで、若干人間不信の気があった。

そういう彼女の趣味は偏っている。一人カラオケはもちろん、ピアノにしろロードバイクにしろ、独りで楽しめることが基準となっている。

決して恵まれた幼少期ではなかったが、根が善良であり月夜の妖精リーザと出会えた沙雪は、ひねくれた成長の仕方はしなかった。

代わりにこれまでの経験から、単独で行動することに違和感も孤独感も覚えない。

彼女は一人カラオケで二時間耐久ドラマ主題歌メドレーも平然とこなせてしまう。その気になれば一人テーマパーク巡りも可能だ。

鍋をするから茜や萌に声をかけるという選択肢が出てこないくらい、彼女はぼっちに慣れ切っており、しかもその時間をわりと満喫していた。

「こんばんは。沙雪ちゃんも夕食？」

しかしここにきて衝撃が走る。

全力でぼっちを楽しんでいるところに、気になる人と遭遇してしまった。

（見られた。独りで鍋をして、最後のシメまでしっかり味わおうとしているところを……！）

思春期の少女にはダメージの大きい案件である。

以前ならば他人の視線など気にならなかったかもしれないが、友達を得て充実した学生生活を送るうちに多少なりとも心境に変化があった。

他人の視線を気にしないのは、他人に価値を感じていないから。

逆に言えば自分にとって大切な誰かの前なら、人並みに羞恥心《しゅうちしん》が機能する。現状を知られた沙雪は恥ずかしいやら怖いやらで赤に青にとせわしなく顔色を変えていた。

「は、はい。あの、晴彦さん、も？」

彼の反応が気になって表情を覗《のぞ》き見るが、普段通りの穏《おだ》やかな態度だ。少なくとも沙雪にはそう見えた。

「ああ、今日は喫茶店《きっさてん》ニルのマスターとね。時々近況報告がてらいっしょに食事をするんだ（首領のことを聞きたくても聞けないアニキのお相手とも言う）」

「そ、そうなん、ですか」

いつもなら偶然会えたら嬉《うれ》しいが、今は早めに逃げ出したい。

けれどうどん半玉を頼んでしまった。注文した品を食べずに帰るなんて失礼な真似《まね》はできなかった。

ちら、と晴彦の視線が動いた。テーブル席に沙雪しかいないことにも気づかれてしまった。

「もう、食事は終わりかな？　ざ、残念だ。よければいっしょに、と誘おうと思ったんだが」

照れたように咳払《せきばら》いをする晴彦に気付けないほど沙雪は追い詰められていた。意識せず自虐《じぎゃく》めいた言葉が漏れてしまう。

「はい……。独りで鍋なんて、呆《あき》れたり、しましたか？」

「え、なぜ？」

彼はきょとんとした様子だった。

気を遣ったわけではなく、本気で意味が分かっていないらしい。笑ったり、呆れたような目を向けられたりもしなかった。

「今日はアニキとだけど、別に鍋を一人でなんて普通じゃないかな」

「そ、そう思いますかっ？」

一人での外食はバカにされやすい。その認識自体はある沙雪にとって、晴彦の擁護《ようご》でも批判でもない軽い対応はありがたかった。

「今日はタイミングが悪かったけれど。ま、また機会があれば、食事をいっしょになんて、いいね。もちろん美衣那《みいな》や萌ちゃん、茜ちゃんも誘って」

「ええ、機会があれば」

晴彦の提案に心から賛同し、ゆっくりと頷《うなず》く。

やはりまだ義妹の友達という認識なのが残念ではあったが、それでも食事を共にしてもいいとは思われているのだから喜ばしいことだ。

「それじゃあ沙雪ちゃん、私はこれで」

「はい、また」

お互い微笑《ほほえ》み合って席に戻る。

少し離れたところにニルのマスターの姿も見えた。……実は女性と二人で食事、なんてオチもなく一安心。そこでうどんも届き鍋に投入、沙雪は改めてシメに入る。

久々の一人での休日は悪くなかった。

ロードバイクでしっかり汗を流し、豆乳鍋は美味《おい》しく、晴彦からは食事に誘われた。

それに彼が、独りでいる沙雪を見ても馬鹿にしたりしない心根の優しい人物だと改めて確認もできた。

「ふふ、おいし」

豆乳スープうどんもいいお味。

あとは一人カラオケで、今の気分に相応《ふさわ》しい歌をたくさん歌おう。沙雪の頬は知らず緩んでいた。

45：ハカセ
ワイな、勇気出してフィオナたんを食事誘ってみたんや。
返答が「機会があれば」やったんやけど、これはどう捉えればええんやろ……。

46：名無しの戦闘員
お断りの定番じゃねえか。

47：名無しの戦闘員
いや、フィオナちゃんだしそのままの意味の可能性もある。

48：名無しの戦闘員
くそう、俺たちに女心を理解する機微があれば！
(童貞《どうてい》並みの換装)

49：ハカセ
それとは別になんやけど、なんかフィオナたん「鍋を一人でなんてー」とか恥ずかしがっとったわ。

いや、こっちだと一人鍋とか焼き肉はハードルが高いってのは知っとるよ？
せやけどウチの方だと煮込み料理を小鍋で一人ってわりと普通やから、今一つ理解しがたいんよね。
50：名無しの戦闘員
なんかハードポイントシステム導入しとる奴《やつ》おるぞw
51：名無しの戦闘員
うらやましいな異次元！
52：名無しの戦闘員
そこらへんやっぱりところ変われば、やなぁ。
一人焼き肉気軽に行きたいンゴ。ワイ将そもそもニートやからお外行かんけど。
53：名無しの戦闘員
焼き肉の前に働けや猛虎《もうこ》弁w

第十八話　沙雪ちゃんと晴彦さん③

７４４：名無しの戦闘員
　なぁなぁハカセ。この前書き込みしてたせくしーってさ、A子ちゃんと仲悪いの？
７４５：名無しの戦闘員
　そういやその質問だけ答えなかったよな。
７４６：ハカセ
　うんにゃ、むしろ仲ええぞ。
７４７：名無しの戦闘員
　あれ、アニキを巡っての三角関係じゃなかったっけ？
７４８：名無しの戦闘員
　幹部と戦闘員が仲いいのも不思議な感じ。
７４９：名無しの戦闘員
　それ言ったら統括幹部についていく一介の戦闘員ってのも変じゃない？
７５０：ハカセ
　そこら辺の事情か。
　A子ちゃんはもともと小さな頃に食うに困って組織入りした女の子でな。
　慣れん環境で戸惑ってたところをアニキがしばらく面倒《めんどう》を見てたら「アニキさん、大好きです！」って恋愛感情を抱くようになったんや。
　ある意味ワイと猫耳くのいちの関係に近いな。
　猫耳の場合は家族で、いい感じにワイをいじってくるけど。
７５１：名無しの戦闘員
　あー、アニキが憧れのお兄ちゃんな感じか。
７５２：名無しの戦闘員
　そういや四人の戦闘員のアイドルの中でA子ちゃんだけ幹部連中と親しいもんな。
　アニキが世話してたから他と繋《つな》がりもできた、みたいな？
７５３：名無しの戦闘員

統括幹部が目をかける戦闘員とか嫉妬《しっと》すごそう。
754ハカセ
≫≫752　せーかい。
アニキというか、統括幹部直属の戦闘員という形やから目に見えた嫌がらせはなかったと思う。内心の不満までは読めんけどな。
首領とかは「むむむ……」みたいな感じで睨《にら》んどったこともしばしば。
755名無しの戦闘員
しゃーない。
756：名無しの戦闘員
お義兄ちゃんがかまうかわいい女の子とか普通にイヤだろうしね。
757：名無しの戦闘員
自分のポジション奪う敵だわな。
758：名無しの戦闘員
いやこれ、首領ちゃんもかわいいぞ……？
759：ハカセ
A子ちゃんは離反するアニキについていく形で組織を辞めた。
I奈ちゃんとかは組織内に両親いるけど、A子ちゃんは違うからな。
アニキのおらん組織にそこまで執着もなかったんやろな。
ってことでワイはアニキとA子ちゃんの戸籍を偽造した、クソほど遠いけど一応親戚《しんせき》って形で。いっしょに暮らす際の理由付けになるし、いざとなったら結婚もできるようにな。
760：名無しの戦闘員
ハカセ面倒見いい上に気遣い屋だなぁ。
761：名無しの戦闘員
これで彼女いない暦＝年齢なんだからすごいよねw
762：ハカセ
褒《ほ》めるか貶《おとし》めるかどっちかにしてくれませんかね……。
そんなこんなでA子ちゃんは学生やりつつアニキのお店のウェイトレス。

付き合い長いからせくしーとも普通に仲ええよ、二人ともいい子やしね。
763：名無しの戦闘員
なごやか三角関係とかさてはアニキ人生舐《な》めてんな？
764：名無しの戦闘員
デルンケムって基本まったりな雰囲気やな。
765：ハカセ
そういや、せくしーやアニキにならこの前の日曜日にも会ったで。
ワイはその日も忙しく仕事をしとった。
ついのめり込みすぎて気付けば三時。お昼も食べとらんからお腹《なか》がくーくーや。
とはいえ、ここでがっつり食べると夕飯が入らんくなる。
そや、休憩がてらアニキのところで軽くサンドイッチでもつまもかな。
そう思いながら喫茶店《きっさてん》に向かうと途中で偶然せくしーに遭遇した。
せく「あら、ハカセさんこんにちは〜」
ワイ「偶然やね。アニキんとこ？」
せく「はい、実はお昼を逃してしまって今から軽く何か食べようと」
ワイ「なんやワイと同じか」
せく「よろしければごいっしょしてもいいですか？」
もちろんワイはオッケー。
ちなみにせくしーは短大卒って設定で既に就職しとる（ワイ偽造並感。
この子もけっこう忙しいみたいやな。
766：名無しの戦闘員
せくしーさんといっしょにごはん⁉
767：名無しの戦闘員
やっぱり仲良しだねぇw
768：名無しの戦闘員
せくしーさんの作品は温かみがあって好きだからw
769：ハカセ

あのちょっと、隙《すき》あらばの精神やめてもらえませんか？
だいたい今回の主役はワイやなくてアニキやから。
770：名無しの戦闘員
せくしーはアニキにベタ惚《ぼ》れなんだよな。
771：名無しの戦闘員
分かった、これ普段は仲いいけどアニキを取り合う時だけ微妙な関係になるやつだ。
772：ハカセ
お店に行ったワイは当然せくしーと相席、そこに注文を取りにくるA子ちゃん。
A子「いらっしゃいませ、ハカセさん、せくしーさん」
せく「こんにちは～、A子ちゃん」
ワイ「あ、A子。ワイはローストビーフサンドとアイスコーヒーで」
せく「私は、エビとアボカドのサンドイッチと、アイスミルクティーを」
そして修羅場期待した人たちよ、申し訳ない。アニキが入ったところであの二人はギスギスせんのや。
アニキ「ああ、せくしー。いらっしゃい」
せく「アニキさん、こんにちは～」（手をフリフリ。
A子「あ、私も私も」（手をフリフリ。
アニキ「あ、はは……」
773：ハカセ
そう、せくしーとA子はライバルでなく協力者。
二人でアニキの嫁になろうと画策しとる。
理想の結婚式はアニキを挟むようにウェディングドレスの二人が立つ形だとか。
どんな戦場でも臆さない勇猛果敢《ゆうもうかかん》な剣士アニキが冷や汗をたらしとったわ。
ワイ「A子。やっぱり追加、このマーブルクッキーもお願いできる？」
A子「はい、かしこまりましたー」
なのでお菓子でもつまみつつタジタジなアニキを観覧しよかなーって。
774：名無しの戦闘員

重婚とかアニキ本気でふざけてやがんな⁉
775：名無しの戦闘員
それはそれとしてハカセ下世話ぁ⁉
776：ハカセ
でもほんとは？
777：名無しの戦闘員
正直俺も興味ある！
778：名無しの戦闘員
モテモテアニキは腹立つけどそれはそれとしてお話としては見ていたい！
779：名無しの戦闘員
この模範的にゃんＪ民どもめｗｗｗ
780：ハカセ
それでこそお前らや。ってことでまずは腹ごしらえ。

せく「ハカセさんのサンドイッチ、おいしそうですね」
ワイ「そっちのエビとアボカドのやつもいいな。一個交換する？」
せく「ありがとうございます。そうさせてください」
ワイら二人だとだいたいこんな感じやね。ゴリマッチョだと「とりあえず食いたいのは全部頼んで分け合おうぜ！」となる。
781：名無しの戦闘員
異性なのに友達って感じでいいなぁ。
782：名無しの戦闘員
今もリボンを大切にするくらい大好きな友人だからｗ
783：ハカセ
からかいを鉄の精神力で耐えきるワイ。
せく「Ａ子ちゃん。アニキさんとの生活、不都合はないですか？」
Ａ子「ええ、優しくしてもらってます。毎日楽しいです」
せく「むぅ、アニキさん私もかまってくださいよ」
アニキ「お、俺か？」

A子「あ、ずるいです、せくしーさん」
せく「じゃあA子ちゃんもいっしょにアニキさんとお風呂に入りましょう」
アニキ「お、お風呂!?」
現在進行形で鉄の精神力を試されるアニキ。
ワイ「ひゃっほう、さすがアニキ！　相変わらずのモテっぷりやな！」
アニキ「す、すまん、ハカセ。今は妙な煽《あお》りをやめてくれないか？」
クッキーぽりぽり、ワイにやにや。
強く賢く気遣いもできるアニキが女の子二人に好き好きされて困惑する姿。
そこからしか摂取できない栄養素があるわけや。
784：名無しの戦闘員
いっしょに……お風呂……!?　妬ましい、憎らしい……！
785：名無しの戦闘員
やはりアニキも悪の組織の一員か……。
786：名無しの戦闘員
ハカセ楽しそうだなぁ。
787：ハカセ
ぶっちゃけワイからしたら対岸の火事やし。
アニキは大変かもしらんけど、A子やせくしーみたいなかわいらしい女の子に同時に好かれとるんや。しっかり悩んで苦労してもらわんと。
嫉妬やない、断じて嫉妬やない。
788：名無しの戦闘員
確かに好かれている分、アニキは他でバランスをとる必要がある。
789：名無しの戦闘員
JKちゃんにマジモンのせくしーな美女だもんな。このくらいは当然というか。
790：ハカセ
理解者が多くてワイ歓喜。
せく「理想としては、私が働いてアニキさんが専業主夫なんですけどねぇ。あ、ハカセさんが起業して、私が秘書ならなお良しです。ハカセさんの会社なら間違いなくホワイトですから」

A子「私は共働きでも、専業主婦でもいいですよ。ただ、旦那さんと過ごす時間は欲しいかなぁ」
せく「それは私もですねぇ」
アニキ「ふ、二人とも俺を凝視しないでくれないか？」
すでに結婚後の生活の図面を引いてるせくしーとA子ちゃん。
いやー、クッキーがうまいなぁ。
791：名無しの戦闘員
なぜかハカセの企業が未来予想図に組み込まれとるw
792：名無しの戦闘員
A子ちゃんの言う共働きって「妻と夫が働く」じゃなくて「妻が二人とも働く」だよね。
793：名無しの戦闘員
アニキすげぇな。
794：名無しの戦闘員
ハカセもすごいぞ。なにせあの顔をまったく有効活用できてないんだから。

795：ハカセ
ワイにとっちゃ簡単に恋人作れる人らの方が変やと思うけど。
見ず知らずの女の子を「お茶しない？」とか誘うなんて正気の沙汰やない。
あと、たい焼き屋のおばちゃんが「イケメンだからおまけね！」って言ってくれたからちゃんと有効活用できとる。
796：名無しの戦闘員
店屋のおばちゃんは若い男には皆イケメンっていうからな。
797：名無しの戦闘員
ていうかアニキわりと優柔不断だったんだ……。
798：ハカセ（二人の暴走を応援中）
しゃーないところはあると思うけどな。
しかしあんなかわいい女の子たちに見つめられるなんて、アニキが羨《うらや》ましいわw
799：名無しの戦闘員
本心隠せてないぞハカセw

喫茶店ニルでのささいな騒動を離れた席から見つめる者たちがいた。

「むぅ……」

「あの、沙雪ちゃん？　見すぎじゃないかなー、ってボクは思うんだけど。あはは……」

茜《あかね》に窘《たしな》められるが、沙雪には耳を傾ける余裕が一切ない。

視線の先には最近仲良くさせてもらっている男性、葉加瀬晴彦《はかせはるひこ》の姿がある。普段なら声の一つくらいかけるのだが、今はそれもできない。

なにせ彼は謎の美女と同席し、親しそうに食事をしていたのだから。

時間を少し遡《さかのぼ》る。

今日、沙雪は久しぶりに茜と二人で出かけた。萌《もえ》や美衣那《みいな》を含めた四人で遊ぶのも楽しいが、茜を独り占めできるのも嬉《うれ》しい。運動公園に行って体を動かした後は喫茶店ニルでお茶をすることになった。

「あ、晴彦さん」

お店でケーキを味わっていると、後から晴彦が店に入ってきた。せっかくだし挨拶《あいさつ》をしようとしたが途中で沙雪は固まってしまう。

「レティ、相席でいいか？」

「もちろん大丈夫ですよ、晴彦さん」

晴彦は一人ではなく見知らぬ女性といっしょにいたのだ。

レティと呼ばれた、軽くウェーブした柔らかい髪の美女。スタイルもとてもよく、比較すると泣きたくなるくらいの差だ。身長も高く、晴彦と並ぶとすごく絵になる。

「え、あの……え？」

うまく言葉が出てこない。沙雪は予想外の事態に動揺《どうよう》しきっていた。

「沙雪ちゃん、どうしたの？　あ、晴彦さんだ。わー、すっごい美人」

「本当に、び、美人、ね。それにす、すごく親しそ

う。まさ、まさか恋人同士……？」

「あれ、でも前遊びに行った時は付き合ってる人いないって」

「そうですよねっ。言ってましたよね？」

「なぜに敬語？」

茜の言う通り、確かに美衣那は晴彦には恋人がいないと語っていた。妹のお墨付き、これは信頼できるはずだ。

しかしあの二人は自然に同席して談笑しており、友人というには妙に距離が近い。加えてごく自然にお互いのサンドイッチを交換していた。

「ああっ、み、見た？　今の。なんて恐ろしい」

「え？　でも、ボクたちもよくケーキの交換するよね？」

「違うの、茜。私たちのそれと男女では、意味合いがまるで違うのよ」

「沙雪ちゃんのこんな姿見るの初めて」

問題は今の流れだ。

レティの方が晴彦のサンドイッチを見ていると、彼が優しく微笑《ほほえ》んで交換を提案した様子だった。沙雪は、あんなに無防備な表情を向けてもらったことがない。つまり二人は恋人ではないにしろ相当親しい間柄だと推測できる。

モヤモヤがさらに増し、沙雪は少しでも情報を得ようと耳を澄ます。

すると将来は晴彦の会社で働く、といった内容が聞こえてきた。

「晴彦さんの秘書……？　ど、どういうこと？」

「ねえ、もう直接に聞きに行った方が早くない？　というか、わりと近くで騒いでるのにこっちを全然見ないね？」

「リーザの力を借りて簡易の結界を張っているわ」

「本気すぎない!?」

水の魔力を利用した隠蔽《いんぺい》用の結界であり、多少騒がしくしたところで誰も沙雪たちには気付けない。これで安心して観察を続けられる。

レティを見つめる晴彦の瞳はとても優しい。

仲良くなったといっても学生と社会人だ。沙雪に学校生活があるように、晴彦にもいろいろと付き合いがあるのだろう。大人なのだから恋人がいてもおかしくない。そう理解しているのに、不安にも似た奇妙な感覚が胸に居座っていた。
　それは、レティの話をきくほどに強まってしまう。
「ああ、け、結婚？　主婦とか、そんな話をしている……！」
「どう見ても二人の視線はマスターに向いてるんだけど」
　沙雪はしばらくの間、混乱したまま晴彦たちの動向を凝視し続けた。

822：ハカセ
たじたじアニキを堪能《たんのう》したワイは邪魔するのもなんやし一人で店を出た。
　するとフィオナたんとエレスちゃんが声をかけてきた。

823：名無しの戦闘員
それはアニキを見捨てただけでわ……？

824：名無しの戦闘員
あら、もしかしてフィオナちゃんたちも店にいたのか？

825：ハカセ
うん、なんか店の中で身隠しの結界張っとった。
ワイは神秘に敏感やからすぐに気付いたけど、エレスちゃんとのティータイムを邪魔されたくないんかな思てあんまりそっちは見んようにしとったんや。

826：ハカセ
フィオ「ふふ。ハカセさん、奇遇ですね」
エレス「ええー……」
涼やかな微笑みで挨拶するフィオナたんと、なんでか疲れたお顔のエレスちゃん。
大丈夫？　と声かけたら「はい、なんとか」と曖《あい》昧《まい》な返事やった。

827：名無しの戦闘員
エレスちゃん変な感じだな。

828：名無しの戦闘員
身隠し、ってたぶん周りに気付かれないようにする結界みたいなやつだろ？
もしかしたらエレスちゃん、フィオナちゃんにお悩み相談でもしてたんじゃない？

829：ハカセ
あー、フィオナたんの方が先輩やしそれはあるか。
実際「ハカセさん、すみません。今日は一人で帰ります……」ってちょっと元気ない様子やったし。
なんやろ、ワイも気にかけておくわ。

830：名無しの戦闘員
そろそろ忘れてるかもしれないけどお前敵だからな？

831：名無しの戦闘員
むしろ悩みの種だろハルヴィエド統括幹部代理ｗ

832：ハカセ
それを言っちゃあおしまいよ、ってやつや。
ワイとしてはフィオナたんと帰る機会が得られたしラッキーではあったけど。
帰り道、なんかご機嫌でいろいろとお喋《しゃべ》りできたし。

沙雪が独りで店を出る晴彦を追おうとすると先ほどまで彼といた美女、レティに呼び止められた。

「こんにちは～、英子ちゃんに聞きました。貴女が神無月《かんなづき》沙雪《さゆき》ちゃんですか？」

「は、はい」

いきなりのことで驚いたが、美女は微笑み沙雪の耳元でそっと囁《ささや》く。

「私が好きなのは、ここのマスターです。晴彦さんはただのお友達ですよ」

そうして彼女は席に戻っていく。

たった一言で沙雪の胸のもやもやはきれいさっぱり消えていた。

だから鈍い彼女でも気付いてしまった。

ああ、そうか。
あんな一言で安堵《あんど》してしまうくらい、私は彼のことが――

第十九話　戦闘員のあの格好のこと

その日、各局のニュース番組はこぞって一つの話題を取り上げた。

【ロスト・フェアリーズ、浄炎《じょうえん》のエレスあわや敗北か!?】

といっても重症を負ったわけではない。デルンケムからの刺客と戦い、単純に力負けして膝《ひざ》をついただけだ。

ただしエレスは防戦一方であり、敵が撤退していなければ敗北したであろうことは容易に想像がついた。

彼女が真っ向勝負でそこまで押されたのは初めてで、ネット上でも大きな騒ぎになっている。

ロスト・フェアリーズが出動していながらデルンケムの行動を阻めなかったことの影響も大きい。

今回のデルンケムの目的はとある企業が開発した装置の奪取。妖精姫《ようせいき》が防衛についてなお、それを奪われてしまった。

いったいどのような装置なのか企業は明らかにしていなかった。

１５３：名無しの戦闘員
これは何と言っていいのか……。

１５４：名無しの戦闘員
ハカセおめでとう、でいいのか?

１５５：名無しの戦闘員
日本人としては、おめでとうは違うくない?

１５６：名無しの戦闘員
しかもある程度事情を知ってる俺らからするとなぁ。

１５７：ハカセ
いや、うん。ワイもちょっと反応に困る……。

158：名無しの戦闘員
そりゃあなぁ。
159：名無しの戦闘員
まさかロスフェアちゃんを初めて追い詰めたのが怪人《かいじん》でも魔霊兵《まれいへい》でもなく、Lリアちゃん（十七歳）たち戦闘員のアイドル三人組とは……。
160：名無しの戦闘員
つーかLリアちゃんたちが着てたメタルヒーローものみたいな全身装甲、あれなによ？
161：名無しの戦闘員
そうそう。ハカセが造ったパワードスーツ的なのは分かる。
中身がLリアちゃん・Sやかちゃん・I奈ちゃんだってのも聞いた。
でもあの状態で出撃してエレスちゃんに勝っちゃう、これが分からない。
162：名無しの戦闘員
そんだけすごい性能のパワードスーツなんだろうけど、あれ戦闘員用の新装備？
163：ハカセ
あー、なんと言おうか。順を追って説明するわ。
始まりはな、首領に呼び出されたことや。
首領「時にハカセよ、女性の制服についてどう思う？」
ワイ「どう思う、ですか？　ウチは男女とも同じ黒の全身スーツを採用しておりますが」
首領「うむ、同じだ。男女ともに同じではあるのだが、少し問題があってのう」
ワイ「不具合ならすぐに対応しますよ」
首領「いや、機能的には正常なのじゃ。ただ、現状の全身スーツに不満が出ておる。特に女性陣から。しかもわりと大きめな不満なんで無視もできんというか。なので、任せたのじゃ！」
あ、これいつものパターンやん。首領、面倒《めんどう》くさくなってワイに振ったな？
164：名無しの戦闘員
はいハカセの仕事追加入りまーす！
165：名無しの戦闘員

身の上知ってもやっぱりブラック首領はブラック首領だなw

166：ハカセ
ようわからんけど、とにかく女性戦闘員からのクレームがあるらしい。
そんでやってきたのが戦闘員Lリアちゃんや。
Lリア「ハカセ統括幹部代理様、本日はお時間をとっていただきありがとうございます」
ワイ「ん、どないしたんやLリアちゃん？」
Lリア「実はご相談があります。私というよりも、女性戦闘員の意見と受け取っていただけると嬉《うれ》しいです」

167：ハカセ
そらまたデカい話やな。
Lリア「既にお聞きかとは思いますが、戦闘員スーツについて。現状で一定数の女性戦闘員が不満を抱いています」
ワイ「むむ、自画自賛になるけど耐衝撃性に伸縮性、魔力によるパワーアシスト機能。戦闘員の装備としては一級品だと自負していたんやけど。不具合でもあったか？」
Lリア「いえ、もちろんハカセ様の発明は素晴らしいものです！　ですが、その……」
もじもじと、恥ずかしそうに彼女が言う。
Lリア「ぴっちりしすぎて、ですね。その、体のラインが……はっきり、出てしまい」
あぁ、そこかぁ……。

168：名無しの戦闘員
そういやしばらく出撃してないけどデルンケムの戦闘員って昔ながらの全身黒スーツだったよな。

169：名無しの戦闘員
そうそう、フィット感は高いんだろうけど確かに体のラインは出るか。

170：ハカセ
ワイ的には定番の戦闘員服を作ったつもりやったんや。
ぶっちゃけデザインは伝統のデルンケム・スーツのまんまで、ちょっと材質変えて魔力式のパワーアシステムを搭載《とうさい》しただけやからな。

　せやけど誰でも手軽にハイパワーの上、拳銃どころかマシンガン・散弾銃さえ防げる脅威の防御力やぞ。

171：名無しの戦闘員
普通に警察が欲しがりそうな装備だな。

172：名無しの戦闘員
つか俺が欲しい。

173：ハカセ
デザインは昔から変わってないから今さら不満が出てくるとは思っとらんかった。

174：名無しの戦闘員
こっちの世界の企業でも制服変更したりするぞ。

企業がでかくなったから制服もそれに相応《ふさわ》しいモノにしたいとか。若い人向けの新しいデザインが欲しいとか。単純に流行《はや》りじゃないから、とかも。

　今は女性が強い時代だし、男性のみに合わせたものはすぐに炎上する。

　時代によって求められる装《よそお》いって変わるんだよな。

175：ハカセ
せやな。今までよかったからこれからも同じでいい、はワイの怠慢《たいまん》やった。
不満がある以上は改善するのが開発担当の仕事や。
こうして、ワイの新たなる挑戦が始まった。
ちゃっちゃちゃーらっちゃちゃー　ちゃっちゃーららっちゃちゃー♪

176：名無しの戦闘員
密着ドキュメント気取りかw

177：名無しの戦闘員
順調に日本に馴染《なじ》んでんなこいつw

178：ハカセ
ワイは女性戦闘員の話を聞くことにした。

無暗《むやみ》に聞き回ったらただの変態やからLリアちゃんにある程度不満をまとめてほしいと頼んどいた。

改めてワイを訪ねてきた時には戦闘員SやかちゃんとI奈ちゃんもおった。

Lリア「私だけでは意見が偏《かたよ》るかと思い、協力を頼みました」

Sやか「ハカセ様、よろしくお願いします！」

I奈「わぁー、ハカセ様の研究室初めて入った！　なにこれなにこれ⁉」

ごめんね、I奈ちゃん。あんまり弄《いじ》らんといてくれる？

179：名無しの戦闘員
戦闘員Sやかちゃん、普段はともかく上司への態度はちゃんとしてるんだよな。

180：名無しの戦闘員
I奈ちゃんはメスガキのまんまだけどな。

181：ハカセ
で、改めて話を聞いてみた。

仕事着だからデザインが画一的でかわいくないのは諦める。

でもやっぱり体のラインが出るのはイヤ。

特に胸の部分に男の人の視線が集まるのが恥ずかしい。

M男お兄ちゃんならどれだけ見てもいいよ？　でも、そもそも全身スーツってダサーイ。

あと、汗をかくと張り付いて余計に周囲の目が気になってしまう。

こんなところか。内勤なら性能よりデザイン重視にして、って感じやね。

182：名無しの戦闘員
おーい、なんか超個人的意見も交じってるぞー。

183：ハカセ
改善要求が出そろえば解決策もすぐに出る。ワイはさっそく改良にとりかかった。

まず体のラインを隠すために全身装甲、これで外見は完全に隠れる。

ただ重量は増えるから従来のパワーアシストだと物足らん。

なので各部に分散してパワーユニットを配置してスムーズな動きを実現。

となるとエネルギーの確保も必要になるか。

簡易偽造魂を使えば解決はできるが、それではコストがかさみすぎる。

全身装甲式では伸縮性がないため装備者を選ぶの

も困るな。

魔力伝導可変型のＭＧ金属材を使用したいがやはり高価だ。

人造魂よりも軽量小型の専用蓄積式魔力器を開発した方が早いか？

理想は地球産の素材を使い動力だけを私が用意する形なんだが。

これは意外と面白い題材だな。

１８４：名無しの戦闘員
キャラ変わってるキャラ変わってる。

１８５：名無しの戦闘員
時々ハルヴィエドが出てくるよな。

１８６：ハカセ
いかんいかん。とにかく試作を三着作ってみた。

名付けて【女性でも安心♡　メタル系戦闘員服ウサギさんタイプ】及び【お犬様タイプ】や。正式名称は【魔導装甲メタルラヴィ】と【魔導装甲メタルハウンド】やな。

ちっちゃいI奈ちゃんには小型版の猫さんタイプ【魔導装甲メタルキティ】も造ったで。

これでボディライン対策は完璧。

蓄積型の小型軽量魔力器を搭載しとるから魔力生成量が低い人でも使用可能。

スーツ内の温度調整機能付き、パワーやスピードが上がった分感覚強化もされる仕様。

なんと海中での活動も可能な優れモノや。

１８７：名無しの戦闘員
あー、確かに耳の辺りにうさ耳っぽいのと犬耳があったわ。
一際ちっちゃかったネコミミがI奈ちゃんか。

１８８：名無しの戦闘員
フォルムもどことなく丸みを帯びてはいたよな。
かわいいかと言われると微妙だけど。

１８９：ハカセ
うーん、あくまで動物モチーフの男女兼用のデザインの試作やからな。
あんまりかわいらしすぎて文句が出ても困る。
とりあえず完成したんで、Lリアちゃんたちに試着してもらったわ。

ちなみに往年の特撮に倣って『獣甲着装！』のキーワードによって一瞬で自動装着可能や。

ワイ、有能。

190：名無しの戦闘員
それ正義のヒーロー側w
191：名無しの戦闘員
技術だけはほんとにすごいんだけどね。

192：ハカセ
Lリア「確かにこれなら体のラインは出ませんね」

Sやか「意外と快適だし、重さも感じません。パワーもすごいです」

I奈「ハカセ様ぁ、これあんまかわいくなーい」

まあ意見はそれぞれ、まずは動かしてみてくれ。その程度のつもりやったんや。

……いやあ、びっくりですよね。

まさか初陣《ういじん》でエレスちゃんをあそこまで追い詰めるとか。

193：名無しの戦闘員
言っとくけど驚いてんのこっちだかんな!?

194：名無しの戦闘員
怪人も魔霊兵も倒してきたエレスちゃんが普通にやられるとか予想外すぎるわ!?

195：ハカセ
ワイだって驚いとりますが!?

Sやかちゃんと I奈ちゃんは別にいい！　戦闘員のパワーアップの範疇《はんちゅう》やった！

なんなのLリアちゃん!?　あの子こっちの次元生まれで魂も魔法使えん程度の生成量しかないんやぞ!?

それがどうやったらあんな三次元超高機動ができるんや!?

だいたい通信システム科所属で普段訓練もしとらんのに！

魔法使えんし運動能力も低いけど戦闘センスだけなら猫耳くのいちにも匹敵《ひってき》するわ！

196：名無しの戦闘員

ハカセも荒ぶってらっしゃる……。
197：名無しの戦闘員
本当に想定外だったんだな。
198：ハカセ
途中で魔力切れ起こしたから撤退したけど、あれはヤバイ。
自分で造っておいてなんやけど魔導装甲あかんわ。身体機能や魔力なくてもセンスと発想だけで最上位の実力者になれるとか下手に量産したら下剋上《げこくじょう》が簡単すぎる。
199：名無しの戦闘員
ロスフェアちゃん倒せても幹部が戦闘員に勝てなくなるとか嫌だもんね。
200：名無しの戦闘員
マジでLリアちゃんだけ動きの次元が違った。
安全装置的に緊急停止機能つけといた方がいいよ。
201：名無しの戦闘員
というか内勤の子にあんなパワードスーツ必要ねえよ。
202：名無しの戦闘員
実戦に出す意味もね。
203：ハカセ
そこはSやかちゃんが「これ、私たちも戦えませんか？　お願いします、機能を試してみたいんです！」って頼むからしゃーなしに。
もちろんワイも出撃していざという時は庇《かば》うつもりやった。
まさかあのレベルとは思わんよね。ワイが天才すぎるゆえに起こった悲劇……。
あとLリアちゃんのセンスが怖すぎる。もう魔導装甲は封印や。
204：名無しの戦闘員
うん、その方がいいと思う。
205：名無しの戦闘員
侵略される側としてもあんな化物《ばけもの》戦闘員が複数で襲いかかってくるとか想像したくない。
206：名無しの戦闘員
でも女性用戦闘服問題はどうするの？

２０７：ハカセ
猫耳「統一性のある、露出が少ない服装を個人の好みに合わせて複数パターン用意すればいいだけでは？　にゃ」
ワイ「いや、それだといざという時の戦闘力に不安が」
猫耳「ハカセならアクセサリー型の強化・防御用魔道具くらい簡単に作れるはず、にゃ」
うん、そうやね。猫耳くのいち、成長したな……。

２０８：名無しの戦闘員
それができるなら最初からやれよw
２０９：名無しの戦闘員
指摘されるまで気付かなかったのか。

２１０：ハカセ（デザイナー中）

ということで内勤の子にはこちらでパターンは用意するが自分の好きな服を着る形で落ち着いた。

防御力という点ではどうしても落ちてまうから、ワイが特製の魔道具を用意して補う。

身体強化と魔力障壁、あと簡易結界くらいは張れるようにせんとな。

Sやか「は、ハカセ様。あの、N太郎くんとペアリングって作れますか？」

I奈「あ、Sやかちゃんずるーい。私もM男お兄ちゃんとお揃《そろ》いがいい！」

Lリア「二人とも！　すみません、ハカセ様。私は手間のかからない物であれば」

首領「私はやはりネックレス型がいいのじゃ」

ワイは戦闘員たちの要望を聞いてその子に合ったアクセ作成の毎日や。

せくしー、今だけでも帰って来てくれんかな……。

かわいい系のデザインはあの子の方がうまいんや。

猫耳は楽しそうに服のデザインをしとる。そう、パターンを用意すると言いつつ服はすべて猫耳くのいちデザインや。これもう絶対幹部の仕事やない。

猫耳「楽しい、にゃ。いずれ、こういう仕事もしたいかも、にゃ」

ワイは次のターゲットをアパレル系企業に決定した。

２１１：名無しの戦闘員
　どんだけ猫耳ちゃんに甘いんだよお前ｗ
２１２：名無しの戦闘員
　いずれ猫耳ちゃんの服が市場に流れるかもな。
２１３：名無しの戦闘員
　でもさぁ、おかしくない？
２１４：名無しの戦闘員
　なにが？
２１５：名無しの戦闘員
　あのメタルアーマー戦闘服超強いじゃん。
　封印するんなら侵略の邪魔するロスフェアちゃん倒してからが普通じゃない？
２１６：名無しの戦闘員
　そりゃフィオナちゃんを倒したくないんだろ。
２１７：名無しの戦闘員
　じゃあ首領のことはどうなんの？　わりとハカセやってることがチグハグ。
２１８：ハカセ
　おっと、そこまでや。ま、ワイは悪の組織の科学者ポジやからな。
　ちゃんと策略ってもんがある。今はその時ではない、ってやつやな。
２１９：名無しの戦闘員
　その策略って？
２２０：ハカセ
　な・い・しょ。秘密が男に深みを与えるもんや。
２２１：名無しの戦闘員
　童貞《どうてい》のくせしやがって。
２２２：名無しの戦闘員
　キモっ。
２２３：名無しの戦闘員
　氏ね。
２２４：ハカセ
　ワイの扱いぃ……。

ハルヴィエドは自室で集めたデータを吟味する。

「……魔導装甲の実験は成功。が、現状では戦闘員に任せるとやりすぎる。性能は高いが安定性が低い、ということにして一時封印するのが無難か。いずれは簡易版を魔霊兵に装着させて安価高性能な軍勢を得られると報告すれば、ヴィラ首領も納得するだろう。騙《だま》して悪いとは思うが、そうすれば暴発的な侵略は起こらない、はず。今の拮抗《きっこう》を維持するには、もう少しロスト・フェアリーズには頑張ってもらわないと困るな」

魔導装甲を導入すれば侵略の速度が上がってしまう。スムーズにいきすぎるのはハルヴィエドにとって望ましくない展開だ。

しかし停滞がすぎると焦ったヴィラベリートが暴走する可能性もある。そうなれば被害のコントロールが難しくなってくる。

デルンケムは怪人による襲撃《しゅうげき》を繰り返しているが、敵にも味方にも一般人にも死傷者は出していない、という状況をできる限り長く続けたかった。

「あとは、レングにした〝頼み事〟も確認しておかないといけないか。しかし今回奪取した装置……日本人にもアホウがいるな。環境汚染に目をつぶって効率のみを追求した動力なんぞ今後のためにならん。こんなものさっさと壊しておこう。関連企業にも制裁が必要だな。怪人を配置して、と。しんどい……ゼロス様、戻ってきてくれないだろうか。いや、これも首領の為《ため》だ。ミント・タブレットよ、私に力を与えてくれ」

お気に入りのクール系タブレットを複数個口に含む。頭すっきり爽快リフレッシュ、これでまだまだ仕事ができる。

「さて、息抜きの仕事をするか。うん、ミーニャが服飾に興味を持ったのはいいことだ。あの子が通える服飾学校もリストアップしとこう。と、その前に高校だな。入学手続きに、今のうちに弁当作りを学んだ方がいいか……？　学校行事には私も参加するのだから、スーツの新調も必要だな。ミーニャの兄として恥ずかしくない恰好《かっこう》をしなくては。……いじめがあった時のために、隠密怪人《おんみつかいじん》も用意するべきだな。ふふ、ミーニャが学生かぁ。こいつは楽しみだ」

Q．現状で変身ヒロインを倒す手段を持ちながら悪の科学者がそれを封印する理由は？

A．まだ彼の目指す到達点には至らないから。

第二十話　エレスちゃんのこと

「はぁ…はぁ……」

結城茜《ゆうきあかね》は公園でトレーニングをしていた。

もともと茜は女子バスケ部だったが膝《ひざ》を壊して辞めてしまった。傷は灯火《ともしび》の妖精ファルハのおかげで完治し今では問題なく運動ができる。もっともブランクができてしまったので再入部はしなかったが。

しかし今日はとにかく体を動かしたい。

柔軟をして全力で走り、スクワットや懸垂も行う。汗だくになった茜はそのまま公園の隅で寝転がる。

これだけ運動したのに気分はまったく晴れなかった。

茜は浄炎《じょうえん》のエレスとして神霊結社《しんれいけっしゃ》デルンケムと戦っている。

今までたくさんの怪人《かいじん》を倒してきたから、自分がそれなりに強いと思っていたが、その自信はたやすく打ち砕かれてしまった。

統括幹部代理であるハルヴィエドにも、あのメタルヒーローみたいな三人の敵にもまるで及ばなかった。だから少しでも強くなりたくて、バスケ部だった頃のように基礎トレーニングを繰り返していた。

「ボクシングとか、空手とか習いたいけどなぁ」

茜は炎を付与した拳《こぶし》による近接戦闘を得意とする。ならば格闘技を学べば少しは強くなれるような気もするがそれは難しい。

なにせ彼女はバスケの練習のやりすぎで大けがをした。両親は絶対に道場とかジムの月謝を払ってくれない。

「うぅ、正義の変身ヒロインなのに、お金の問題で特訓できないなんて」

中学生の茜ではバイトだってできない。

クラスのちょっと派手な女子が『お話しするだけですごく稼げるおしごとをやってる』と自慢していたので、今度話を聞いてみようかと考えるくらい金銭的に追い詰められていた。

あれこれと考えていると、頬に冷たいなにかが押し付けられた。

「そら」

「わひゃぁ!?　冷たっ!?」

驚いて叫んでしまう。何事かと思えば、葉加瀬晴彦《はかせはるひこ》がペットボトルのスポドリを茜の頬にくっつけていた。

「やあ、茜ちゃん」

「は、晴彦さん!?　な、なにを」

「妹の友人が、公園で寝転んでいるのが見えたから、ついな」

言いながら晴彦はスポドリを渡してくれた。

「運動をした後だろう？　ちゃんと水分補給はした方がいい」

「あ、ありがとうございます」

ござますってなに？　思ったより動揺《どうよう》しているみたいだ。

言われるがままに口を付ける。冷たくて甘くて、心地よくてホッとした。

「ふぁ、おいしい……」

「それはよかった。だけど、どうしたんだ？　ずいぶんと体をイジメているようだったが」

「み、見てたんですか!?」

うわぁ、な、なんか恥ずかしい。汗もすごくかいているし、汗臭くないかな？

汚い女の子と思われるのが嫌で、少しだけ後ろに下がってしまう。

「すまない、どうも心配でな。こんなところで無防備に寝てしまうところも含めて。いけないぞ、あまり隙《すき》が多いと私のような変な男に絡まれる」

「別に晴彦さんは変な男じゃないですよ？」

「いやいや、下心ありきかもしれない。男はオオカミらしいぞ」

「あはは、ボクをナンパする人なんていませんって」

「そういうところが心配だと言ってるんだけどなぁ」

実は沙雪《さゆき》にも「茜は無防備すぎよ」って怒られて

いる。

そんなに隙があるように見えるのかな？　茜自身はそれなりにしっかりしているつもりだった。

「で、質問には答えてもらえないのかな？」

「う、うー」

茜は返答できず呻《うめ》いた。聞かれても正体をばらすわけにはいかない。しかし晴彦はまっすぐ茜の目を見つめている。

……よく考えてみたら、家族以外の男の人とこんなに距離が近いのは初めてだ。

すごく照れる。ただ彼は心配してくれているのだから、本当のことを隠しつつ伝えないと。

(頑張れボク、誤魔化《ごまか》すんだ。ハルヴィエドをぶん殴って倒したい、を柔らかく遠回しに)

茜は必死に頭を悩ませ、しばらくしてから真剣な表情で口を開いた。

「えーと、殴り倒したい、男の人がいるんです」

あれ？　バカなのかな？

気合いを入れた宣言に、晴彦がすっごく引いていた。

480：ハカセ
【超絶悲報】エレスちゃん、ワイを殴り倒すために秘密の特訓をしていた模様。
481：名無しの戦闘員
ちょwwwwwwww
482：名無しの戦闘員
インパクトデカすぎるwww
483：名無しの戦闘員
よく考えたら変身ヒロイン的には当然なんだけどクソワロタwww
484：ハカセ
ワイ悪の科学者、一応の敵であるロスフェアちゃんたちの動向は確認しておきたい。
前に喫茶店《きっさてん》で会った時ちょっと落ち込んでるみたいやったしな。

ってことでエレスちゃんの様子を見にいった。
場所は公園、なんかものっそいトレーニングしとった。
485：名無しの戦闘員
素直に心配だったたって言やいいのに。
486：名無しの戦闘員
ハカセのツンデレキモイ。
487：ハカセ
なんとでも言え。あ、やっぱりちょっと手加減してな。
というかやっぱりエレスちゃんかわいいよなぁ。
あんな美少女が公園で運動してるんや、ぶっちゃけ男の目もちらほらある。
やのにあの子、公園の隅っこでごろんと寝転がった。いやいや無防備にもほどがあるわ。
ワイは「なあ、ちょっと声かけね？」みたいに話してるナンパ男を睨《にら》みつけて退散させ、スポドリ片手にエレスちゃんのところへ向かった。
488：名無しの戦闘員
エレスちゃんに近づく悪い虫をスマートに払うハカセ。
いいよいいよ、私ちゃん的にもポイント高い。
489：名無しの戦闘員
エレスちゃん推《お》しからするとおいしいシチュだわなw
490：名無しの戦闘員
エレスちゃんのトレーニング……。
491：名無しの戦闘員
ちっちゃいけどおっきいから絶対揺れてる。
492：名無しの戦闘員
間違いない。
493：ハカセ
そういう視線が多いのに気にしてないんよなぁ……。
ワイからお説教するのも妙《みょう》な話やし困る。
やんわり注意してみたけど「ボクがナンパされるなんてないですよー」な感じやった。
自覚のない美少女ってほんまにおるんやな。

494：名無しの戦闘員
「モテるのはもっと女の子らしい娘」みたいな認識なんじゃね？
ボクっ娘だしクラスの男子も男友達の延長みたいな接し方してたり。
495：名無しの戦闘員
俺は知ってる。
それ複数の男子が「あいつの魅力を知ってるのは俺だけ」とか裏で考えてるやつだ。
496：ハカセ
どっかであの子には認識改めてもらわんとな。
猫耳経由でちょっとずつ注意してもらおう、ワイが直接言うと変態っぽいし。
と、話はズレたがトレーニング・エレスちゃんにスポドリを渡したワイ。
警戒されてるのか、一歩引かれてちょっと悲しかった。
おかしーな、優しいイケメンお兄さんやってるつもりやのに。
和やかに会話し、さり気なくなんでそんなに頑張ってるの？　と聞いてみた。
エレス「ボク、殴り倒したい男の人がいるんです」
それどう考えてもワイですよね？
497：名無しの戦闘員
すごい努力家だねｗ
498：名無しの戦闘員
うわぁ、知らないって怖いｗ
499：名無しの戦闘員
最近エレスちゃんの戦績イマイチだったしな。
殴り合いでも普通にハカセに負けてたし特訓は自然な発想。
500：ハカセ
内心プルプルなワイ、冷静な顔をして詳しく聞いてみる。
ワイ「それは、あれやね。物騒な話や」
エレス「ちち、違うんです！　その、し、試合!?　そう、試合の話で！　相手のすごい人？　が強くてどうやったら殴り飛ばせるかとか、そういうのなんです!?」
ワイ「……ああ、エレスちゃん格闘技やっとったんか。それで自主練を？」
エレス「それです！　そうなんですよ、あはは……」
誤魔化すの下手すぎない？　わたわたエレスちゃんかわいいけどさ。
501：名無しの戦闘員
一番ダメな殴るの部分が消えてないｗ
502：名無しの戦闘員
頭撫《な》で占い二級のハカセは人のこと言えないのでわ？
503：名無しの戦闘員
ルルンちゃんがいなかったらただの不審者《ふしんしゃ》だからな。
504：ハカセ
ルルンちゃんは妖精姫《ようせいき》というかもう大天使やね……。

ワイ「えーと、エレスちゃんはその人嫌いなの？」
エレス「嫌い、とかは考えたことはないですけど。でもボクはその人よりも弱くて。……だから強くならなきゃいけないんです」
ワイ「そ、そうなんや」
エレスちゃんが決意めいた表情しとる。
どう見ても「みんなのためなら、ボクがこの手を穢《けが》しても……」的な覚悟完了しとる。
エレス「ボクは、力が欲しい。目の前の困難をぶち抜くくらい、強い力が」
ヤバい、ぶち抜かれる。ワイのぼでーがエレスちゃんの拳でぶち抜かれてまう。
505：名無しの戦闘員
なんかエレスちゃんがサイコパスみたいになっとるｗ
506：名無しの戦闘員
ハカセがんがれｗ
507：名無しの戦闘員

正義の変身ヒロインとしては頼もしい。

508：名無しの戦闘員
別に言ってることもやってることも間違ってないしな。

509：名無しの戦闘員
頑張れエレスちゃん。鍛え上げた君の拳は、きっと君の願いに届くだろうｗ

510：ハカセ
届いたらあかんのですが!?
ワイを○すために健気《けなげ》な努力を重ねるエレスちゃん。

一歩前に進んだワイは、がしっとエレスちゃんの両肩を摑《つか》み語りかける。
ワイ「独りの強さに固執《こしつ》するのは間違っている。そんなに……無理をする必要はないんじゃないかな？」
全　力　遅　延　工　作。

511：名無しの戦闘員
こいつｗｗｗ

512：名無しの戦闘員
そりゃ必死だわなｗ

513：ハカセ
ワイ「いや、ちゃうねん。エレスちゃん……強くなりたいという君の気持ちは確かだろう。だけど無理をしても仕方ない。ゆっくり体を休めるのも訓練のうちだよ」
エレス「で、でも！　ボクは頑張らないと。頑張らなきゃ、全部失《な》くしてしまう気がして」
ウチの組織そこまで暴虐《ぼうぎゃく》ちゃうよ？　むしろゆるゆるのユルの介《すけ》や。
ワイ「なんで？　フィオナたんやルルンちゃんは、大変な時に助けてくれない子？」
エレス「それは、ちがいます、けど」
ワイ「なら一人で頑張らんで頼りゃいい。頑張らんでも失敗しても、そう、たとえ失敗してぶち抜けなかったとしても、大事なエレスちゃんや。だから今日のところはもう休まん？　そっちの方が絶対いいって」

人生頑張らんといけない時はいつか絶対くる。でもそれはきっと今やない。
深呼吸して、周りを見渡してみるんや。そうすれば一人じゃないって分かる。
だから一人で無理せんでいいし、困難をぶち抜こうとせんでもええんやで、いやマジで。
ホントお願いしますよ。
これ以上訓練して新必サツ技とか開発されたらたまったもんやない。
514：名無しの戦闘員
いいこと言ってるように見せかけて全力で保身w
515：名無しの戦闘員
なにもちゃうくねえw
516：ハカセ
エレス「うぅ、で、でもハカセさん」
ワイ「そうや、フィオナたんたち呼ぼう。ウチの妹にも声かけて、今日は皆でステーキや。奢《おご》るから、今日のところは切り上げげん？」
エレス「も、もう！　分かりましたよ！　今日はやめますから！」
やはり肉……分厚い肉の魅力に中学生は抗《あらが》えん。
後は明日以降のことも釘《くぎ》をさしておく。
ワイ「いや、ワイもな？　まったく訓練するなとは言わん。ただゆーっくり、のーんびりしよな？　って提案しとるだけや。何かあったら、みんなたくさん心配するからな。もちろんワイもやで。そやから・く・れ・ぐ・れも！　無理はしないこと！」
エレス「……はい」
渋々やけどエレスちゃんは頷《うなず》いてくれた。ふふん、ワイの頭脳の勝利やな。
517：名無しの戦闘員
ハカセ……素晴らしい。絶対にエレスちゃんの心に届いたよ。
518：ハカセ
そうしてその日はみんなでステーキや。
フィオナたんは奢りと聞いて恐縮しとったけど「でも、お誘い嬉《うれ》しいです、ハカセさん」って喜んでくれた。

いろいろ豪華な料理はあるけど、いいお肉をジュージュー焼いたステーキは女の子にも人気やな。

ルルンちゃんを迎えに行ったらご両親が「いつもすみません！」って感じやった。

友達の猫耳くのいちのお兄さんやから、そこそこ受け入れられとるみたい。

そんなこんなで皆でにぎやか晩御飯。

本当はワイン空けたかったけどグッと堪《こら》えてぶどうジュースやね。

ワイングラスで飲むからルルンちゃんが「なんだか大人になったみたい！」ってはしゃいどった。

ワイ「エレスちゃんおいしい？」

エレス「はい！　ありがとうございます、ハカセさんっ」

こっちもいい笑顔や。これで必サツ技の訓練も少し控えてくれるやろ。

519：名無しの戦闘員
「ワインを開けたかった」じゃなくて「空けたかった」ってところがハカセだよな。

520：名無しの戦闘員
当たり前のように女子中高生を食事に誘えるハカセが妬ましや……。

…

……

………

882：名無しの戦闘員
いやぁ、今日のエレスちゃんすごかったねｗ

883：名無しの戦闘員
そうだねｗ　ハカセのアドバイス通り、一人じゃなく周りを頼ってたｗ

884：名無しの戦闘員
その結果があの新必サツ技かぁ。
エレスちゃんの火、フィオナちゃんの水、ルルンちゃんの花というか風？　を収束して聖霊天装《せいれいてんそう》エレス＝ファルハになって一気に放つ！

885：名無しの戦闘員

いやぁ、まさか怪人が一撃で跡形もなく消し飛ぶとは……。

８８６：ハカセ
あかん、消し飛ぶ……あんなもん受けたらワイでも消し飛んでまう……。
魔力干渉《かんしょう》の断絶ったって限界はあるんやぞ……（震え。

８８７：名無しの戦闘員
一人で頑張らない代わりに協力奥義を習得。エレスちゃんすげえな。

８８８：名無しの戦闘員
仲良きことは美しきかな。

８８９：ハカセ
エレスちゃんはワイの予想を軽く超えるの止めてもらえませんかね？
元気になったしいい笑顔してるのは嬉しいけどさぁ。

８９０：名無しの戦闘員
はー、三人で抱き合って喜んどる姿かわヨ……。
今度はハカセが特訓する番だなｗ

８９１：ハカセ
もしワイが死んだらこのスレを遺書だと思って大切にしてください。

８９２：名無しの戦闘員
こんな場末のクソスレを遺書代わりにしようとするなｗ

小学校の頃はバスケットボールクラブに所属していた。
背は小さいが運動が得意だった茜は男子にも負けないくらい速かった。
『茜ちゃん、すごーい』。友達が褒《ほ》めてくれる。『結城、お前ならやれるぞ！』。先生が期待してくれる。
『茜、試合頑張ってね』『さすが俺の娘だ』。両親が応援してくれる。

みんなに支えられて茜は頑張った。

中学生になると迷わず女子バスケ部に入部。絶対レギュラーになるぞ！　そう思って必死に頑張って、練習を重ねて、走って跳んで、ひたすら動いて……結果、茜の膝は耐えられなかった。

日常生活は問題ない。ただし歩くくらいはできてももう走るのは無理だと言われた。

バスケ？　とんでもない。入部してわずか二か月で、茜のバスケは終わってしまった。

すると途端に友達は減った。先生も無理をするなと言って、それ以降目を向けてもらえない。両親も優しいけれど家事の手伝いさえさせてくれなかった。

だから茜は理解した。

（ああ、そっか。頑張れないボクは、誰にも求められないんだ）

鬱屈した感情を抱いたまま続く中学校生活。それなりに友達はいたが、なにかに熱中することはなかった。

特撮の世界から飛び出てきたような悪の組織が現れても、清流《せいりゅう》のフィオナという女の子が怪人と戦っていても、茜の退屈な毎日は変わらない。

そう思っていたのに。ある日、茜は灯火の妖精ファルハに出会った。

違う世界から日本に迷い込み、ひとりぼっちになった妖精だった。

〈デルンケムのセルレイザはとても恐ろしい。放っておけば、この国は大変なことになる〉

だから力を貸してほしいとファルハは言う。

茜はためらった。頑張れなくなった自分に何ができるのか、分からなかったからだ。

けれどここで動かなかったら苦しむ人がいる。涙を流す人がいる。それを見過ごせるほど冷たくもなれなかった。

『ボクが力になれるなら、みんなのために戦いたい！』

茜はもう一度頑張りたいと願った。

立ち止まってしまった彼女だからこそ、なにかを失って悲しむ誰かを見たくなかった。

こうして結城茜は浄炎のエレスとなりデルンケムと戦うことになる。


ファルハのおかげで膝も治った。

その途中で神無月《かんなづき》沙雪《さゆき》や朝比奈《あさひな》萌《もえ》と友達になり、毎日が楽しくなった。また色鮮やかな世界が戻ってきた。だからこそ余計に思う。

(きっと頑張れなくなったら、ボクはまた失ってしまう)

必死に努力し戦い、全力で毎日を楽しむのは、怖くて怖くて仕方ないから。

その不安を払拭してくれたのも沙雪と萌だ。

『ねえ、茜。私は、戦う仲間だからじゃない。努力するからじゃない。ただ、何でもない貴女といっしょにいたいだけなの』

『私は、いつだって茜さんのことが大好きです!』

頑張らなくても茜は茜だと言ってくれた。それがどれだけ嬉しかったか、二人はきっと知らないだろう。

しかし最近は負けっぱなしで、自分でも気付かないうちに落ち込んでいたみたいだ。

『深呼吸して、周りを見回してみるといい。そうすれば一人じゃないと分かる。沙雪ちゃんも萌ちゃんも、頑張らなくても失敗しても、茜ちゃんを大切に想っているよ。もちろん美衣那《みいな》や、私だってそうだ』

めっ、と子供を叱《しか》るように晴彦が言う。

忘れかけていた気持ちを、彼が思い出させてくれた。

『だから訓練するなとは言わないが、くれぐれも体の負担がないようにね。無理したら泣く人がたくさんいるのだから。分かりましたか?』

ああ、もう、本当に。

自分の周りには優しくて、大切で大好きな友達がいっぱいだ。

それに気付けたから茜は決意を新たにする。

もっと強くなって神霊結社デルンケムを、統括幹部ハルヴィエドを絶対に倒すのだ。

『……ちなみに、晴彦さんも泣いちゃいますか？』
『な、なにを言ってるんだ茜ちゃんっ』
ちょっと動揺した彼を見られたのが嬉しくて、茜は満面の笑みを浮かべた。

第二十一話　ハカセの目論見のこと

188：ハカセ（晩酌中《ばんしゃくちゅう》）
普段はビール派やけど缶チューハイもうまいなぁ。

189：名無しの戦闘員
いきなり飲んでるのか。

190：名無しの戦闘員
缶チューハイって飲み屋だと飲めない味もあるしね。

191：ハカセ（晩酌中）
冷凍ピザを極氷果実のレモンでグビリよ、たまらんわ。

192：名無しの戦闘員
相変わらずのおっさん具合に安心するぜ。

193：名無しの戦闘員
冷凍ピザは市販の溶けるチーズで追いチーズするのが好き。

194：ハカセ（晩酌中）
追いチーズ……そんな技もあるのか。ワイも今度試してみるわ。

195：名無しの戦闘員
マルゲリータだとトッピングがいろいろ試せるぞ。

196：名無しの戦闘員
そういや今日はいつもより遅かったな。また忙しくなってきた？

197：ハカセ
忙しいっちゃ毎日忙しいけどな。ただワイも現状をそのままにしていいとは思っとらん。
ってことでちょいと対策をとってみた。

198：名無しの戦闘員
なに、組織を乗っ取る決意でもできた？

299：名無しの戦闘員
下剋上《げこくじょう》！　下剋上！

200：名無しの戦闘員
ついにデルンケムを掌握《しょうあく》するのか……。

201：ハカセ
しませんが!?　ワイの認識どうなっとんねん!?
202：名無しの戦闘員
ハカセはやらないって分かってるからこその弄《いじ》りだってーの。
203：名無しの戦闘員
マジでやるような野心家だとシャレにならんしね。
204：ハカセ
カンベンしてもらえませんかね……。
そういうのやなくて、補佐役や。
重要なところはともかく細かな仕事を任せられる補佐役を育てようと思ってな。
205：名無しの戦闘員
おー、いいじゃん。
206：名無しの戦闘員
そもそもハカセ一人に業務が集中しすぎなんだよな。
207：名無しの戦闘員
クズな社長によるブラック企業じゃなくて単に人材不足な面が大きいし。
補佐役にある程度仕事を振れる環境構築はいい案だと思う。
208：ハカセ
せやろ？　これでワイのお楽しみタイムも増えるわ。
今度ボーリング行こうと思っとるんや。
209：名無しの戦闘員
ボウリング、な。
210：ハカセ
んん？　地質調査して、まだこっちの次元じゃ活用されとらん資源でも探そかな、って話なんやけど。
211：名無しの戦闘員
ほんとにボーリングだった!?
212：名無しの戦闘員
お楽しみタイムって結局仕事してる件について。
213：名無しの戦闘員
骨の髄まで社畜がしみ込んでるなぁ……。
214：ハカセ

研究は仕事の一環やけどワイの趣味でもあるしな。
学んだことを活かして先に進める過程って楽しいで。
215：名無しの戦闘員
開発した結果じゃなくて研究自体が娯楽なのか。
216：名無しの戦闘員
根っからの研究者気質《きしつ》なんだな。
217：ハカセ
首領のためやからいろいろやるけど、いずれは研究職に戻る気ではおるよ。
その一歩としての補佐役や。組織内で募ったら前向きに考えてくれる戦闘員もおってな。
C男「マジで!? ハカセ様付きとか実質組織のナンバースリー、モテのフリーパスじゃん！ うっは、入れ食いかよ!?」
なお戦闘員C男は選考外とさせていただきました。
218：名無しの戦闘員
チャラ男脳すげえな。
219：名無しの戦闘員
ここまでいくと尊敬すらするわ。
220：ハカセ（童貞中《どうていちゅう》）
そもそもワイが無垢《むく》なのに何を言っているのか。
そーゆー不謹慎《ふきんしん》で不健全な輩《やから》は弾いて、とりあえず候補を選出。
そして残ったのが、
N太郎「ハカセ様、この度はありがとうございます！」
Lリア「ご期待に添えるよう、今後いっそうの努力をさせていただきます！」
猫耳「任せる、にゃ」
この三人というわけや。うん、なんで？
221：名無しの戦闘員
最後w
222：名無しの戦闘員
猫耳ちゃん補佐役なりたかったのか。
223：ハカセ
どう考えてもおかしいやろ？ ワイは確かに二人だけを呼んだ。

にもかかわらず隠形で紛れ込むくのいちスキルの高さよ。
Ｎ太郎くんもＬリアちゃんも困惑しとったわ。女性用制服を着た猫耳が普通におる。
しかもなんかお手々を握りしめて「にゃっ」ってガッツポーズ中。
ワイ「Ｎ太郎、Ｌリア。少し待っていてくれ。猫耳はこちらに」
猫耳「にゃ？　採用？」
別室にてこてこついてくる猫耳。腰をかがめて視線を合わせてワイは言う。
ワイ「なにやってんですかね、猫耳ちゃん？」
猫耳「にゃ」
ワイ「にゃではなく」
２２４：名無しの戦闘員
猫耳ちゃんちょっとおバカな子に。
２２５：名無しの戦闘員
いや、たこ焼きホフホフやってた時点でその兆候はあったのでは。

２２６：名無しの戦闘員
前もレスしたが、そもそもハカセの妹みたいなもんだしポンコツなのは仕方ないね。
２２７：ハカセ
隙《すき》あらばワイを貶《おとし》めていくスタイル。
猫耳「補佐役ならハカセを一番知る者こそ相応《ふさわ》しい。すなわち私、にゃ」
ワイ「その場合幹部がワイ一人になるんですが？」
猫耳「……にゃ？」
ワイ「だからにゃではなく」
２２８：名無しの戦闘員
統括幹部代理（戦闘・参謀・開発担当）。
追加業務→諜報《ちょうほう》・情報関連　ＮＥＷ！
２２９：名無しの戦闘員
もはやブラックとかいうレベルじゃねぇなこれ。
２３０：名無しの戦闘員
統括幹部代理なのに統括する幹部が全員いなくなる不具合。

２３１：ハカセ
これ以上ワイの仕事を増やされたらたまらん、ここは早々にお引き取り願おう。
そう思った矢先、猫耳が恐ろしいことを語る。
猫耳「……私は、ハカセの裏切りを知っている、にゃ」
２３２：名無しの戦闘員
裏切り？
２３３：名無しの戦闘員
なんか物々しい話になってきたな。
２３４：ハカセ
ワイ「な、なにを」
猫耳「ハカセが首領や私には秘密にしてること、すでに掴《つか》んでいる、にゃ」
やばい、どれや。首領に内緒で日本企業のいくつかと癒着してることか？
それとも魔導装甲を封印した理由が嘘《うそ》だとバレた？
いや、二年半前に立ち上げた合同会社に関連する計画？　アパレル系乗っ取ったやつ？
ゴリマッチョへの頼み事？
他にもいくつか水面下で動かしとる案件あるけどそれか？
２３５：名無しの戦闘員
心当たりが多すぎるｗ
２３６：名無しの戦闘員
そこまで行ったらマジモンの裏切り者でよくね？
２３７：名無しの戦闘員
こいつマジで猫耳ちゃんのためにアパレル企業乗っ取りやがった……。
２３８：ハカセ
いやいや、しゃーないやん。今の状況やと多少の汚れ仕事は必要なんや。
バレたら首領が悲しそうな顔するから隠さなあかんけど。
２３９：名無しの戦闘員
怒られるとか嫌な顔される、じゃなくて悲しそうな顔なの？

２４０：ハカセ

「暴力的な占領《せんりょう》による支配をしたい、でも犠牲は減らしたい」が首領の方針やからな。

それを達成するには怪人《かいじん》でロスフェアちゃんとやり合いつつ、裏から方々に手ぇ回して実質的な支配権を得るのが手っ取り早い。

だからって悪辣な手段を好む子でもないし、すごーく気を遣っとるんやぞ。

２４１：名無しの戦闘員

首領ちゃんアホの子っぽいもんなぁ……。

２４２：ハカセ

そんなわけでロスフェアちゃんは強すぎたら困るけど、弱すぎても困るんや。

逆に組織が強くなりすぎても困るから魔導装甲は封印した。

ワイとしては現状の拮抗《きっこう》をしばらく維持したい。

今の戦いは日本に対しても首領に対してもいい目くらましになっとる。

２４３：名無しの戦闘員

エレスちゃんの新技にビビってた理由それか。ハカセ的なちょうどいい塩梅《あんばい》があるのな。

２４４：名無しの戦闘員

つーか、根本的に首領に向いてねえよ、のじゃっ子ちゃんは。

２４５：名無しの戦闘員

うーん、日本人的にはヤバい状況なんだけど現状被害があんまり出てないからなんとも。

２４６：ハカセ

ワイは日本人の敵ではあるけど首領の方針には賛成や。意味なくひどいことすんの好きやないし。

そもそもの話な？　首領が暴力による占領を願うのは先代の弔《とむら》いだと考えてるからや。

なのに大きな被害が出んように命じた。あの子は結局、先代のためであっても侵略自体を良しとはしとらんのや。

ただ、今は敬愛するパパ上の死に囚《とら》われて意固地になっとる。

先代のために自分を押し殺して、首領はかなり無理しとる。

父親想《おも》いの優しい子や。でもそれは上に立つ者の才覚には繋《つな》がらん。

実際ゴリマッチョとか古参《こさん》連中なんかはそこも気にいらんみたいで「他人の願いに振り回された、信念のないアタマに命を預けられるか！」って言っとった。

２４７：名無しの戦闘員
ハカセは違うの？

２４８：ハカセ
ワイも思うところはあるぞ。

でも優しい子が優しいままでいられるようにするのは、大人の役目やからな。

それができんかった以上、首領の決断はワイの責任でもある。なら放り出したりはできんわな。

変な話、ワイの動きは首領にとって望ましいものばかりやない。

普通に首領の命令に背いて遅延工作をしてるんやから。

それでもワイは可能な限り状況をコントロールしたい。虐殺なんぞする気はないし、ロスフェアちゃんも氏なせん。血が流れたら絶対に首領は後悔するからな。

正直に言えば、首領には穏《おだ》やかに過ごしてほしい。できれば首領も納得できるような妥協点があればいいんやけど。

それを探るためにも今はなにより時間が欲しい。

遅々として進まないが確実に忍び寄る侵略、それが現状のワイにできる精一杯や。

ぶっちゃけると、その間に心変わりしてくれんかなーとは思っとる。

２４９：名無しの戦闘員
心変わりかぁ、いっそのこと先代の危惧の通り別次元からの来訪者が現れたらいいのに。

２５０：名無しの戦闘員
そしたらロスフェアちゃんとも共同戦線、なんてのもあり得るかもな。

２５１：ハカセ

うんにゃ、それはそれでワイら的には困る。

来るのが『別の侵略者』ならまだいい。せやけど『理性的で良識ある外交官』だった場合、その時点でワイらが詰む。

252：名無しの戦闘員

うん？　どういうことだ？

253：ハカセ

ワイらは悪の組織、そもそも歓迎されるもんやない。

ただ、もし別の侵略者が来たら、それを撃退すれば一定の価値は示せる。

うっとうしいけど役には立つかな、程度には。

もしかしたら日本を守るという名目の上、ロスフェアちゃんと共闘もあるかも。

254：ハカセ

せやけど、やってきたのが理性的で良識ある外交官の場合は違う。

正式な手段で政府と交渉して、別次元の進んだ科学技術を公開し、日本に利益をもたらす普通の外交・貿易をしたい連中の提案はこうや。

『あなたたち日本人のために、悪いやつらの排除のお手伝いをしましょう。私たちは日本の味方、これからも末永くよろしくお願いします』

なんのかんの理由を付けて兵力は出さず、武器や兵器の譲渡に留めてな。

そしたら日本対ワイら組織の構図にしながら恩も売れる。

当然ロスフェアちゃんもそっち側につくやろうし、ワイなら間違いなく現地人を矢面に立たせる方法をとるわ。

そういうのを避けたいんで、遅延工作をしつつも時間をかけすぎるわけにもいかん。

日本で起業しとるのもいざって時の逃げ場を確保するためや。

てか、いっそのこと第三勢力をこっちで用意した方が早いかもしれん。

理想としては、ワイらがいるから外からは手が出せん、っていう先代の想定してたレベルまで戦力を拡充することやけどな。

つくづく初手が侵略やから融和政策がとりにくいのが悔やまれる。

255：ハカセ
……なんて、いろいろ考えたりわりと覚悟を決めて向かい合ったのに。

猫耳「ハカセが、アニキ様たちと焼き肉に行ったこと、私も首領も知っている、にゃ……！」

いやあ、猫耳の言う裏切りが焼き肉を内緒で食べに行ったこととか想像もつかんよね。

256：名無しの戦闘員
ごめんハカセ、落差デカすぎて笑いにくい。

257：名無しの戦闘員
うん、前の話がちょっと重すぎた。

258：ハカセ
あらま、失敗してもたか。

まあ、そんな感じでワイもそれなりに覚悟もって悪の科学者やっとるよって話や。

かといってそれで人生すり潰す気もないからな。

うまいもん食べて酒も飲んで、首領とアニメ見るし猫耳とお買い物にも行く。

当然フィオナたんやルルンちゃんともメッセージのやりとりしとる。

好きな女の子とお付き合いして、いずれパスタ屋をってのも本心やし、にゃんJに書き込むのも楽しんどる。

ああ、結局補佐役はLリアちゃんとN太郎くんに頼むことになったわ。

猫耳は構ってほしくてあんな真似《まね》しただけみたいでな。また機会を作る約束をしたら引いてくれた。

猫耳「首領もいっしょに、にゃ」

とのこと。なんや聞いてほしいお願いがあるんやと。

あとLリアちゃんたちには、これからちょっとずつ組織内と地上での仕事を任せていくつもり。これで少しは楽になるとええんやけどなぁ。

259：名無しの戦闘員
そうなるといいな、うん。

260：名無しの戦闘員
んだんだ。
261：ハカセ
ってことで、ワイはそろそろ落ちるわ。ほななー。
262：名無しの戦闘員
おー、ハカセおやすみー。
263：名無しの戦闘員
……なあ、今さらなんだけどさ。実はハカセってけっこうヤバいやつじゃね？
264：名無しの戦闘員
悪の科学者って時点でヤバいんだが感情重すぎるよな。
265：名無しの戦闘員
うん……。

「むむ。凝っておるの、ハルヴィエドよ」

「あー、気持ちいいですヴィラ首領」

「デルンケム首領、手ずからのマッサージなのじゃ。しっかりと堪能《たんのう》するがいい」

ハルヴィエドは自室のベッドでうつ伏せになっていた。

その上には首領であるヴィラベリートが乗り、一生懸命に肩や背中を解《ほぐ》している。

ミーニャとの約束通り時間を作った。しかし二人は遊ぶのでも外食に行くのでもなく、ハルヴィエドの部屋でゆっくりしたいとの希望だった。

「すまぬの。おぬしの負担は私の不《ふ》甲《が》斐《い》なさゆえ。このようなことは、罪滅ぼしにもならぬとは分かっておるが」

ヴィラベリートの願いは『マッサージがしたい』。自分のせいで忙しいのだからと、少しでも労わりたいという気持ちの表れだろう。

「いえいえ。私は好きでこの組織にいるのですから。まあ多少忙しくて、多少ストレスが溜《た》まって、多少疲れているのは事実ですが」

「ここぞとばかりに責め立ててくるのう……」

「はは、冗談ですよ。私は、まだまだ首領のところで厄介《やっかい》になるつもりなので」

「そうか、そうかっ。うははははは！」

喜びからか、さらに親指に力が籠《こ》もる。

台所ではミーニャが食事を作っている。夕食は普段野菜を摂らないハルヴィエドのための特別メニューらしい。

つまりはそういうこと。

散々大仰なことを言ったが、結局のところ彼の本心は単純なものだ。

（こんな子たちを、見捨てられないよなぁ）

侵略が成功しようと失敗しようと。

最終的にどのように転がっても、デルンケムに所属する全員が無事に済む道を探す。

ハルヴィエドの忙しさはそのための模索なのである。

第二十二話　荒ぶるA子ちゃんのこと

432：ハカセ
なんかA子ちゃんが怖ひ……。
433：名無しの戦闘員
どしたん？　またエレスちゃんにちょっかいかけたとか？
434：ハカセ
うんにゃ、いきなり電話かかってきたかと思ったら。
A子『今すぐうちの学校に来てください。アニキさんも呼びますから』
ワイ「え？　ワイ仕事中」
A子『今、すぐです！　フィオナちゃんも待ってます！　ああ、くれぐれも気合い入れず！　自然な感じでお願いしますね！』
えぇ、なんなの……？
435：名無しの戦闘員
なんかしでかしたんじゃない？
436：名無しの戦闘員
ハカセだしなぁ、変なところで怒らせたんだろ。
437：ハカセ
ワイへの熱く厚い信頼。
アニキも来るんならって、とりあえず書類は後回しにして出かけたんや。
せっかくフィオナたんと会える機会やしな。
438：名無しの戦闘員
元戦闘員に押し負ける統括幹部代理……。
439：名無しの戦闘員
というかハカセ、基本的に年下に弱いもんな。
440：ハカセ
正直自覚はある。言われた通り学校に向かう途中、アニキと出くわした。
アニキ「こっちだ、ハカセ」
ワイ「どもっす。アニキもA子に呼ばれたんですか？」
アニキ「ああ。なんか妙《みょう》に怒ってるみたいだった
けど」
うーん、アニキに対してもぷんぷんモードはなか
なかレアや。
二人でお喋《しゃべ》りしながら歩いていくと、校門のとこ
ろにフィオナたんとA子ちゃん。あと学校のお友達
かな？　数人で集まっとるのを見つけた。
挨拶《あいさつ》しに行ったら、A子ちゃんがワイらの紹介を
したんや。
そしたら、なんでかその子たちいきなり崩れ落ち
て膝《ひざ》をついた。
悲壮感全開で呻《うめ》いとる子までおったな。
441：名無しの戦闘員
ほんとになんで!?
442：名無しの戦闘員
ハカセなにした!?
443：ハカセ
なんもしとらんわ!?

いきなり呼び出されて仕事中断してまで行ったの
になんなんや……。

その夜、沙雪《さゆき》はベッドの上でスマホを眺めていた。
ハルっち【くだらない話に付き合わせたかな？】
Ｓａｙｕｋｉ【いえ、とても楽しかったです】
ハルっち【そう言ってくれると助かる。それじゃ
沙雪ちゃん、おやすみ】
Ｓａｙｕｋｉ【はい、おやすみなさい晴彦《はるひこ》さん】
晴彦がくれたおやすみの文字を何度も読み返す。
毎日連絡は少し恥ずかしいので、三日おきくらい
にメッセージのやりとりをしていた。
「にへへ……」
内容は「今日はこんなことがあった」程度の雑談
なのになぜか頬が緩んでしまう。自身の胸にある、
そういう感情を自覚してから特に。
しかし初めての経験だからなかなか前に進めない。

誰かに相談できないかな。そう考えたところで、ある人物の顔が思い浮かぶ。
そうだ、一学年上の先輩である久谷英子《くたにえいこ》。彼女は以前から晴彦を知っているではないか。

「へ？　好き？　晴彦さんって、あのハルさんのことが？」

翌日、さっそく沙雪は英子に相談を持ちかけた。
喫茶店《きっさてん》ニルのマスターは晴彦の会社の元幹部らしく、その繋《つな》がりで英子は昔から晴彦と親しくしているそうだ。ちょっと嫉妬《しっと》しなくもないが、頼る相手としてはこれ以上ない人選だった。

「は、はい。実は」

「ええ……。だ、大丈夫、沙雪ちゃん？　騙《だま》されてない？　ハルさん、ぱっと見は貴公子だけど、実際は奇行士だよ？」

ひどい。

「でも、前は英子先輩も褒《ほ》めていましたよね？」

「う、うん。確かにハルさんは真面目《まじめ》で義理堅い、優しい人だよ？　優秀なのも間違いない。だけど、バカと天才の紙一重の上で反復横跳びしているような、おもしろお兄さんだから」

とてもひどい。

「カッコいいのは認めるし、すごいし、頼れるの。でもそれはそれとして恋愛対象としては、うーん。トランクス一丁でお酒飲むし、鈍感だし突発的に変なことするし。抱え込みすぎる性格だし」

腕を組んで唸《うな》っている。英子からすると晴彦の評価はすごく微妙らしい。

「ほんとに、変な人だよ？」

「その、はい。ちょっとずれてるな、ってところは私も知っています。でも、それを含めてかわいいと言いますか」

「恋は盲目だなぁ。うん、でも応援、しづらいなぁ。ハルさんの周囲をいろいろ知ってる身としては」

最後の方はよく聞こえなかったが、英子はあまり賛成してくれないようだ。

少し残念。結局相談はそのままお流れになってしまった。

もちろん、そのくらいでは仲違《なかたが》いしない。その日は喫茶店ニルがお休みなので、沙雪は英子と二人で下校することになった。

しかしその途中、同じクラスの男女グループに呼び止められる。

「おっ、神無月じゃん。今帰り？　これから遊びに行くんだけど、どうだ？」

「うっそ、隣にいんの久谷先輩!?　先輩もどうすか？」

男子はとても盛り上がっている。

不本意ながら神無月《かんなづき》沙雪の名はこの学校では有名だ。

全国展開する百貨店の社長令嬢で、自分で言うのは自惚《うぬぼ》れが強くてイヤだが、今時珍しい清楚《せいそ》な美少女との評価を受けている。

加えて英子も学園で五指に入るとまで言われる美少女だ。男子たちはお近づきになろうと強引に誘ってくる。

「いえ、私たちは」

「せっかくだから行こうぜ。なっ」

断ってもなかなか諦めてくれない。

沙雪は容姿や普段の振る舞いから、クラスメイトには好意的に接してもらえている。しかし誰からも好かれるわけではない。グループの中の派手な女子は沙雪をバカにするような眼《め》で見ていた。

「やめといた方がいいよぉ、神無月さんオジ専だから」

その女子はたぶん沙雪が嫌いなのだろう。すごく刺々しい言い方をする。

「へ、オジ専？」

「そうそう。前さぁ、聞いちゃったんだぁ。神無月さん、なんか二十六歳のおっさんにご執心なんだってぇ？」

確か、前にクラスで恋バナに巻き込まれた時、クラスメイトに少しだけ晴彦のことを話した。それが回り回って彼女に伝わってしまったようだ。

「うわ、マジかよ」

「えー、人は見かけによらないねぇ」

「でっしょ？　しょぼくれたおっさん好きとか、まじないわー」

「そういえば、九谷先輩もバイト先の店長と仲いいとか？　やっだ、オジ専繫がり？」

皆がくすくすと笑っている。すごく居心地《いごこち》が悪いし、嫌な気分だ。

その中で一人が前に出る。よく沙雪を誘ってくる男子だった。

サッカー部で活躍《かつやく》しているそうで、押しが強いため苦手な相手だが、イケメンだということもあって他の女子には人気なのだとか。

派手な女子はちらちらとその彼を見ている。あの女子は彼が好きで、誘われる沙雪を目障りに思っているのかもしれない。

「神無月。やっぱさ、遊びに行こうぜ」

「いえ、これから先輩と帰りますので」

「キモイおっさんとか、よくねえよ。同年代で遊んでさ、カレシ作ったりして健全な方がいいんじゃねえ？」

「……放《ほう》っておいてもらえませんか？」

あの人とのやりとりを、健全ではないみたいな言い方をしないでほしい。

反感から冷たい声音になってしまったが、男子は怯《ひる》まず押してくる。それが苛立《いらだ》たしいのか、派手な女子はさらに憎々しそうに沙雪を睨《にら》んだ。

「やめときなよー、その子にはキモイおっさんの方がお似合いだって」

「でもよ、んな変態と神無月がとかないって。たぶん、そのキモオヤジが妙な粘着してくるんだろ？　大丈夫、俺がびしっと言ってやるからさ」

サッカー部の男子の発言にカチンときてしまった。

そして沙雪は――

「ハルさん？　こんにちは、すみませんけど今すぐ根戸羅《ねとら》学園に来てください。零助《ぜろすけ》さんも呼びますから」

『ああ、英子か。どうした、なにかあったのか？』

「はい。今、すぐお願いします！　沙雪ちゃんも待っています！　くれぐれも気合いを入れず！　自然な感じでお願いしますね！」

『まあ、ちょうど手が空いたから構わないが』

――――沙雪が怒るより先に、なぜか英子の方が怒りの頂点に達していた。

454：ハカセ

いやな？　ホンマにワイも状況が分かっとらんのや。

改めて順を追って説明するけど、なんも悪いことしとらんぞ。

合流したアニキと学校に向かいながら雑談するワイ。

アニキ「学校かぁ、こっちの教育機関は二十二歳まであるんだよな？」

ワイ「専門的なことを学ぼうとすると、もっと上の年齢まであるようです」

アニキ「すごいな、そんな年齢まで勉強とか」

ワイらの次元やと十五歳で基本の教育が終わるから、ちょっと不思議な感覚や。

もちろん専門に進もうとすれば何年も多く学べるけどな。

455：名無しの戦闘員

そっかぁ、やっぱ別次元でも勉強はあるのか……。

456：名無しの戦闘員

異世界なら学校行かなくていいなんて都合のいい話はないよね。

457：名無しの戦闘員

「学ばなあかん」じゃなくて「学べる」と自然に書く時点でもう通じ合えないと分かる。

458：ハカセ

久々にアニキと二人でのお喋りたのちい。

ワイ「店の調子はどうですか？」

アニキ「おかげさまで。今度、新しいケーキを出すんだ」

ワイ「ほう、それは見逃せない。ちなみに、せくしーやA子とは？」

アニキ「……聞いてくれるな」

ワイ「安心してください。ワイはすでに日本での結婚式の作法をマスターしています。新郎と新婦二人の友人代表として挨拶する準備はできていますぜ」

アニキ「ありがたいけど嬉《うれ》しくない……！　完全に三人での結婚を前提にしてやがる」

からかい終えるとそろそろ学校に到着。

校門にはフィオナたんとA子ちゃん、そのお友達の男女グループの姿があった。

４５９：名無しの戦闘員

ハカセはアニキをいじるの好きだな。

４６０：名無しの戦闘員

元上司なのに遠慮がないｗ

４６１：名無しの戦闘員

ＪＫ嫁……せくしー嫁……羨ましすぎる……。

４６２：ハカセ

遠慮するような仲でもないからな。いい加減に観念して二人とも妻にすりゃええのに。

せくしーにしろA子ちゃんにしろアニキに任せりゃ安心やし。

４６３：名無しの戦闘員

時々、謎のパパ目線になるよね。

４６４：せくしー

ですよねぇ。悪い気はしないですけど。

４６５：名無しの戦闘員

ハカセが激重なのはもうバレてるからな。

４６６：名無しの戦闘員

……ん？

４６７：名無しの戦闘員

あれ？　そのハンネ……。

４６８：せくしー

元デルンケム四大幹部が一人にして作戦参謀だった私を舐《な》めないでくださいね～。

ついにプロテクトを破ることに成功……はしていませんが、どうにか「にゃんJ歴二年以上」を偽装して潜り込むことはできました。

そうですよね、ハカセさんは神霊工学者《しんれいこうがくしゃ》なんですから情報技術じゃなくて電子霊体を使った隠蔽《いんぺい》に決まっていますよね、気付くのが遅れました。
というかスレの隠蔽のためにどれだけの力をつぎ込んでいるんですか。
469：名無しの戦闘員
おおー、せくしーちゃんおひさー。
470：名無しの戦闘員
よく分からん単語出てきたけど気にしないのが俺らクオリティ。
そんなことより歓迎するぜ、せくしー！
471：名無しの戦闘員
た・に・ま！　た・に・ま！（腕振り）
472：ハカセ
え？　マジにせくしー？
……ワイがゴリマッチョに人間砲弾された時の年齢は？
473：せくしー
≫471　さすがにお酒が入ってない時は恥ずかしくて無理です……。
ハカセさんがゴリマッチョさんに敵城に向けて投げ飛ばされたのは二十二歳の時ですね。
その時の台詞《せりふ》が「ああ、人って空を飛べるんだね……」です。
そもそも飛翔魔法《ひしょうまほう》があるから普通に人は空を飛べますが。
474：ハカセ
間違いない、せくしーや。
475：名無しの戦闘員
どんな確認の仕方だw
476：名無しの戦闘員
敵城に投げ飛ばされるって何があったw
477：せくしー
あとハカセさん、私には分かりますよ。A子ちゃんに「ワイ仕事中」なんて絶対……。
478：ハカセ
あ、やめて。ワイのクールなイメージを崩さないでね？

479：せくしー
はーい、でもそういう気遣い方がハカセさんって感じで嬉しいです。
480：名無しの戦闘員
？？？
481：名無しの戦闘員
そもそもクールなイメージなんてねえよｗ
482：せくしー
さて、茶化《ちゃか》すのはここまでですね。ハカセさん、話の腰を折ってごめんなさい。
こういう場でも交流できるのが嬉しくて少し調子に乗ってしまったみたいです。
これからは余計なことは書き込まないので続きをお願いします。
483：ハカセ
むう、分かったわ。言っとくが、せくしーがおることを嫌がっとるわけちゃうからな。
ここでのワイはあくまでハカセ、そこさえ踏まえてくれるならレスは全然ええよ。

さて、458の続きや。ワイらはフィオナたんとA子ちゃんに挨拶した。
アニキ「A子、どうしたんだ急用って」
ワイ「A子ちゃん、フィオナたん。こんにちは」
A子「お待ちしていましたアニキさん、ハカセさん」
フィオ「ハカセさん、こんにちは」
最近はだいぶ慣れたのか、フィオナたんはワイに対してにっこり笑顔で挨拶してくれるようになったわ。かわええ。
484：名無しの戦闘員
やっぱせくしーと絡む時のハカセってちょっと印象違うな。
485：名無しの戦闘員
しかしせくしーに見られて大丈夫なのかね。
わりと変なこととか、ヤバいことも言ってるぞ。
486：ハカセ
せくしーは基本いい子やぞ。
ここで知ったことを悪用はせんし、現実のワイとはちゃんと分けて考えてくれる。

そういう子やなかったら速攻で排除しとるわ。

４８７：名無しの戦闘員
すげえ信頼だ。

４８８：名無しの戦闘員
正直羨《うらや》ましい、ハカセもせくしーもどっちも。

４８９：ハカセ
４８３の続き。A子ちゃんが今度は友達にワイを紹介する。

A子「こちら、ハカセさんです。二十六歳の男性ですが、ハカセさんの妹とフィオナさんが友達なの」

フィオ「はい、その縁で仲良くさせていただいています」

A子ちゃんがワイは会社の幹部だの、優しくていい人だの妙に持ち上げてくれる。

なんや照れるなぁ、なんて思っとったら急に男の子の一人が膝をついた。

ワイ「えぇ⁉　だ、大丈夫か⁉」

男子「ごめんなさい、許してください……」

なんで謝んの？　慌てるワイ。

A子「大丈夫です。あれ、彼の趣味なんです」

ワイ「いや、でも」

A子「ささ、行きましょう」

呼ばれたのに特に何をするでもなく帰る流れに。

なんかお友達もぽかーんとしとるし。

ワイ「よう分からんけど、A子ちゃんやフィオナたんと仲良くしてくれてありがとな。そんじゃワイらはこれで」

軽く挨拶したらA子ちゃんが「さすがです」となぜかご満悦。

もうホンマに意味が分からんかった。

４９０：名無しの戦闘員
俺らも意味分からん。

４９１：名無しの戦闘員
単純にハカセ見せびらかしたかっただけかもよ。

外見はイケメンだし。

４９２：名無しの戦闘員

あー、あるかも。学生にとっちゃ社会人と友達ってだけでなんか大人みたいな。

493：ハカセ

　マジか、ならもうちょっとアピールしといた方がよかったかな？

494：名無しの戦闘員

　そうしたら失敗するのが目に見えてるからの気合い入れるな、だろうがw

「う、うそ……」

「マジで？」

「二人とも、すっご」

　英子に呼び出されて、晴彦と喫茶店ニルのマスターがやってきた。

　趣《おもむき》は違うが二人とも容姿に優れた男性だ。先程まで晴彦を「しょぼくれたおっさん」とバカにしていた派手な女子も目を大きく見開いている。

その反応だけで沙雪の留飲はいくらか下がった。

「こちらが、葉加瀬《はかせ》晴彦《はるひこ》さん。二十六歳男性です」

　晴彦を紹介する英子はいつもよりも堂々としている。

「電子系企業の幹部役員で、社長にも頼られるほどの方なんですよ？　もうハルさんがいなかったら組織が回らないレベルです。それに加えて優しい性格で、私や沙雪ちゃんは妹の美衣那《みいな》さんとの繋がりもあってお世話になっています。粘着なんてとんでもない！」

　喋っているうちに調子が乗ってきたようで、解説はマスターの方にも及ぶ。

「マスターの方は知っている方もいますよね？　喫茶店の店長で、私の保護者でもあります。もともとはハルさんの上司でもあり、企業で功績を出した上で惜しまれながらも退職し今の喫茶店を経営しています。もちろん、喫茶店も繁盛《はんじょう》していますよ」

　マスターはワイルド系の男前だ。とても体格がよく、鍛えられているのが服の上からでも見て取れる。

部活で運動をしているはずの男子たちが頼りなく感じられてしまうほどに。

先ほど晴彦をキモオヤジ呼ばわりした男子はわなわなと震えている。晴彦が一歩前に進むと動揺《どうよう》して、バランスを崩して膝をついてしまった。

「君、大丈夫か？」

「ご、ごめんなさい。許してください……」

「なにが!?」

意味の分からない反応に晴彦が驚いている。

たぶん、敗北感や劣等感の類いなのだろう。散々バカにした相手が、自分よりも地位があり顔もよい相手だった。しかも心配までされてしまい、男子は恥ずかしさや情けなさに苛まれて動けなくなっていた。

「ふぅ、どうですか？　しょぼくれたおっさんとかキモオヤジとか言っていましたが、あなたたちが社会人になった時が楽しみですね」

同じ二十六歳になった時のお前たちはどうだ、と男子たちを見る。

英子にしては珍しいくらい、敵意をむき出しにした態度だった。

男子たちは何も言えなかった。勝ち誇った英子は「さあ、帰りましょう」と促す。

残された男女グループを沙雪たちの友達だと思ったのだろう。晴彦が優しく微笑《ほほえ》みかけた。

「ああ、君たち。英子や沙雪ちゃんと仲良くしてくれてありがとう。それじゃあ、私たちはこれで」

今度は女子が完全に黙る。沙雪には、女子たちの気持ちが痛いほど分かった。

「さすが、意識していない時のハルさんは強いです。最強は零助さんですけど」

英子はご満悦だ。結局彼女は晴彦をバカにされて怒っていたのだろう、おそらく沙雪以上に。自分では奇行しているとかバカとか普通に言っていたのに。

「あの……」

「断っておくけど、私はハルさんに恋愛感情とかないからね？　優しくて真面目な人ではあるけど変な人だと思ってるし鈍感だし。日常生活では、ほんっとーにポンコツだから」

沙雪の質問を先回りして英子は早口でまくし立てる。

「でもね、ハルさんをよく知らない人が、あの人の頑張りを見もせずにバカにするのは、ものすっごく！　腹が立つの！　ふーんだ。ちょっと部活で活躍しているくらいでハルさんに勝てると思わないでよ」

つまり九谷英子にとっての葉加瀬晴彦は、とても変で複雑な人物らしい。

「俺の方は、なんで呼ばれたんだ？」

「そんなの決まってるじゃないですか。私とレティさんの零助さんを、皆に自慢したかったんです」

「いつの間に俺は二人のものに……」

マスターは複雑な表情をしている。英子の好意は直接的で、その手の話に縁遠かった沙雪でも分かるレベルだった。

ちょっとした騒ぎになってしまったが、晴彦をバカにするクラスメイトを黙らせることができて気分はすっきりした。

四人で会話しながら下校の途中、晴彦に声をかけられる。

「そうだ沙雪ちゃん。この後、用事はあるかな？」

「いえ、特には」

「それなら夕食でもどうだろう」

「えっ。はっ、はい。もちろん！」

思わぬ誘いに少し前のめりになってしまう。

「よかった。マスター、英子も行きましょう。あ、もちろんお酒はナシで」

晴彦は当然のように二人も誘っていた。鈍感という英子の評価はどうやら間違っていないらしい。

現状を変えるためには自分から動かないといけないのかもしれない。

沙雪は心を決め、小さくも力強く頷《うなず》いてみせた。

第二十三話　一つの冴えたやり方のこと

５５５：ハカセ
　ワイは子供たちの前で嘘《うそ》を吐く最低な男です……。
５５６：名無しの戦闘員
　今日はのっけからテンション低いな。
５５７：名無しの戦闘員
　前みたく感情の重さ全開でこられるよりはいいです。
５５８：ハカセ
　いやまあ、前はちょいと語りすぎた自覚はあるからさらーっと流していただければ。
５５９：名無しの戦闘員
　今回はなにをやらかしたん？
５６０：名無しの戦闘員
　やらかした前提ｗ
５６１：ハカセ
　今回に関してはマジでやらかしたからなんも言えん。
　この前、ゴリマッチョに「ウチで夕食でもどうだ？」って誘われたんや。
　焼き肉の時はハブってもたし猫耳といっしょにってな。ゴリマッチョには頼んどいた仕事もあるし、確認がてら夕飯もええかなって了承した。猫耳も喜んどったわ。
５６２：名無しの戦闘員
　そういやゴリマッチョは日本で暮らしてるのか。
５６３：名無しの戦闘員
　アニキは喫茶店《きっさてん》経営、せくしーは短大卒業後就職。
　ゴリマッチョはなにしてんの？
５６４：名無しの戦闘員
　体育教師と予想。
５６５：名無しの戦闘員
　ゴリラでマッチョな体育教師……。ぺろっ、これは脳破壊の味！

566：名無しの戦闘員
ド定番だな。大好きです。
567：名無しの戦闘員
大丈夫？　ロスフェアちゃんの通ってる学校の教師だったりしない？
568：ハカセ
ゴリマッチョは愛妻家やから大丈夫や。浮気《うわき》どころかアレなお店にもいかん。
職業はマンションの管理人やな。
569：名無しの戦闘員
ゴリマッチョ結婚してんの⁉
570：名無しの戦闘員
メスゴリラ⁉
571：名無しの戦闘員
うそだろ聞いてねえよ⁉
572：名無しの戦闘員
必サツ技の練習とかやっちゃうダメマッチョなのに⁉
573：ハカセ
≫≫570　メスゴリラどころか薄緑の髪にエルフ耳した、たおやかな美女やぞ。
異空間基地が完成してから半年、ゴリマッチョと和解後の話や。
空間の安定性向上にどうしても必要な素材があってな。
先代に話したら「任せろや、すぐ手に入れる！　お前らいくぜぇ！」って即日でとある小国を侵略しに行った。ワイが欲しかった結晶石の産地を丸ごと奪う算段や。
頼んどいてなんやけど勢いが凄《すご》すぎる。
574：名無しの戦闘員
この素材が欲しいで国ごと奪うとか規模がデカすぎるわ。
575：名無しの戦闘員
首領ちゃんには悪いけど先代に人がついてくの分かる気がする。
576：ハカセ
もちろんアニキが筋道を立ててはくれたで。

国の王様の首を挿《す》げ替《か》えてワイらに便利な同盟国にする感じや。
そのためには当然ある程度王族は処分する必要がある。
で、侵略先の国でゴリマッチョ・ミーツ・ガールしてもた。
奥さんはその国の第九王女……マジモンのお姫様らしくてな。継承権低いし妾腹《しょうふく》やしで虐《しいた》げられとったけど、おかげで侵略の後も処刑は免れた。
ゴリ「惚《ほ》れた。あんたを虐げた国ぶっ潰すから、あんたも俺に惚れてくれ」
それでマジにお姫様の心も奪うという剛腕よ。
そのメチャクチャな口説き文句は今も組織で語り草や。
577：名無しの戦闘員
ご、ゴリラのくせに……。
578：名無しの戦闘員
そんな脳筋丸出しの告白でお姫様が堕《お》ちるなんて。
579：名無しの戦闘員
マンションの管理人っていいなぁ、楽そう。
580：名無しの戦闘員
誘拐は悪の組織の専売特許よ！
581：ハカセ
姫妻さんはおしとやかーな人のわりに芯が強くてな。
一年半前の離脱の際に、二人の子供といっしょにゴリマッチョについてった。
戦場暮らしの男が平和な日本に不満を抱かないのは間違いなく家族のおかげやな。
582：名無しの戦闘員
くそう、くそう……。
583：名無しの戦闘員
まさかゴリマッチョが一番の勝ち組とか。
584：ハカセ
あの夫婦のあれこれは語ったら長いから割愛な。
とにかくワイらはゴリマッチョ家にお呼ばれした。仕事ゆうても確認が主やし、すぐ終わって皆で夕食。
王族やのに姫妻さんは料理が得意でなぁ、訪ねる時はこれが楽しみなんや。

食後はお子さんたちに「ハカセ様、あのお話して！」ってせがまれるのがいつもの流れな。

あ、ゴリマッチョジュニアは男女の双子（五歳）やで。

奥さん似です。↑ここ重要。

585：名無しの戦闘員
あの話？

586：名無しの戦闘員
よかったね、美女なお母さんに似て。

587：ハカセ
そう、それが今回の嘘に繋《つな》がる。

お子さんがこの話をお気に入りなのは、自分たちの親に関係があるからや。

今から四年前、ワイら組織にケンカ売ってきた奴《やつ》がおった。

そいつは姫妻さんの、かつての婚約者を名乗った。

といってても政略相手でしかない、キモ権力者や。

ぶっちゃけ姫妻さんゴリマッチョにベタ惚れしとるしな。

せやのに「あの女はワシのものだ！」なんて言って、組織が支配した姫妻さんの母国でクーデターじみた真似《まね》を起こしおった。

588：名無しの戦闘員
なんかゴリマッチョが主人公的な立ち位置に。

589：名無しの戦闘員
展開的には少年マンガにもエロマンガにもどっちにも転べるな。

590：ハカセ
城を占拠したキモ権力者。要求は国王の地位とゴリマッチョの奥さん。

鎮圧に赴いたのは当然ゴリマッチョ、当時十八歳のせくしー、そしてワイやった。

時系列的にはこんな感じ。

《七年前》基地完成。アップデート素材を求めてゴリマッチョ・ミーツ・ガール。

《六年前》ゴリマッチョ（二十八歳）結婚。姫妻さんが美人さん。

《五年前》せくしー（十七歳）組織入り。ゴリマッチョ家に双子が産まれる。
《四年前》キモ戦役。ワイミサイル発動。せくしーが笑顔に。

591：名無しの戦闘員
やべえ、わりとわけが分からん。

592：名無しの戦闘員
お、幹部揃《そろ》い踏《ぶ》み。ていうか笑顔にってなんだ。

593：名無しの戦闘員
デルンケム的には事態を重く見てたの？

594：ハカセ
いんにゃ、当時せくしーは幹部候補でな。
あの子は普通の商家の出やったけど生まれつき魂の出力が高かった。技術は拙《つたな》いが単純なパワーならワイを超えるほどやった。
せやから同じ出力に優れた戦闘スタイルのゴリマッチョを見て勉強しろ、ってのがアニキの指示や。
キモ権力者はちょうどいい実験台ってわけやな。
ワイはいざって時せくしーを守るようアニキに言われてついていった。
そこまでされたせくしーは「私のために。アニキさん……♡」な状態やったわ。

595：名無しの戦闘員
つまりせくしーのためだけに幹部二人動員か。

596：名無しの戦闘員
かなり期待されてたんだな。

597：名無しの戦闘員
せくしーパワータイプなんだ。あの胸だもんな。

598：ハカセ
才能なら四大幹部でもピカイチ、実戦経験少ないから伸び代もダントツ。
組織を離れなきゃ……は言ったらあかんな。あの子の選択が一番大事や。
もちろんゴリマッチョたちがおらんのは少し寂《さび》しくはあるけどな。

599：名無しの戦闘員
ちょっと切ないこと言うなよ……。

600：ハカセ

話は戻って、ＶＳキモ権力者。占拠された城の前にはかなりの数の兵士が陣取っとった。
あれ？　おかしない？　どう見てもカリスマあるような奴やないのに従う兵が多すぎる。
目が虚《うつ》ろ。どう見ても洗脳系の術式や。
６０１：名無しの戦闘員
キモ権力者クズのお手本みたいなムーブしてくるな。
６０２：名無しの戦闘員
あれだよ、ゼッタイ姫妻さんも洗脳するつもりだ。
６０３：ハカセ
こりゃあ蹴散らすのに時間がかかるな。
そう思った矢先、なんとゴリマッチョが解説を始めた。
この大規模な洗脳は王家に伝わるアイテムの効果だと事前に姫妻さんに聞いとったらしい。【魅了の魔杖《まじょう》】みたいな感じの伝説級の武具。つまり、それさえどうにかすれば問題なしってわけや。
ゴリ「おそらく、アイテムはキモ権が持ってる。それをぶち壊せば俺らの勝ちだ」
ワイ「でも相手は城の最上階。結局こいつら蹴散らさなあかんぞ」
ゴリ「なあに、俺には策がある。たった一つの冴《さ》えたやり方ってやつだ」
６０４：名無しの戦闘員
名前から勘違いしたけど意外と策略にも長けてるのか。
６０５：名無しの戦闘員
幹部最弱のハカセでもエレスちゃんより強いし。できないと言っても一般レベルよりは上なんじゃない？
６０６：ハカセ
ゴリ「お前なら魔法的な洗脳の無効化くらいできるよな？」
ワイ「精神干渉《せいしんかんしょう》への対策は当然しとる」
ゴリ「なら完璧だ。今日はちまちま雑兵を蹴散らすような気分じゃねえ。なにせ、俺の妻を自分の女扱いするゲスがいるんだ。一分一秒だって放置できねえ。……最短距離で突っ込んで、さっさと叩《たた》くぞ」

こいつホンマ姫妻さん好きやな、感心するわ。

キメ顔でそう語ったゴリマッチョは……なぜかワイを担ぎ上げた。

ワイ「え？　ちょっと待って。おかしくない？」

ゴリ「雑兵を倒すには時間がかかる。が、幸いにもキモ棒は最上階。道なら開けてるじゃねえか」

ワイ「なにが幸い？　ねえ聞いてる？」

ゴリ「俺がお前を最上階まで投げ飛ばす。魅了の魔杖をぶっ壊せ」

ワイ「最短距離で突っ込むのワイなの⁉」

607：名無しの戦闘員

ゴリマッチョが行くんじゃねぇのかよｗ

608：名無しの戦闘員

完全に俺が妻のために体を張るぜ！　な流れだったのにｗ

609：ハカセ

魔力で全身を強化するゴリマッチョ。

ヤバい、マジで投擲《とうてき》で城のてっぺんまで届かせるつもりや。

まだまだ不慣れなせくしーは「あ、あの、私はどうすれば」とおろおろ。

ただ一人、ゴリマッチョだけが覚悟を決めていた。

ワイ「待って、考えればもっといい手段があるはずや。ワイの話聞いて？」

ゴリ「そんな暇はねえ。あと、俺は合体奥義にもちょっと興味がある」

ワイ「友情の必殺技的ならワイの意見もぬわあああああああああ⁉」

610：ハカセ

その日、ワイは空を飛んだ。ああ、人って空を飛べるんだね……。

611：名無しの戦闘員

アホだｗｗｗｗｗ

612：名無しの戦闘員

せくしーとの確認のやつこれかｗ

613：名無しの戦闘員

協力奥義【ハカセ人間砲弾】

６１４：ハカセ
　空を往《い》くワイはまるで真昼の運河を滑る銀の流星のようやった。
　ホストから専業主夫になったパッパ、コメディエンヌのマッマ。
　あなたたちの息子は今、元気に空を飛んでいます。
　お前ら知ってるか？　生身で空を飛ぶと昔のことが不意に思い出されるんや。
　空って不思議やね。

６１５：名無しの戦闘員
　それたぶん走馬灯ｗ

６１６：名無しの戦闘員
　お前順当に両親から才能受け継いでんな。

６１７：名無しの戦闘員
　笑いを逃さない感性は喜劇役者の血だったか。

６１８：ハカセ
　つか一国の城やからな。普通に襲撃《しゅうげき》警戒して魔力障壁とかあるし城自体の構造も堅牢《けんろう》や。
　ワイは空中で対抗術式を組み上げて衝突に備えて自身にも強化と障壁を張る。
　そうこうしてるうちに城が近付いてきた。

６１９：名無しの戦闘員
　投げ飛ばされながら対策打てる辺り有能なんだよなハカセは。

６２０：名無しの戦闘員
　それをゴリマッチョも信じていたのさ……。

６２１：名無しの戦闘員
　まさに友情パワー。

６２２：ハカセ
≫≫６２０　絶対違う。
　魔力障壁を貫いて突き進むワイミサイルは最後の城壁をぶち破った。
　キモ権「くく、これであの女はワシのものだ！　ぐへへへへへ！」
　ワイ「ワイ着弾」
　キモ権「ぐはぁはおぁあぁあぁ!?」
　まさかの一撃である。

ワイの頭突きがキモ権力者に直撃してぶっ飛び、ついでに魅了の魔杖もぶっ壊す。
兵たちの洗脳が解ければこんなオヤジに従うものはおらんかった
不本意ながらほんまにスピード解決やったわ。
ゴリ「ハカセ、やったな!」
兵士たちも無効化されて、駆け付けたゴリマッチョにワイは安らかな笑顔で告げた。
ワイ「ゴリマッチョ、マジでぶん殴らせろ」
こうして戦いは終わった。あまりにも虚しい勝利やった……。

623:名無しの戦闘員
こんなんキモ権力者も絶対想定してねえよw

624:名無しの戦闘員
かわいそうだね。ただ姫妻さんを魅了の魔杖で洗脳したかっただけだろうに。

625:せくしー
ここまでの話ほぼ事実ですよ。私が笑顔に、というか大笑いしました。
ああ、幹部って怖くないんだぁってこの時理解しましたね。

626:名無しの戦闘員
せくしーのお墨付き出たぞw

627:名無しの戦闘員
盛ってないのかこれでw

628:ハカセ
この話はすぐに組織を駆け巡った。

『ゴリマッチョ幹部が妻を狙うかつての婚約者の暴走を、その知勇をもって打破した』

現場を見てない姫妻さんは惚れ直すわ、戦闘員からの評価爆上がりだわで大変な騒ぎや。

ワイは何も言えんかった。

これを否定するにはワイミサイル着弾の流れを話さなあかん、それは恥ずかしい。

何も言わずに我慢するのが、たった一つの冴えたやり方ってやつや。

629:名無しの戦闘員
ゴリマッチョの策がハマったのは事実なんだよね

え。

630：ハカセ

　そして月日は流れ、ゴリマッチョの子供たちはワイにせがむ。あの時の話をしてほしいと。

　双子ちゃんたちには『パパがママを守るためにすごく頑張った戦い』の話やからな。

　キラキラお目々を向けられたワイは、いつもこう語る。

　ワイ「あの時のパパはすごかったよ。愛する妻を守るために策を打ち出し、武を振るい。最低な権力者を簡単に蹴散らしてしまったんだ」

　まるきり嘘やけどしゃーないやん。

　あの顛末《てんまつ》は、パパに憧れる双子ちゃんには話せんのや。

　これもまた一つの冴えたやり方、なんかなぁ。

631：名無しの戦闘員

　それで最初の嘘の話に繋がると。

632：名無しの戦闘員

　自分の恥を隠すんじゃなくてパパの威厳を守るためなのね。

633：名無しの戦闘員

　ほんまに苦労性やなハカセは。


　レングの親友であるハルヴィエドは賢い。

　だからといって常に最善の策を打ち出せるわけではない。

　レングには親友が気付いていない、全てを一手で覆すだけの策が、『一つの冴えたやり方』があるのだ。

　神霊結社《しんれいけっしゃ》デルンケムのかつての四大幹部が一人、レング・ザン・ニエベ。

　ハルヴィエド謹製の雷撃の大戦斧《だいせんぷ》『コピート』を振るう勇猛果敢《ゆうもうかかん》なる男。かつてはデルンケムにその人ありと謳《うた》われた戦人《いくさびと》だった。

　しかし今の彼は、空秀錬《そらひでれん》と名乗り日本で生活している。

仕事はマンションの管理人。なんと十二階建ての、2LDKから5LDKの部屋がある高級なマンションだ。

部屋は十分の一も埋まっていないので家賃収入は微妙。もっとも、住人を入れすぎないのが約束であり、生活費は給与としてオーナー様から振り込まれるので問題もない。

なぜレングがこんなに楽な仕事に就けたかというと、親友のおかげである。

組織を離反した際、ハルヴィエドに頼み事をされた。その前払い報酬として空秀錬の戸籍だけでなく、住居と仕事を用意してくれた。

聞けばデルンケムが日本に入る前から仕込みはしていたのだとか。首領であるヴィラベリートにも内緒のマンションもその一環らしい。

「正直、ヴィラベリート様が大人しくしてる方が日本征服捗《はかど》るんだよなぁ、実際」

不敬だがそんなことを呟《つぶや》いてしまう。現状は家族四人で幸せに過ごせているのだから、細かいことはどうでもいいのだが。

「それじゃあ、レング。お邪魔しました」

「奥さんに、また料理を教えてもらいたい、にゃ」

夕食を終えて、少し子供の相手をしてくれた後、ハルヴィエドとミーニャは帰っていった。

喜んで食べてくれるから誘い甲斐《がい》があると、妻はあの兄妹の来訪をいつも楽しみにしている。

うちの息子も娘も彼らにはよく懐いている。特に息子は「ハルヴィエド様みたいな学者さんになりたい！」と言っているのだから、父親としては寂しいものだ。

二人はレングたち一家が離反した後もデルンケムの幹部を続けている。ハルヴィエドはヴィラベリートのために方々に手を伸ばしているようだ。

最近は補佐役のおかげで少し余裕ができたようだが、それでも忙しいことには変わりない。

首領が先代にこだわるせいで負担が増えているのに、ハルヴィエドはそれを放り投げようとしない。ただ不器用に愚直に、ヴィラベリートの願いに寄り添おうとしている。

……しかし実は、レングは首領を心変わりさせる策を持っている。

ミーニャはどっこいの頭の出来だから初めから除外として。ハルヴィエドどころか、ゼロスやレティシアすら気付いてない一手。その解決手段は、レングが既婚者だからこそ出てくる方法だ。

「たぶんなぁ、あいつがヴィラベリート様に〝あなたが欲しい。組織を捨て、女として私の伴侶になってくれないか〟って言うだけで、あらかたの問題が片付くんだよなぁ」

今の首領が意固地なのは、父親を慕《した》いすぎているから。

ならもっと好きな誰かができれば、後ろ髪を引かれつつも方針の撤回をするはず。それにもっとも適しているのやはりハルヴィエドだ。

他の幹部が離れても最後まで残ってくれて、自分のために尽くしてくれる男。そんなヤツに求婚されたら絶対に心が動かされる。

それでなくともヴィラベリートはハルヴィエドに感謝しており、慕っても頼ってもいる。

女として求められたら絶対そちらに傾くし、未練を見せつつも首領としての生き方を捨てると思うのだが。

「つっても、策略で愛を告げられるほどハルヴィは器用じゃねぇんだけどよ」

だから親友には何も言わない。この策を話したら悩むのは目に見えていた。

しかし個人的にはそういう終わりもアリだと思う。ハルヴィエドとただのヴィラが、夫婦になって仲良く暮らすのもきっと悪くはない。

「悪い結果にならねぇといいが」

レングは苦労性の統括幹部代理とその義妹を見送ってから自宅へ戻る。

ゼロスやハルヴィエドみたく頭の回る奴らが不器用で、自分みたいなのが小器用に生きているのだから、人生というのは分からないものだ。

さて、帰ったら妻に今日の礼を言って、夕飯の皿洗いをしなければならない。
飯は作れなくても片付けくらいはできる。
今日の苦労を労って、夫婦でゆっくりと夜を過ごすとしよう。

帰り道、葉加瀬晴彦《はかせはるひこ》のXRデバイスにメッセージが入った。
朝比奈萌《あさひなもえ》。萌花《もえか》のルルンとしてデルンケムと戦う少女からである。
もえもえ【ハルさん、今お時間ありますか？】
ハルっち【大丈夫だよ。どうしたんだ、萌ちゃん】
もえもえ【よかったです。あのですね、明日の放課後会いたいなと思って】
ハルっち【少しでよければ時間を作るが、なにか用かな？】
そう送ると少し時間をおいてから、少し固い言葉が返ってきた。
もえもえ【お願いします。ハルさんに、とても大事なお話があるんです】

第二十四話　ルルンちゃんのこと

妖精は高次霊体――カラダに魂という臓器があるのではなく、魂という魔力生成器官そのものがカラダとなった、人間よりも高次の霊的生命体であるとされている。

その特性上、妖精は人よりも遥《はる》かに強大な魔力を誇る。

また不滅ではないが不老であり、子孫を作らないのだという。

妖精たちは自然の営みの中で、なんの意図もなく不意に生まれてくるのだ。

自然界に偶発的に誕生するそのメカニズムは未《いま》だに解明されておらず、妖精を『神の贈り物』と表現する者もいる。

ただし、とある異次元においてはその絶対数を減らし、妖精は絶滅の危機に陥っていた。

妖精は見目麗《みめうるわ》しい個体がほとんど。

そこに目を付けたのが悪名高い神霊結社《しんれいけつしゃ》デルンケム、その首領であるセルレイザだ。

適当に捕まえて好事家《こうずか》に売りつける。「楽なシノギだ」と妖精を乱獲《らんかく》したのである。

そのため妖精たちは代替わりした今でもデルンケムを、首領セルレイザを暴虐《ぼうぎゃく》なる悪の首領として恐れている。生まれ故郷を捨てて別次元に逃げ出す者もいるほどだった。

そうして月夜の妖精リーザは、特別な生まれから孤独な幼少期を過ごした神無月沙雪《かんなづきさゆき》の下を訪れた。

灯火《ともしび》の妖精ファルハは、膝《ひざ》を壊してバスケを辞めた結城茜《ゆうきあかね》と出会った。

神の贈り物は、不幸な誰かの前に現れることが多い。

つまり朝比奈萌《あさひなもえ》にも相応の不幸があった。

『うわぁぁぁん！　お姉ちゃんがまた私のプリン食

べたぁ!?』

そう、両親が買ってくれたスペシャルプリン・ア・ラ・モード（税込み四百八十円）を萌は楽しみにしていた。

だというのに高校生の姉は『めんご、食っちゃった』と勝手に食べてしまったのだ。

あまりの悲しみが奇跡を呼び寄せたのだろう。訪れの妖精メイは萌に寄り添い〈元気出して、ね？〉と慰める。メイはまだ若い固体であり、不幸の基準がだいぶ緩かった。

萌が妖精姫《ようせいき》、萌花《もえか》のルルンとなった理由は単純だ。『悪いことしてる人がいる。それを止めようと頑張ってる人がいる。なら、私も頑張らないと！』

悪いことはしたらいけない。頑張っている人がいるなら助けたい。子供らしい善性からルルンは戦いに身を投じた。

そういった経緯から、基礎能力は高いが戦闘における評価はフィオナやエレスと比べれば一段劣る。

争うことも敵意を抱くことも苦手。能力以前に、戦う意思が弱かったのだ。

そんな彼女はある日、気になる人に……葉加瀬晴《はかせはる》彦《ひこ》に大事な話があるとメッセージを送った。

――これは〝賭《か》け〟だ。

萌は深呼吸をして、静かに覚悟を決めた。


『ハルさん』は喫茶店《きっさてん》で偶然出会った大人の男の人だった。

かっこよくて、会社の偉い人なのに偉そうじゃなくて、占いまでできるすごい人。自分たちのような子供でもちゃんと相手をしてくれる。優しいし、今ではすごく仲良しになった。

萌からすると頼りになるお兄ちゃんができたような感覚だ。それなら美衣那《みいな》がお姉ちゃんだろうか？

勝手にプリンを食べるお姉ちゃんは知りません。

それに彼は【大切な友達だと思っているよ】とメッセージをくれた。それが嬉《うれ》しくて、何度も彼の言葉を読み返した。

けれど最近『ハルさん』のことを考えると胸がモヤモヤする。

だから萌は彼を公園に呼び出した。正面からぶつかって、このモヤモヤの正体をはっきりさせたかった。

「やあ、萌ちゃん」

放課後、萌が公園に行くと『ハルさん』は先に来て待っていた。

沙雪が「晴彦さん、仕事で忙しいみたい」とよく言っていた。なのにこうして付き合わせても迷惑そうな顔は全然せずに笑顔で迎えてくれる。

「ハルさん、こんにちは！」

「はい、こんにちは。学校帰りかな？」

「えへへ、そうです」

初めは軽い雑談から。

学校でこんなことあったとか、クラスの男子の一人がいつもからかってくるとか、何でもない日常のことを話す。『ハルさん』は優しい表情で聞いてくれている。

お喋《しゃべ》りはすごく楽しい。本当はもう少し甘えていたいけれど萌は意を決して本題を切り出した。

「ハルさん、お願いがあるんです」

「ん、どうした？」

「えーと、膝をついて、かがんで？　ください」

不思議そうにしていたが、彼は言った通りにしゃがんでくれた。

背が高いからいつもは見上げる形だった。けれど今は『ハルさん』の顔が近く、同じ高さで目線が合う。

萌はそのまま『ハルさん』に思い切り抱き着いた。

「もっ⁉　も、萌ちゃんっ⁉」

慌てているようだけど気にせず体に手を回して、ぎゅーっと力を籠める。

深呼吸をすると、なんだかいい匂いがした。どこか安心する匂いだ。

沙雪や茜にも抱き着いたことはあるが、感触が違う。『ハルさん』は細く見えるのになんだかごつごつしている。

「どうしたんだ、萌ちゃん？　なにか嫌なことでもあったのか？」

　そう言って彼は頭を撫《な》でてくれる。心配されて、優しくしてもらえて、本当に嬉しい。

　だけど聞きたいことがある。

　萌は一度離れてから、まっすぐ『ハルさん』の目を見つめる。

「教えてください。ハルさんは、ハルヴィエドさんですか？」

　そうして少女は胸のモヤモヤを、ずっと抱いていた疑いをぶつけた。

157：名無しの戦闘員

　俺フィギュアの原型師してるんだ。

　一応製作会社勤めだけど小遣い稼ぎにフェスにも参加してる。

　そんでこの前フェスでエレスちゃんのフィギュア出したらメチャメチャ人気でさ。

　俺史上最高売上叩《たた》き出《だ》しちゃったよ。

158：名無しの戦闘員

　エレスちゃんフィギュアとか普通に欲しい。ハイキックさせたい。

159：名無しの戦闘員

　こんなとこでバラして大丈夫かよと思って調べたら、意外とロスフェアちゃんフィギュア作ってるとこあるんだな。企業でも手ぇ出してるとこあるじゃん。

160：名無しの戦闘員

　実はハカセのフィギュアも作製要望あったりするぞ。

161：名無しの戦闘員

　草。

162：名無しの戦闘員

　ほしいｗｗｗ　ハカセフィギュア超欲しいｗｗｗｗｗｗ

163：名無しの戦闘員
新たなネットのオモチャ誕生の予感ｗｗｗ
164：ハカセ
ヤバい、ルルンちゃんに正体バレた。
165：名無しの戦闘員
俺ハカセフィギュアでおもしろ画像撮ってスレ立てするｗ
166：名無しの戦闘員
え？　マジで？
167：名無しの戦闘員
嘘《うそ》だろ？
168：名無しの戦闘員
ハカセなにしてんだお前!?
169：名無しの戦闘員
それ本気でヤバいやつじゃん。
170：ハカセ
ワイもこんな形でバレるとは思っとらんかった。
正直困惑しとる。
171：名無しの戦闘員
なにがあったん？
172：名無しの戦闘員
バカ話から一気に雰囲気変わったな。とりあえず話してみ？
173：ハカセ
今日の夕方のことや。
ルルンちゃんから「お話があるから会いたいです」ってメッセージがあったんや。
画像を送り合う仲やし、ルルンちゃんが遊びたいって言うのも別に珍しくない。
ワイはいつも通りの感じで約束の公園へ向かった。
174：ハカセ
最初は仲良くお喋り。
なんかクラスの男子に、ルルンちゃんに意地悪する子がおるんやと。
素直になれない男の子やなぁ、と思いつつなにかあったらワイを頼るんやで的なことを言っといた。
そして問題の瞬間がやってきた
ルルン「ハカセさん、しゃがんでくれませんかか？」
ワイ「ん？　こう？」
ルルン「えいっ」（ぎゅー。
ルルンちゃんはかがんだワイに抱き着いてきた。
しかも首に手を回しぎゅーっと。
175：名無しの戦闘員
おまわりさんこいつです。
176：名無しの戦闘員
はい撤収《てつしゅう》ぅー！
177：名無しの戦闘員
M男「ようこそ、私の領域へ……」
178：名無しの戦闘員
今最悪な上位存在おったぞw
179：ハカセ
いやあのうん、気持ちは分かるけど一応真面目《まじめ》な話やから。
そんでワイに一言。
ルルン「ハカセさんは、組織の幹部のハカセさんですか？」
口から心臓飛び出るか思ったわ。
180：名無しの戦闘員
えぇ……。
181：名無しの戦闘員
ハカセなんかした？　思わずワイ口調で喋ったとか。
182：名無しの戦闘員
その流れでバレるところなくない？
183：名無しの戦闘員
最初から分かってた？　ならなんで抱き着いたのって話だけど。
184：ハカセ
理由は匂いってルルンちゃんは言っとった。
ワイ「ど、どうして」
ルルン「こうやってハカセさんにくっついて分かりました。幹部さんがくれたマントとハカセさん、同じ匂いがします」
言われて思い出した。以前ワイは服が破れてもたルルンちゃんを隠すためにマントを被《かぶ》せたことがある。

まさかこんなところで繋《つな》がるとは思わんかったわ。

185：名無しの戦闘員

ああ、あのコスプレ黒マント？

186：名無しの戦闘員

襟《えり》がすごいやつか。

187：ハカセ

抱き着いたのはワイの匂いを確認するためやったらしい。

それがマントの残り香と一致した。

で、ルルンちゃんはワイが統括幹部代理だと当たりを付けたってわけや。

ルルンちゃんが……大天使ルルンちゃんが抱きしめた匂いで男を判別する堕天使になってもた……。

188：名無しの戦闘員

ハカセなんか余裕ないかw

189：名無しの戦闘員

でもそんなんで分かるもんかね？

190：名無しの戦闘員

そもそもマントに匂いってそんな残らんだろ。実はハカセ体臭が濃い？

191：ハカセ

ちゃうから。ワイ別に臭くないから。むしろフローラルな香りしてるはずやもん。

マジメな話すると匂いといっても嗅覚どうこうやない。

前にワイが言ったやろ？　妖精の残り香を判別できるって。あれと同じ類いの話や。

192：名無しの戦闘員

あー、ハカセとかアニキは妖精の匂いが分かるんだっけか。

193：ハカセ

ワイやアニキは神秘に対して敏感や。

匂いと表現したけど、実際には魂の波長や魔力の性質を察知しとる。その差異から固体を判別するんやけど、論理的には同じやと思う。

たぶんルルンちゃんはマントに残ったワイの魔力に反応したんちゃうかな。しかも偽装しているのに看破《かんぱ》してみせた。

もしかしたら神秘に対するセンスはワイ以上かもしれん。

今から学べば最高ランクの神霊工学者《しんれいこうがくしゃ》になれるかもな。

194：名無しの戦闘員
すげえ……けどやべえ……。

195：名無しの戦闘員
ハカセのマントと本人を繋げて考えられるほど、魔力を正確に判別してるってことか。

196：名無しの戦闘員
それって科学者的に必要な能力なの？

197：ハカセ
魔力の性質や流れを感覚的に理解できるってのは神霊工学者にとって得難《えがた》い才能や。

実験やら測定をすっ飛ばして望む効果をある程度計算できるってことやからな。

基礎の手ほどきくらいはしたいけど、本人の適性とやりたいことが一致してるとは限らんしなぁ。いくら才能があっても研究に興味がないなら勧めづらいわ。

198：名無しの戦闘員
話逸《そ》れてるぞハカセ
199：ハカセ
しまった、184の続きな。

ワイ「な、なんのことかな？」

ルルン「……」（じーっ。

ワイ「ワイの正体が銀髪イケメン天才幹部なんて、そんなこと」

ルルン「でも、顔も髪の毛の色も目の色も匂いも全部いっしょです」

一度魔力の性質を一致させたことでアムフランジュも無効化しおった。

これで十三歳か……末恐ろしいわ。それでもしらばっくれようとするワイ。

ワイ「実は、ワイには生き別れのお兄さんが」

ルルン「ハカセさんは、私を大切な友達と言ってくれました。あれは、嘘なんですか……？」（うるうる。
ワイ「ごめんなさい、ワイです」
ワイ、陥落。
200：名無しの戦闘員
よわっ!?　ハカセ弱っ!?
201：名無しの戦闘員
これはしゃーない。うるうるお目々のルルンちゃんとか俺も耐えられる自信ない。
202：名無しの戦闘員
まず言い訳がベッタベタすぎる。
203：ハカセ
ぶっちゃけ認識《にんしき》阻害《そがい》無効にされてる時点で言い訳は無意味ですよね……。
ワイ「ごめんね、ルルンちゃん。実はそうなんだ」
ルルン「ハカセさん。やっぱり、悪い人なんですか?」
ワイ「うん、すっごく悪い人。騙《だま》したみたいになっちゃったね」
せっかく仲良くやれてたけど、ここらが潮時かなぁ。
バレた以上は接触止めて次の行動に移らなあかん。これでお別れや。そう思ったところで、くいっ、って袖口を引っ張られた。
204：ハカセ
ルルン「わ、私。やっぱり知りません！　分からないです、匂いも全然違います!?」
ワイ「ルルンちゃん?」
ルルン「それに、私にも、秘密があって。だから、行っちゃダメです……」
支離滅裂やけど、日本人のハカセさんがいなくなることを何となく察したんやろな。
そんで申し訳ないけど君の秘密、ワイは知っとる。
ルルン「友達です。私たち、ちゃんと、友達ですよね……?」
ワイ、本日二度目の陥落。
205：ハカセ
ワイ「あー、もちろん友達や。ワイは勝手にいなくならんよ」
ルルン「ほんとですか？」
ワイ「うん、なんなら指切りしよか」
ゆーびきりげーんまん嘘ついたーらハリセンボン飲ーます、指切った。
だから約束や、勝手にはいなくならんってな。
そうしたら、ルルンちゃんはちゃんと笑ってくれたわ。
206：名無しの戦闘員
ルルンちゃん泣かせるとかハカセ地獄に落ちるべき。
207：名無しの戦闘員
分かりやすいフラグ立てやがって。
208：名無しの戦闘員
勝手には、ね。
209：ハカセ
≫≫206　ワイも同意見やわ。
知られた以上放ってはおけん。ちゃんと処理はさせてもらったけどな。
210：名無しの戦闘員
処理？
211：名無しの戦闘員
ふざけんなよ、お前まさか。
212：ハカセ
いや、ちゃうからな⁉　あれや、記憶を忘れさせる系のヤツ！
誰がルルンちゃんに危害を加えるか⁉
213：名無しの戦闘員
ハカセ信じてたぜ（手のひらクルー。
214：名無しの戦闘員
変身ヒロインに危害を加えないと明言する悪の科学者もあれだなｗ
215：名無しの戦闘員
さすがにそれくらい俺らも分かってるって。
216：ハカセ
ったくビビらせんといてくれ。ちなみに記憶消去には二つの方法がある。
一つが魔力によって記憶そのものに干渉《かんしょう》して該

当部分を削除する魔法。
もう一つは暗示に近くて「何となくそんな気がする」レベルまで印象を落とすやり方や。
前者は記憶そのものを削り取るから完全に忘れさせることができるけど、強力すぎて他の記憶にまで弊害《へいがい》が生じる場合がある。
後者は暗示やからな。きっかけがあれば思い出す可能性がある反面、悪影響が少ない。

２１７：名無しの戦闘員
言わなくても分かってるぜ。お前が選んだのは後者だろ？

２１８：名無しの戦闘員
これがチャプトラ様の大自然神的未来思考法です。

２１９：名無しの戦闘員
ちがうわw

２２０：ハカセ
流れるようなレスサンガツ。
仰《おっしゃ》る通りルルンちゃんが後で困らんように弱い方の処置をしといた。
偽善やな。それでも、やっぱ子供を犠牲にするのは性に合わん。
その分思い出す可能性もあるから、ちょっとワイは動きを注意せなあかんけど。

２２１：名無しの戦闘員
ひとまず事なきを得たんならよかったよかった。

２２２：名無しの戦闘員
あれ？　なら何がヤバイん？　一応もう大丈夫ってことだろ？

２２３：ハカセ
いや、約束した公園ってアニキの喫茶店にかなり近い場所にあんのよ。
今スマホを確認したら戦闘員A子ちゃんからクッソほどコールが、ね？
たぶんワイがルルンちゃんに抱きしめられるところを見られたんやろなぁ。
どうしよう……完全にワイの命の危機……。

２２４：名無しの戦闘員
よし逝《い》ってこい。

225：名無しの戦闘員
ルルンちゃんをぎゅーした罪は消えねーからな。
226：名無しの戦闘員
A子ちゃん任せた。
227：ハカセ
ワイの味方がどこにもおらん……。

『ハルさん』の正体になんとなく気付いた時、萌は誰にも相談しなかった。

けれどぎりぎりになって、訪れの妖精メイにだけは胸の内を打ち明けた。

そして一つの賭けをした。

「ねえ、メイちゃん。私、勝ったよ……」

一人で敵の幹部に会いに行く。もしかしたら襲われるかもしれない……なんて考えなかった。

だって相手は『ハルさん』だから。

しかしメイは言った。〈記憶を消す魔法は、あるよ〉と。同時に対策もあると教えてくれた。

記憶を消す方法は二つ。強いのと、弱いの。

強いのは記憶そのものを消すから危ないし、完全に防ぐのは難しい。

逆に弱いのなら前もって準備すれば無効化できる。また、デルンケムの幹部ならきっとどちらも使えるだろうとも付け加えた。

つまり『ハルさん』が本当に悪人なら萌を攻撃する。

萌のことはどうでもよくて、自分の安全を考えるなら強いのを使う。

心配してくれたなら弱いのを使うはずだ。

そして、萌は先ほどまでのやりとりを完全に覚えている。簡単な対策でも記憶が消されるのを防げてしまった。

それは『ハルさん』が、自分の安全よりも萌の安全を選んでくれたということ。

だから悪の組織の人でも、『ハルさん』は今まで見てきた通りの、優しいお兄ちゃんだと確信できた。

〈モエ、どうするの？〉

記憶は消えていない。しかし暗示にかかって気を失ったふりをした。彼は萌が起きるまでちゃんと待っていてくれた。そんな人を、ただの悪い人だなんて思えない。

だから萌は記憶をなくした演技をして、また『ハルさん』とお友達に戻った。

「きっとね、ハルさんには何か理由があるんだよ。だから、私ね」

今までみんなのためとは思っていたけど、戦うことに前向きにはなれなかった。

でもこれからは違う。

『ハルさん』が敵だと思うと胸がきゅーっとなる。同じくらいどうにかしなきゃ、という気持ちになる。たぶん、今この胸にある感じが〝決意〟なんだと思う。

「戦う。ハルさんが悪いことするならそれを止めたい。ハルさんのことを助けてあげたいの」

萌花のルルンは、その日初めて戦ってでも叶《かな》えたい願いを見つけた。

第二十五話　テレビのこと、或いは激おこせくしーさん

二年前、突如《とつじょ》として現れた謎の集団。

彼らは神霊結社《しんれいけっしゃ》デルンケムを名乗り、日本への侵略を開始した。

怪人《かいじん》や戦闘員といった特撮作品のような手段を使いながら、彼らは少しずつその魔の手を広げていく。

今夜は恐るべきこの組織の謎に迫っていこう……。

司会【こんばんは、司会の○○です。日本征服を目的に掲げる神霊結社デルンケム……彼らはいったい何者なのか、私たちはあまりに知らない。今夜は暴虐《ぼうぎゃく》なる悪の組織の真実に迫っていこうと思います】

進行：司会が今夜のゲスト紹介をしていく。

一、社会学者（男性・五十八歳）

社学者【えー、私は神霊結社デルンケムが現れた二年前から彼らの動向を追っています。現状の日本の対応を憂《うれ》える一人として今回は意見を述べさせていただきたい】

二、教育評論家（女性・四十歳）

評論家【子供たちの未来を考える上でも彼らの悪事を許してはおけません】

三、女性アイドル（女性・十九歳）

女ドル【こんばんわー、よろしくおねがいしますぅー】

四、人気漫才コンビ（男性三十二歳・男性三十三歳）

芸人A【どうもでーす。いやあ、俺らはあんまりデルンケムには詳しくないんですけどね】

芸人B【僕らロスト・フェアリーズちゃんのファンやからね】

芸人A【ねえ。Bさんはエレスちゃんのファンですもんね。ロリ巨乳好きだから（笑）】

芸人B【ちゃいますて。今夜はよろしくお願いしまーす】

進行：司会にカメラが戻り、タイトルコール。
『緊急特番：徹底討論！　謎の侵略者・神霊結社デルンケム』

197：名無しの戦闘員
いやぁ始まりましたね。
198：名無しの戦闘員
あれだろ？『徹底討論！　謎の侵略者デルンケム！』
199：名無しの戦闘員
そうそう、著名人が集まってデルンケムについて語るヤツ。
実は楽しみにしてたんだよね。
200：名無しの戦闘員
著名人とか言っても芸人とかアイドルの、どっちかってーとバラエティ寄り？
201：名無しの戦闘員
ロスフェアちゃんアンチの社会学者もいるぜ。
202：名無しの戦闘員
にゃんJってそもそも『にゃんでも実況ジュピター』だし、テレビ見ながら実況してグダグダが一番正しい形と言える。
203：名無しの戦闘員
ハカセは来とらんの？
204：名無しの戦闘員
あれで忙しい幹部様だからな。ゴールデンタイムに二時間半テレビの前は難しくない？
205：実況班
じゃあ僭越《せんえつ》ながら一時的に俺がメインってことでコテつけとくな。
『徹底討論！　謎の侵略者デルンケム！』
芸人上がりの有名司会者がメインで話を進める討論形式の番組だ。
いわゆる専門家のいない、バラエティ寄りの番組っぽい。

タイトルの通りデルンケムやロスフェアちゃんたちを議題になんやかんや話し合う感じのヤツだ。俺らはこれを実況して楽しもうって寸法よ。

……テレビ局がどんだけ的外れかってなぁ！

２０６：名無しの戦闘員

どう考えてもにゃんＪ民以上にデルンケムに詳しいやつらいねーもんなｗ

２０７：名無しの戦闘員

なんならロスフェアちゃん情報もハカセから垂れ流されてるぜｗ

２０８：名無しの戦闘員

あー、楽しみｗ　特に偉そうな社会学者の間違った発言がｗ

２０９：名無しの戦闘員

さすがにゃんＪの勇士たちｗ　性格クソがデフォｗｗｗ

２１０：名無しの戦闘員

お、ＣＭ明け。

２１１：名無しの戦闘員

いちおう過去の映像とかちゃんとあるんだな。

２１２：名無しの戦闘員

今は普通の人らが動画撮影して投稿《とうこう》するし番組なんて省エネ制作が基本。

２１３：名無しの戦闘員

おおお！　ハカセが映ったぞ！

２１４：名無しの戦闘員

統括幹部代理サマが映って騒ぐのなんてこのスレくらいだろうなｗ

２１５：実況班

ＣＭ明け↓視聴者投稿のデルンケム映像。

つい最近現れた統括幹部代理を名乗る男についても触れていくとも。

司会【ではデルンケムの侵略をご覧になっていただきましょう】

まずは二年前の映像からだな。都内に現れた怪人や戦闘員が暴れたりしてる。

デルンケムによって廃業になった店や企業なんかちらほら。

出現から半年、暴虐の限りを尽くして無理矢理実効支配した土地もあるとのこと。

２１６：名無しの戦闘員
あれ？　こうやって見ると意外とちゃんと悪の組織してるじゃん。

２１７：名無しの戦闘員
よう考えたら二年前は警戒アラートとかあったわ。
自然災害程度には厄介《やっかい》やったような気がする。
てか廃園になった遊園地とかがデルンケムに奪われてたの初めて知った。

２１８：名無しの戦闘員
あ、この自衛隊出動見たことあるンゴ。怪人にバズーカ撃っても効かなかったやつ。

２１９：名無しの戦闘員
社学者【繰り返せば倒せたはずだった。自衛隊の判断ミス】だとよ。

２２０：名無しの戦闘員
まだ言ってんのかあのアホ。ロスフェアちゃんのおかげの今の平和だってのに。

２２１：名無しの戦闘員
そもそも怪人は半霊体だから物理攻撃は効かないんだよなぁ（ドヤァ。

２２２：実況班
司会【このようにデルンケムは社会に大きなダメージを与えています。しかし日本の警察や自衛隊は優秀で、怪人を倒せないまでもこれまで人的な被害はほぼゼロ。多少の負傷者はいても死者は一人もいないという偉業を成し遂げています】
芸人Ｂ【この組織が単に弱いだけゆうのもあるんちゃうかなぁ（笑）】
芸人Ａ【毎回エレスちゃんたちに負けてますからね（笑）】

２２３：名無しの戦闘員
ハァ？　首領ちゃんのおかげやぞ⁉
正確には首領ちゃんの理《り》不尽《ふじん》な命令を頑張って叶《かな》えようとするハカセの努力。

２２４：名無しの戦闘員
やっぱ侵略したいけど被害少なくは無茶だって。

お、意外なところから擁護《ようご》がきた。
評論家【そうでしょうか？　うまく隠していますが、怪人の攻撃は市民のいないところを狙っているように見えます。これも策略のうち、とも考えられますね】
分かる人には分かるもんなんだな。
225：名無しの戦闘員
社学者【バカ言っちゃいけない。私はね、二年前からデルンケムを追っている。君の言ってることは間違いだと断言できるね】
バカめ。二年前から追ってる時点でもう遅いんだが？
226：名無しの戦闘員
ハカセはその半年前にはもう日本入りしてんだよ、おっさん。
227：実況班
話は一区切り、今度は怪人の種類に関して。
クモ型とか電車型とかカメラ型とかけっこう豊富だな。デルンケムグもいる。
戦闘員と魔霊兵《まれいへい》の紹介もされてる。
Lリアちゃんたちもテレビデビュー、番組の呼称だとメタル兵らしい。
続いて統括幹部代理ハルヴィエド・カーム・セインに迫る。
228：実況班
ハカセに関する言及は社会学者からがほとんど。
社学者【まず言えるのは、このハルヴィエドという男が、非常に残忍で狡猾《こうかつ》な人物だということです】
229：名無しの戦闘員
クソワロタｗｗｗｗｗｗｗｗ
230：せくしー
残忍ですか。
231：名無しの戦闘員
討論番組がもはやコントにしか見えねぇｗｗｗ
232：名無しの戦闘員
ていうかせくしーさんが交ざってるｗ
233：実況班

社学者【現状表立って活動しているのはこのハルヴィエドという男。首領は戦闘員たちが一度口にしていたセルレ？　という人物なのでしょうが、実権は彼が握っているとみて間違いない】
社学者【ということは、今までの非道な行いはすべてこの男の指示で行われたと考えるべき。あるいは、首領であるセルレすらも傀儡《かいらい》にしている可能性が考えられますね】
社学者【見てください、ロスト・フェアリーズに向けるこの冷酷な笑いを。これで裏がないと判断するなどあり得ない】
234：名無しの戦闘員
ある意味間違ってはいないなｗ
235：名無しの戦闘員
首領ちゃんってセルレって名前なのか？
236：名無しの戦闘員
なんかセイレーンっぽいかわいい名前だし案外ホントなのかも。
237：名無しの戦闘員
女ドル【でもー、幹部のハルヴィエドってものすごく美形ですよねー。俳優さんでもなかなかいないくらい】
芸人B【いやぁ、やっぱり顔のいい男はダメなんやねぇ】
やっぱ芸能人からしてもハカセってイケメンなんだな。
238：実況班
評論家【彼はロスト・フェアリーズに大きな危害を加えないようにしているのでは？　こういう言い方は、なんですが。男性ですし、浄炎《じょうえん》のエレスや清流《せいりゅう》のフィオナにあらぬ感情を抱いているような気がします。なんというか、いやらしい想像をしてしまいますね】
教育評論家め……まさかそこに気付くとは（驚愕《きょうがく》）。
芸人A【ということはBさんと仲良くなれる可能性がありますね（笑）】
芸人B【いやいや、何を言うてるんですか】

女ドル【えーでも、人前でこんな恰好《かっこう》をする娘とかちょっとぉー】

239：名無しの戦闘員
どうみてもアイドルよりロスフェアちゃんの方がかわいいけどな。

240：名無しの戦闘員
ハカセはフィオナたん推《お》しだから正解っちゃ正解だわ。

241：実況班
社学者【ふん、あのようなはしたない娘たちだ。狡猾《こうかつ》な幹部が〈ピーッ〉にしようと考えていたとしても不思議ではない】
社学者【ここで、私がイラストレーターに依頼した、首領セルレのイメージイラストがある。ご覧いただこう】

プフォッｗｗｗ　なんだこれｗｗｗｗｗ

242：名無しの戦闘員
首領ちゃんが腕六本あるムキムキマッチョマンになっとるｗｗｗ

243：名無しの戦闘員
なんだあのキバｗ　怪人より怪人じゃねえかｗ

244：名無しの戦闘員
本物は透明感のあるなキレイでカワイイのじゃっ子ですけどｗｗｗ

245：名無しの戦闘員
体長二メートル半ってそんなんどうやって傀儡にするんだよｗ

246：実況班
まとめると、
〈ハルヴィエド・カーム・セイン統括幹部代理〉
『美形だが残忍で狡猾な男。首領セルレを傀儡として組織の実権を握り好き放題している。日本侵略もこの男の指示？　ロスト・フェアリーズを手中に収めようと画策しており、組織には彼が捕らえた憐《あわ》れな虜囚《りょしゅう》が複数いる。ロリコン』
〈首領セルレ〉
『筋骨隆々《きんこつりゅうりゅう》として、腕が六本ある緑色の皮膚をした二メートル半の巨漢《きょかん》。口から火を吐くし、六つの掌《てのひら》から溶解液を放つ。力は物凄《ものすご》いが知能が低く今では象徴のみの存在』

　部分的に間違ってもないから侮《あなど》れないな……。

247：名無しの戦闘員
あー笑った。次のＣＭ明けはロスフェアちゃん特集か。

248：名無しの戦闘員
でも大丈夫か？　あの衣装お茶の間で流すにはちょっとあれじゃない？
性癖歪《ゆが》められるお子さんが出てきてもおかしくない。

249：名無しの戦闘員
さて録画の準備をするか。エレスちゃんのハイキックアップとかお待ちしています。

250：せくしー
少しハカセさんに確認しないといけませんね。

251：名無しの戦闘員
せくしーちゃんどうしたの？

252：名無しの戦闘員
〈ハルヴィエド・カーム・セイン統括幹部代理〉
『美形だが残念で迂闊《うかつ》な男。首領セルレ？　の傀儡にして組織の実権を押し付けられ好き放題されている。日本侵略は首領の指示。ロスト・フェアリーズを手中に収めようと画策しており、組織では彼は仕事に捕らえた憐れな虜囚。ロリコン』

253：名無しの戦闘員
誰がうまいこと言えとｗ

254：名無しの戦闘員
残念で迂闊ｗｗｗ

255：名無しの戦闘員
ロリコンが消えてねぇｗ

256：名無しの戦闘員
実権を押し付けられるｗ　こっちが本物のハカセだよなｗｗｗ

…

……

………

708：名無しの戦闘員
いやぁ大爆笑だったな今日のテレビ。
709：名無しの戦闘員
大マジメに某国の陰謀論ぶちまけた時はリアルに呼吸困難に陥ったわｗ
710：名無しの戦闘員
的外れすぎてほぼお笑い番組だったｗ
711：名無しの戦闘員
改めてテレビで見るとロスフェアちゃんかわいいンゴねぇ。
芸人たちがテンション上げるのも分かってまうわー。
712：名無しの戦闘員
つかロリ巨乳好きを公共の電波で発表されて今後の仕事大丈夫？
713：名無しの戦闘員
アイドルがぶりっ子全開で【こういう子、好きじゃないぁい】とかロスフェアちゃんを貶《おとし》めようとしたのはイラッと来たけどな。
714：名無しの戦闘員
番組構成上仕方ないけどやっぱハカセはひどい言われようだったな。
715：名無しの戦闘員
冷酷なるハルヴィエドは組織の人間を奴隷のように酷使してるらしいぜ。
日本も征服されたらそうなるんだってよ。
716：ハカセ
なんでや。ワイは自分の技術を他組織に貸与してでも給与を確保しとるぞ。
717：名無しの戦闘員
おー、ハカセお疲れ。今日のデルンケムの特番だよ、メチャメチャ面白かったぞ。
718：ハカセ
あー、放映今日やったんか。あるのは知っとったけど仕事が詰まっとって見れとらんわ。
719：名無しの戦闘員
相変わらずブラック勤めご苦労さん。

特番ではハカセがこき使ってる側だって言ってたけどなｗ

７２０：名無しの戦闘員

首領ちゃんも筋骨隆々のバケモンらしい。

酒池肉林《しゅちにくりん》な日々を送ってるとか、金髪の美しい子供を愛玩《あいがん》目的で捕らえているとか。

なんというかテンプレな悪役ですよ。

７２１：名無しの戦闘員

のじゃっ子なのにｗ

７２２：名無しの戦闘員

首領は今日のテレビ見たのかな？　ショック受けてなきゃいいけど。

７２３：ハカセ

首領ならワイのベッドで寝てるけど？　当然テレビも見とらん。

７２４：名無しの戦闘員

ファッ!?

７２５：名無しの戦闘員

なにがどうしてそうなった!?

７２６：名無しの戦闘員

手ぇ出したの!?

７２７：ハカセ

出すわけないやろ!?　十一歳で組織を継いだ首領は基礎教育を受けとらんからな。

折を見てワイ先生が基本的な勉強を教えとるんや。

首領の部屋は誘惑（アニメ関連）が多いから今日はワイの自室でやっとった。

首領「むつかしいのう……。い、いや、私はパパ上の後継者に相応《ふさわ》しい知識を得るのじゃ」

ワイ（あなたのパパ上ぜんっぜん勉強できんかったけどね）

やる気はあるしマジメなええ生徒や。なので先代が「パワーがあればなんでもできる！」とかいって基礎教育をすっ飛ばしたことはもちろん内緒な。

勘違いでモチベが維持できるんならそれはそれでヨシッ。

ワイ「それでこそ首領です。そうだ、明日のおやつは猫耳も呼んでホットケーキを焼きましょう」

首領「ほんとうか!?　よし、やるのじゃ！」
やる気倍付け、勉強も捗《はかど》るって寸法よ。
728：名無しの戦闘員
これは傀儡だわ。
729：名無しの戦闘員
いい感じに操られとる。
730：名無しの戦闘員
首領のおやつまでお前が考えてんのｗ
731：ハカセ
で、頑張りに頑張った結果、疲れてワイのベッドにダイブ↓爆睡の流れよ。
もうちょっと警戒心もってもらえませんかね？
732：名無しの戦闘員
いや首領的にハカセを警戒とかやってられんだろ。
733：名無しの戦闘員
なーハカセー、首領の名前ってセルレちゃん？
734：ハカセ
言うわけないやろ。否定も肯定もせんわ。
735：名無しの戦闘員
さすがにそこはかっちりしてるな。
736：名無しの戦闘員
動画サイトにもあがってるから見といた方がいいぞ。
737：ハカセ
内容大体想像できるからあんま見る気せんなぁ……。
738：名無しの戦闘員
デルンケムだけじゃなくロスフェアちゃんの映像特集もあったぞ。
739：名無しの戦闘員
出演者がフィオナちゃんをディスってるシーンもあるけどな。
740：ハカセ
はぁ!?　あのアイドルめ!?　くっそ、ワイのフィオナたんを……！
741：名無しの戦闘員
だからお前のじゃねぇｗ

しばらくして旧友から通信が入りました。

「ハルヴィエドさん？　あの番組、なんなんですか？　いい加減にしないと私も怒りますよ？」

「いや、レティ。あれはだな。少し前に私のミスがあって、万が一計画が失敗した場合に備えて」

「言い訳は聞きません！　なんであなたは頭いいのにバカなんですか⁉　あんなことして私が心配しないとでも⁉　首領に甘いのレベルを超えています！　あんまりひどいとムリヤリ誘拐してでも組織から離しますからね⁉」

「ゆ、許してください……」

すっごく怒られました。

第二十六話　ハカセの過去と頑張る沙雪ちゃん

313：名無しの戦闘員
そういやハカセのパッパってホストなんだよな。

やっぱ父親ゆずりの美形なのか？

314：名無しの戦闘員
そもそも別次元にもホストってあるもんなの？

そこら辺教えて解説のハカセさん。

315：ハカセ（パッパ似）

ではワイ先生の特別講釈をば一つ。

ワイらの次元では、宇宙ってのは複数の次元で構築されていると考えられとる。

あれや、夏祭りのヨーヨー釣りを想像してくれ。

水槽《すいそう》が宇宙で水風船が次元な。

あんな感じで狭い宇宙に多数の次元がひしめき合っとるわけや。

基本は独立しとるけど、隣接した次元は技術次第で渡航もできる。

こっちの感覚だと理解しづらいかも知らんけど、ワイらの世界において「宇宙」はあらゆる「次元」を内包する上位概念なんや。

316：ハカセ
それとワイって異次元人やのにこっちの人らとあんま変わらんやろ？

これに関しても一応仮説は立てられとる。

冷凍食品の餃子《ぎょうざ》って、どのメーカーのもだいたいおいしいし形もほぼいっしょや。

そりゃ餃子っていう完成形を目指せばできるのは餃子に決まっとる。

で、とある人はこう考えた。

『それって他のことにも言えるのでは？』

生命や社会や文化、もっと言えば世界そのものも、他次元であってもびっくりするほどの違いはない。

そら魔物のいる世界やワイらのとこみたく神霊工学で発展してるところもある。

それでも生命は生命として存在し、社会を形成していく。

つまり、

『世界にはあるべき〝正しい形〟があって、それを目指す限り多少の差異はあっても似たような形に収束する』

これが多元世界収束説。

まったく関わりのない次元世界でも人間が産まれ似たような社会を形成していくのは、世界そのものが〝正しい形〟を目指しているからだ、って考え方やね。

317：ハカセ
せやけどその目指す先は、たぶん「おいしい餃子」みたいに漠然としてるんちゃうかな。

ニンニクたっぷりでも、ショウガ入りでも、肉なしでもおいしい餃子には変わらん。

だから各々の次元は基本的なものを共有しながらも違いが生まれる。

この次元とワイらの次元はどっちも正しい形を目指す途中で、中身の具がちょっと違うだけなんやろうね。

まとめると、異なる次元でも世界自身が必要とすれば共通の文化は生まれる、ってことや。

318：名無しの戦闘員
やっぱり異世界だとそういう研究もされてるのね。

319：名無しの戦闘員
ってことはハカセの世界には魔法もあれば悪の組織も実際にいるけど、ホストもお笑い芸人もいるわけだ。

320：ハカセ
そんな感じ。

違う部分は、木造建築がないから宮大工みたいな職人ってワイらの国にはおらんで。

あとインスタントラーメンもないし、冷凍食品もない。

時間固定の魔道具があるし、個人でも保存系の魔法は使えるからな。

321：名無しの戦闘員

あー、そもそも食品を加工して保存するって発想自体がないのか。
322：名無しの戦闘員
そりゃ必要のない研究は進まないわな。
323：名無しの戦闘員
つまりホストは異次元でも必要とされている、と。
324：名無しの戦闘
人間ってどこまでいっても人間なんだな……。
325：名無しの戦闘員
そこは世界が違っても人は誰かに恋をするとかなんとか。
326：名無しの戦闘員
なんかそれっぽいこと言ってる。
327：名無しの戦闘員
恋かぁ、学生時代に振られてから無縁だな……。
キョウコちゃん今頃どうしてるだろ。
ポニーテルがよく似合う子でさぁ。部活帰りに肉屋でいっしょにコロッケ食べたんだよ。
328：名無しの戦闘員
隙在自分語。
329：名無しの戦闘員
ホストがあるってことは、合コンとかもあんのかな？　お見合いとかも。
330：名無しの戦闘員
次元は違っても「あのぉ、ご趣味は？」とか「好きなタイプは？」みたいなやりとりしてるのかもよ。
331：ハカセ
実際、似たような文化もあるぞ。ワイはあんま縁がなかったけど。
若い連中はやっぱ恋人を欲しがるし、お見合いに行く人もそこそこ。上流階級になりゃ政略結婚はざらやしな。
いわゆる定番の質問、みたいなやつもある。
332：名無しの戦闘員
どこでもやってることは同じとか、俺らってどうしようもねえな。
333：名無しの戦闘員
ハカセ自身が恋人募集中だしね。恋愛脳は宇宙共通なのかも。
３３４：名無しの戦闘員
　ちなみにハカセの好きなタイプは？
３３５：ハカセ
　ロングヘアで、清楚《せいそ》そうで、抱きしめたら折れそうな感じのスレンダーな正統派美少女。
３３６：名無しの戦闘員
　つまりフィオナちゃんじゃねえかｗ
３３７：名無しの戦闘員
　ハカセの好みにドンピシャなわけね。
３３８：ハカセ
　外見的にはそやで。もちろん中身も魅力的や思うけど。
３３９：名無しの戦闘員
　ついでだしハカセのことといろいろ聞きたい。
　今までデルンケムの事情ばかりだったし。
３４０：名無しの戦闘員
　お、いいなそれ。
３４１：ハカセ
　ワイのこと？　別に大した話もないけどなぁ。

　最近、沙雪はクラスの女子に困ったすり寄り方をされている。

「ねぇ、神無月《かんなづき》さん。合コンとかー、興味ない？」

「ありませんね」

「そう言わないでよぉ。あのイケメン役員さんのお友達とか呼んでぇ、皆で楽しく遊ぼう、くらいの感じだしぃ。あっ！　なんならあの人のことを紹介してくれてもぉ」

　体をくねくねとさせながら下手に出るという器用で奇妙な真似《まね》をしてくる。

　以前、学校で起こった一件のせいだ。「晴彦《はるひこ》さんとそのお友達を紹介して」「あのマスターともお近づきに」と言ってくる女子が増えた。

　せっかくサッカー部の男子からの誘《さそ》いがなくなったのに、煩わしさは上がってしまったような気がする。

「ていうかさぁ、神無月さんってあの人と付き合ってんの？」

びっくりして、顔が一気に熱くなる。

「そっ、そそ、そういうわけでは!?」

「じゃあ、いーじゃん。ほら、カレ大人だし、アタシみたいにちょっとギャルっぽい方が好みだったり？　意外と尽くす方だし、胸だってそれなりにあるしぃ？」

沙雪のスタイルは、均整がとれているという意味では優れている。スレンダーでモデルのようなキレイさではあるのだが、一部分に関しては決して大きくない。実は萌《もえ》とほとんど変わらないサイズである。

もしかしたら彼の好みからは外れるかも……と、そこで沙雪は考える。

あれ？　そもそも彼の好みって、どういう女性なのだろう？

「すみません、英子先輩。ケーキセット、紅茶はアッサムでお願いします。あと、晴彦さんの女性の好みを」

「うん、沙雪ちゃん。それはうちのメニューにはないかな」

放課後、喫茶店《きっさてん》ニルにて。

茜《あかね》や萌と合流してお茶を楽しみつつ、注文と同時に英子から晴彦情報を聞き出すという高等テクニックは見事に失敗してしまった。

美衣那《みいな》も誘ったが残念ながら来られなかった。彼女は茜たちとは中学が違うせいか、意外と都合がつかないケースが多い。

「あっ、私も同じものをお願いします！　あ、あと、ハルさんの好みを！」

「萌ちゃん？　あなたまで悪ノリしちゃダメだよ？」

「え、えへへ」

萌がぺろりと舌を出す。

冗談っぽい言い方だったけど、萌は彼のことを兄のように慕《した》っている。案外興味があるのは本当なのかもしれない。

「実際、晴彦さんってどんな女の人が好きなのかな？　カノジョさんはいないいって言うし、ボクもちょっと気になるかも。あっ、前に見た美女さんとか？」

茜の言葉に柔らかく波打つブロンドの髪をした女性の姿を思い出す。

確かに、彼女は晴彦とずいぶん親しそうに見えた。あの人自身はマスターが好きだと言っていたが、晴彦が片思いしているという可能性も残っている。

「ど、どうしよう」

だとしたら絶対に勝てない、主にスタイル的に。

怯《おび》えに声を震わせる沙雪の肩を英子がぽんと叩《たた》く。

「大丈夫だからね。レティさんとハルさんは、本当にそんなんじゃないから」

「そう、なんですか？」

「うん。あの二人は本気で友達。レティさんにとっては、頼りになるおもしろおかしい先輩ってイメージだし。ハルさんからしたら、優秀かつ気の置けない後輩って感じじゃないかな」

安堵《あんど》して沙雪と萌がほっと息を吐く。あれ、なんで萌まで？

「というか、よく考えたら私も好みのタイプとか知らないな……。会社では浮いた話もなかったみたいだよ」

「意外、ですね？」

「あの外見でしょう？　初対面の人からは美形だけど冷たそうに見えるみたい。親しくなると全然そんなことないって気付くんだけど」

確かに、見た目だけの印象だと少し近寄りがたいかもしれない。

沙雪たちの場合は英子の紹介と、初対面の失敗のおかげでそんなことはなかったが。

「それに、妹さんがね」

「美衣那さん？」

「そうミー、美衣那さん。ああ見えてブラコンでべったりだし。ハルさんの方も甘いからなぁ」

義兄のことを神様とまで言ってしまう子だ。晴彦に近付く女の人を威嚇《いかく》しそうではある。

……自分は、大丈夫だろうか。沙雪はわりと真剣に考え込んでしまった。

「これは実際に私が見た話。ハルさん、部下の女の人に誘われたのに。すまない、今日はあの子に絵本を読む約束なんだ……って普通に帰っちゃったの」

「わぁ、なんだかすっごくハルさんらしいですね」

「でしょう？」

萌は「私も頼んだら絵本読んでもらえたり？」なんて言っている。本当に懐いている。ちょっと微笑《ほほえ》ましくなるくらいだ。

「そんな感じだから、ごめんね？　私もハルさんの好みのタイプまでは分からないや」

「いえ、そんな、私の方こそ変なことを言ってしまって、すみません。しかも仕事の邪魔まで」

小さく頭を下げる。

するとそのタイミングで喫茶店ニルのマスター、大城零助《おおしろぜろすけ》が顔を出した。

「そういう話なら、俺の方が詳しいぞ。なにせハルが十七歳の時からの付き合いで、あいつの昔もそこそこ知っているからな」

マスターは以前同じ会社に勤めていて、晴彦がアニキと慕うほど面倒見《めんどうみ》がいい人だと聞いている。体格もよく威圧感《いあっかん》はあるが、浮かべる表情は穏《おだ》やかだった。

「なんならいろいろと教えてあげよう」

「え、でも。いいんですか？」

「ああ。なにせ、ハルの奴《やつ》には普段散々いじられているからな。お仕置きということで一つ」

なんて言いながらマスターは笑う。そこに割り込んだのは萌だ。

「あっ、あの！」

「ん、なんだい？　朝比奈さん」

「マスターはハルさんと、お、同じ会社の人だったんですよね？」

「あぁ、辞めてしまったが」

「その、やっぱり社長さんが悪い人だったんですか⁉　あの、ほっ、ほら今流行《はや》りのブラックな企業とかそういうの。も、もしかしたらハルさんもムリヤリ働かされて、大変な目に遭ってるんじゃないかって！」

　晴彦は優秀な分だけ社長にいろいろと仕事を押し付けられているそうだ。わたわたと慌てる萌は、たぶんそこを心配しているのだろう。

「いや、そんなことはないよ。社長さんは、能力こそ低いし意固地なところはあるが嫌なヤツじゃない。ハルも自分の意思でその場所にいるんだ。忙しくても、そう簡単には辞めないんじゃないかな」

「そ、そうですか」

「あと朝比奈さん、ハルの前では社長さんを悪く言うのは止めておいた方がいいな。あいつ、あれで案外社長さんを気に入ってるんだ。下手をすると心象を悪くするからね」

「はい……」

　にこりと優しく微笑むマスターと、落ち込む萌。

　なんだろう、最近の萌は少し落ち着かないところがある。心配して声をかけても「だ、大丈夫です」と返ってくるだけだった。

「社長さんは俺にとっても大事な人だ。応援してあげられないのは心苦しいが、ハルを口説《くど》くなら止めはしないぞ。……あいつにだって、自由な幸せを選ぶ権利はあるんだから」

　と、マスターは沙雪をちらりと見る。

　気持ちを隠しているわけではないが、やはりそういう物言いは照れてしまう。

「さて、好きなタイプの話のついでだ。ハルがどういう男か少し教えておこうか」

「零助さん、ちょっと」

「大丈夫だ、本当にまずい部分は濁すから」

　マスターと英子は少しだけ言葉を交わし、「じゃあ話そう」と改めてこちらに向き直る。

「落ちぶれた、と人が嗤《わら》う。〝神に愛された子供〟と謳《うた》われた、あいつの末路を」

現世には時折、神の寵愛《ちょうあい》を受けたとしか言いようがない、人智《じんち》を超えた才というものが産み落とされる。

ハルヴィエド・カーム・セイン。

彼もそういう類いの、神に愛された子供だった。

ハルヴィエドがいた世界は魔力と神霊工学に支えられた社会である。

魔力を効率的に運用することで高度に発展してきた。

ただし一個人の持つ魔力は重要視されない。人造魂によって魔力を生成できるため、特権階級が技術を独占することで明確な格差が形成されている。

特権階級が住まう上層と、その他大勢の下層に分断され、それぞれが生活を営む。

上層は安全で清潔な恵まれた暮らしを。

下層でもそれなりに水準は高いが、魔獣などの霊的生命体がおり、危険な生活を余儀なくされた。

悪の組織とは、下層に存在する暴力をもって好き勝手する犯罪集団を指す。悪名高いデルンケムなどは時折上層にすら襲撃《しゅうげき》をかける無法者だった。

そういった世界で生まれたハルヴィエドは、神に愛された子供とまで謳われた。

美しい容姿、魂の質。なによりその知能。

彼は七歳にして「先天的な魂の欠損の修復法」を確立した天才児。幼くして人体及び魂のエキスパートであり、医療分野での活躍《かつやく》を嘱望《しょくぼう》された逸材だった。

代わりに早熟が基本の上層でさえ彼の存在は飛び抜けており、同年代の嫉妬《しっと》を買った。

エリートだけを集めても今度はその中で上下関係ができあがる。彼は上層の生まれだが決して誇らしい血筋ではなく、色眼鏡《いろめがね》で見られることも少なくなかった。

ハルヴィエドの母親は喜劇役者だった。

容姿には恵まれなかったが役者としては人気で、稼ぎもそれなりによかった。ある時、彼女は金に飽かせて下層のホストを抱き、子を身ごもってしまう。

そうしてハルヴィエドが生まれた。

父親は妙に責任感が強く、貯金をはたき上層での居住権を得た。母親に求められるままに仕事を辞めて専業主夫に収まったのだ。

しかし肝心の母親の方は家庭に収まった父親に魅力を感じなくなったようで、夜遊びからの浮気《うわき》で家を出て行ってしまった。

困ったのは全てを捨てた父だ。

結果だけを言えば、上層での働き口のない父のために、ハルヴィエドは幼くして就労する道を選んだ。

その環境を、生まれながらに全てを持つ上層の子供たちが嗤う。

どれだけ能力が高かろうとアレは卑しい存在なのだと。

『ごめんな、オレのせいで』

『気にすることじゃないよ、父さん』

奴らが何を言おうと、能力も実績も、容姿でさえ自分には敵《かな》わない者たちだ。

虫けらの呻《うめ》きに耳を傾ける必要がどこにある。

『……息が、つまるな』

ただ時々、呼吸がしづらくなる瞬間があった。

その生活も長くは続かなかった。

成人する前に父は亡くなった。ハルヴィエドが神霊工学研究所で華々しい成果を上げる裏で、道の片隅でひっそりと。

対応が早ければ問題のなかった異常だ。元下層の父を助ける者はいなかった。

皮肉にも父がいなくなったことで、ハルヴィエドへの期待は高まっていく。

役立たずはいなくなった。これから神に愛された子供は大きく羽ばたくだろうと。

悲しいかな、それは正しい現状認識でもあった。

研究以外にすることのなくなった彼は次々に新しい理論を打ち立て、多くの発明を世に送り出す。ついには「空間を捻《ね》じ曲《ま》げて異界を形成し、生物に適した環境を生み出す」理論までも完成させてしまった。

さすがはカーム・セインだ。

天才としか言いようがない。

美貌《びぼう》と英知、まさに神に愛された者よ。

嫉妬していた者たちも掌《てのひら》を返して賞賛する。ハルヴィエド・カーム・セインの名は歴史に深く刻まれる、そのはずだった。

『おい、お前さんがカーム・セインか？』

ある日のこと。悪名高い神霊結社《しんれいけつしゃ》デルンケムの首領であるセルレイザが研究所を襲った。

狙いはハルヴィエド。彼の頭脳そのものだった。

『そうだが』

『単刀直入に言う。お前の力をよこせ』

『嫌だと言ったら？』

『無理矢理連れてく』

下層の悪の組織が上層を襲撃するだけでも無茶なのに、セルレイザは豪快に笑う。

『ここまでの無茶をした理由は』

『俺のガキがピンチだ。お前は人体と魂の専門家なんだろ？　ガキを助けるために、スカウトに来たんだよ』

『これ、スカウトのつもりだったのか？』

明確な重犯罪をスカウトと言い張る大男。あまりにもバカすぎる。

『つまり子供の命を救うために上層に侵入し、研究所を破壊し、死傷者を出してまで私をさらいに来たと』

『ちげえ、協力を頼んでんだよ』

『拒否権は？』

『あるわきゃねえ！』

セルレイザは真剣な顔で言い切った。それが面白くて、今度はこちらが笑ってしまった。

……そこまでの無茶を、父のためにしてやれなかった。

『くっ、はは。あんたみたいな男をなんというか知っている。愛すべきバカ、というやつだ』

『バカってのはよく言われるな』

『だがスカウトというなら、対価くらいは示してもらおう』

『対価ぁ？　あー、んじゃあれだ。成果を出したら、なんぼでも好きに研究させてやる。必要なもんは全部かっぱらってきてやる、とかどうよ？』

『ほう、そいつはいいじゃないか』

仕事としての研究は自由にとはいかない。

根っからの研究者であるハルヴィエドにとってはそれなりに魅力的な提案だ。

『後は俺のかわいいガキたちを紹介してやる。二人ともいい子だぞ！』

『それは別にどうでもいいが。先程の対価が本当なら、力を貸してやろう。ただし忠誠は誓わない。私の研究のために利用するだけだ』

『かまわねえ。俺らは、好き勝手やりたいから悪の組織なんだよ』

それで心は決まった。

彼はセルレイザの下に付くことを選んだ。残された研究所の職員は当然ながらそれを止める。

待て、なぜ下層の組織などについていく。

これだけ賞賛されているというのに。

名誉を捨てるつもりか。

上層にいるだけで幸福が約束されているのだぞ。

ハルヴィエドは振り返り、今までに見せたことのないくらい晴れやかな笑みを浮かべる。

『その全部がうっとうしいと言っているんだよ、ばーか！』

掌返しの賞賛も、父を見捨てた者から与えられる栄誉も、息がつまるだけの幸福も。

何一つ欲したことはない。

『では行こうか、我が主セルレイザ様』

せっかくこの無法者がいい具合に風穴を開けてくれたのだ。

楽に呼吸ができる場所でも探しに行こうじゃないか。

『おおん？　忠誠は誓わないんじゃなかったのか？』

『これで私は悪の組織の神霊工学者《しんれいこうがくしゃ》だからな。首領には敬意を払うさ』

『へへっ、そうかそうか！』

『ああ、ついでに近所のメディカル・センターを壊してくれないか？　あそこは、私の父親を見捨てやがった』

『任せろや、頭は悪いがぶっ壊すのだけは大得意よ！』

そうしてハルヴィエド・カーム・セインは上層から姿を消し、人々の記憶にその名を刻んだ。

類まれなる容姿と知性を有し、将来を嘱望され最上級の栄誉を目の前にしながら、下層の犯罪組織についていった愚か者として。

神に愛された子供は落ちぶれたと、今でも当時を知る者は嗤《わら》っているそうだ。


沙雪は晴彦の過去を聞き終え、静かに息を呑《の》んだ。

上流階級に生まれたが父の経歴から差別され、優れた容姿と頭脳を持ちながらも彼は孤立していた。母は家を出て行き、無職の父を支えるために若くして就労するも、結局父は亡くなった。

多くの功績を重ね、科学者としての将来を有望視されていた。なのに得られるはずの栄誉の全てを捨てて先代に従い、今は現社長のために尽力している。

彼は確かに幹部クラスだが、それですら『落ちぶれた』と言われるほどの才覚の持ち主なのだという。

「どうして私たちにこの話を？」

「知っていてほしかった、かな。ハルは優秀なのに、人間関係では意外と抜けてる。たぶん子供の頃に同年代で過ごした経験が少ないせいだ。ちょっと変なところがあるけど勘弁《かんべん》してやってほしい、というのが一つ」

マスターは肩を竦《すく》めて、小さく笑った。

「もう一つは、あれで案外頑固《がんこ》だし、こうと決めたら絶対に揺らがない。口説き落とすのはなかなか難儀だぞ、って話。あいつ、根が不器用なんだ」

冗談めかした言い方は、沙雪の感情を否定しているわけではない。ただ純粋に彼女を、晴彦を心配してくれているのだろう。

「あ、あの。ありがとうございます。でも、私。頑張ってみようかな、と。私なりに……真剣に、晴彦さんが、好きです」

それが意外だったのかもしれない。

マスターはきょとんとして、「降参」とでも言うように両手をあげた。

「まいった、青春だなぁ。立場上応援はできない。たぶん君が傷付くようなことも出てくると思うぞ。それでも、か？」

学生と社会人。年齢差だけでも周りからはいろいろ言われてしまうかもしれない。

しかし沙雪はゆっくりと頷《うなず》いて見せた。

「……そっか。それが嘘《うそ》じゃないことを祈ってる。あいつを好きになってくれた奴が傍《そば》で支えてくれるなら嬉《うれ》しいしな」

そうしてマスターは内緒話するように声を潜めた。

「じゃあいいことを教えてあげよう。あいつの女性の好みは、神無月さんみたいな女の子だよ」

一瞬何を言われたのか分からなかった。マスターを見れば、悪戯《いたずら》っぽい表情をしている。

「神無月さんは、結城《ゆうき》さんたちのためにあえて抑え役をやってるだろう？　母親が自分本位だった分、正反対の女の子に弱いんだ」

沙雪は顔が真《ま》っ赤《か》になるのを自覚した。

403：名無しの戦闘員
はあ、ハカセにも過去アリってことか。

404：名無しの戦闘員
ハカセってホストのパッパとか嫌じゃなかった？

405：名無しの戦闘員
優秀すぎると周りも家族もバカに見えそう。

406：ハカセ
んなこたないぞ。ワイはパッパのこと大好きやし。

本人は「オレ、頭悪くて。お前に苦労かけてごめんなぁ」ってよく謝っとったけどな。
407：名無しの戦闘員
子供働かせて専業じゃあなぁ。
408：ハカセ
自分で言うのもなんやけどワイはガキの頃から天才やった。
正直パッパより頭がよかった。そのせいで「父としてなんも教えてあげられなかった」って嘆いとったわ。
でもな、違うんや。
パッパは明らかに他の子供と違うワイを精一杯愛してくれた。
「すっげぇ、オレの子供天才じゃーん！」
とか言ってクソ生意気なガキを気味悪がらずに抱っこしてくれた。
パッパこそが頭でっかちだったワイに「世の中には愛すべきバカがいる」って教えてくれたんや。
だから先代についていく道を選べたし、今こうやって楽しくやれとる。
ワイはパッパの息子でよかったと、確かに幸せだったと胸を張って言えるぞ。
409：名無しの戦闘員
ハカセ……。
410：名無しの戦闘員
泣かせるンゴねぇ……。
411：ハカセ
あの、それはそれとして今フィオナたんから『次の日曜日デートに行きませんかって』ってメッセージが来たんやけど。
412：名無しの戦闘員
簡単に流すなｗ　って、えええええ⁉
413：名無しの戦闘員
なにが起こった⁉
414：ハカセ
ワイにも分からん⁉　今日って噂《うわさ》に聞くエイプリルフールってヤツやっけ⁉
なに⁉　なんて返信すればいいの⁉

第二十七話　お互い悩むのこと

420：名無しの戦闘員
一体何が起こったんだ……。

421：名無しの戦闘員
分からん。でもフィオナちゃんがハカセをデートに誘ったのは確かだ。

422：名無しの戦闘員
そもそもデートってなんだ（哲学。

423：ハカセ（カノジョいない歴＝年齢中）
そんなんワイが一番知りたいわ。

424：名無しの戦闘員
イケメンなのにモテないお前なんなの？

425：ハカセ
ワイはパッパのこと尊敬しとったけど周囲は違ってな。
「やーい、お前のパッパ、底辺ホストからの無職ぅ」みたいな感じでワイは同年代にバカにされとった。
せやけど神霊《しんれい》工学者《こうがくしゃ》として結果出したら「私ぃ、昔からハカセくんのことイイと思ってたんだよねぇ」みたいな奴《やつ》らがわんさか近付いてきおった。
ぶっちゃけていうとワイな、あんまり女の子のこと得意やないねん。

426：名無しの戦闘員
うわぁ……。

427：名無しの戦闘員
次元超えてもその手の女っていんのな。

428：名無しの戦闘員
お近づきになりたくない女性にばっかモテてたわけか。

429：ハカセ
≫≫427　安心しろ、ヤバい男も老害も一定数おる。
幸《さいわ》い組織に入ってからはせくしーとかA子ちゃん

とかいい子ばっかりで女性不信にはならんかった。猫耳もあんな家で育ったのに優しい子や。
ゴリマッチョの奥さんも器量よし性格よしのお姫様やし。
が、ワイはなぜかそういう女の子には縁がなくてなぁ……。

430：名無しの戦闘員
いい子は皆周りの男のもんとか泣けるな……。

431：名無しの戦闘員
ハカセメインの寝取られゲーでも作れそうだ。

432：ハカセ
ワイの脳を壊そうとせんでもらえる？
そういや、前に誰か言っとったな。ワイのフィオナたんへの好きって、推《お》しのアイドルに対するかわいい！　結婚したい！　とあんま変わらんって。
たぶんそれって事実なんや。ドンピシャ好みの外見しとって、敵とはいえ鮮やかに戦う姿に見惚《みと》れたのが最初やからな。
んでちょっとしたきっかけで話すようになった。
エレスちゃんと仲良しなのとか微笑《ほほえ》ましくて、年相応に弱いところもあるって知った。
でも頑張ってる姿に、アイドルやなくて普通のええ子やな、なんて今では思っとる。
だからいきなりデート誘われて正直困惑しとるんやけど。

433：名無しの戦闘員
ちょっとしたきっかけ（安価）。

434：名無しの戦闘員
ハカセの語りにムズムズする。

435：名無しの戦闘員
あれお前も？　実は俺もです、なんだろこの感覚。

436：名無しの戦闘員
ここで颯爽《さっそう》とエレハカ女の登場。
ごめん、私ちゃんすごい嫌なことに気付いた。レス読んでてずっと思ってたんだけど、ハカセって妙《みょう》なところで女の子に幻想を抱いてるよね。
もしかしてこの人、初恋がまだなのでは？

437：名無しの戦闘員

いやいやまさかだろ。

438：名無しの戦闘員

それはさすがに。

439：ハカセ

あっ。

440：名無しの戦闘員

あっ、ってどうゆうこと!?

441：名無しの戦闘員

うっそだろお前!?

442：名無しの戦闘員

しっかりしろよ二十六歳！

443：名無しの戦闘員

その話聞いたらなんか納得いった。普通にしてたらいい奴なのに好きな子を意識しすぎると空回りするって男子小学生そのものじゃん。

444：ハカセ

そういやカノジョおらんもなにも告白したことない。

パッパ養うためにガキの頃から大人に交じって仕事しとった。

組織に来てからも基本世話役みたいなもんやったし。

言われてみたら初恋の相手なんておらん……いや、フィオナたんが初めてやわ。

445：名無しの戦闘員

さらりと零《こぼ》れるパッパ養うという闇深ワード。

446：名無しの戦闘員

マジで恋愛経験ゼロなのか。幼少期に周りがクソすぎたせいでタイミングを逃した？

447：ハカセ

ワイは、ワイはどうすれば……？

448：名無しの戦闘員

いや、驚いたけど別に悪いことではないと思う。たぶん。

449：名無しの戦闘員

だよな、相手もまだ十六歳だし。ハカセんとことと違ってこっちだと十分子供の範疇《はんちゅう》。

恋愛に慣れた大人な対応はそこまで求められない

はず。

450：名無しの戦闘員
むしろ問題はハカセの考え方だ。

おいお前ら！　俺らの役目は分かってんな！

451：名無しの戦闘員
おう！　ハカセがちゃんとデートの日を迎えられるようサポートだな！

452：名無しの戦闘員
とりあえず落ち着くんや。お前にはワイ将ら（童《どう》貞《てい》）がついてるンゴ。

453：名無しの戦闘員
ハカセ、今お前に必要なのはデートの計画とかじゃない。

フィオナちゃんに対してどういう向き合い方をするか、自分を見つめ直すことだ。

好きってことはお付き合いしたいってこと？

お付き合いしたとして首領ちゃんから離れるの？

それともデルンケム側に引き込むの？

ハカセの「好き」はそういう状況になっても揺らがない「好き」？

454：名無しの戦闘員
アイドルに対する推しじゃなく、現実問題としての恋愛を考えないといけない。

少なくともフィオナちゃんは「デート」って言葉を使ってきた。

お前に対して一定以上の好意があって、デートするような関係を求めてるわけだ。

中途半端はあの子を傷つけることになるんだぞ。

455：ハカセ
うん、そやな　ワイ、好きとかいっしょにいて楽しいとか、それだけやった。

そこから先のことをなんも想像しとらんかった。

ちょっと軽く考えすぎてたかもしれん。

456：名無しの戦闘員
あと忘れちゃいけない。フィオナちゃんはハルヴィエドを好きになったわけじゃないよ。

日本人のハカセさんを好きになったんだ。

もっと言ったらア○ル・タブレッターでも全裸待

機しちゃうアホでもなく、ちょっと抜けてるけど頼れる優しいお兄さんに惹《ひ》かれている女子高生だからね。
それにあの子の方も変身ヒロインだって隠してる。たぶん現状、ハカセとフィオナちゃんの意識にはけっこうな差があるはず。
ハカセは敵でもかわいいと思ってるけど、フィオナちゃんが敵でもカッコいいと思ってくれるかは別だよ。
457：名無しの戦闘員
そこがあったかぁ。特撮的には悲劇の定番だよな、敵と知らずに恋に落ちるって。
458：名無しの戦闘員
恋までいくのは違わない？
現状はお互いあくまでなんとなく気になる、好意がある、くらいだと思う。
459：名無しの戦闘員
一番のネックは恋愛というにはお互いの理解度が低い点。
ハカセがフィオナちゃんを騙《だま》して近付いた敵って立ち位置なのも痛い。
460：名無しの戦闘員
最悪キレられてバトルになるかも。
461：名無しの戦闘員
とりあえず今日は落ちんなよハカセ。一人で考えても堂々巡りになるだけだ。
まず、なにかあるならここで吐き出せ。
俺らもグダグダ書き込むから自分に役立ちそうなレスだけ拾え。
462：ハカセ
おまえら……サンガツ。
ワイとフィオナたんの未来のためにそこまでしてくれるとは。
463：名無しの戦闘員
まあホントに役に立つかは別問題だけどな。
464：名無しの戦闘員
それを言っちゃあおしめえよw
465：名無しの戦闘員

自然と二人の未来を妄想するくらいだからハカセ側の好意は強めなんだよね。
466：名無しの戦闘員
あとはフィオナちゃんがどう思ってるかなんだけど怖いなぁ。
どうか変な拗《こじ》れ方しませんように
467：名無しの戦闘員
正体晒《さら》すべきか、内緒でハカセさんとして付き合うべきか。
わりと前に言ってた二重生活が収まりいいかも。
468：名無しの戦闘員
俺らは心情的にはハカセの味方だしな。
フィオナちゃんの選択がどうあれハカセが傷付かない結末であってほしい。
469：名無しの戦闘員
悪の科学者応援して正義のヒロインの動向に悩む。
これもうわかんねぇな。
470：名無しの戦闘員
今さらにゃんJ民に倫理を求められましてもw

沙雪《さゆき》の父、神無月《かんなづき》誠一郎《せいいちろう》は桁外れの富豪だ。

父は幼い頃から娘にこう教えてきた。

『貧富に関わらず、人は値踏みされるし、値踏みするものだ』

『金があればその機会も増える』

『お前は私の娘として多くの人間に値踏みされる人生を歩む』

『だからこそお前も値踏みしなさい。お前がこれから接していく誰かが、自分にとってどのような価値を持っているのか』

一般的な父親としての資質は分からない。

小さな頃の沙雪は寂《さび》しい想いをしていたが、少なくとも飢えることはなかった。誕生日のプレゼントだって毎年郵送されてきた。

夏休みを共に過ごした記憶はないが、忙しい中で最大限父親をやろうとしてくれていたのだと思う。

それでも月夜の妖精リーザは沙雪の前に現れた。

逆説的に、幼い彼女は心のどこかで自分の境遇を不幸だと嘆いていたはずだ。

けれど人を価値で測る父の教えは、嫌いな考え方なのに、なぜか強く胸に残っていた。

【次の日曜日デートに行きませんか】

晴彦《はるひこ》にメッセージを送ってから沙雪はずっと頭を悩ませている。

緊張はもちろんある。男の人を自分から誘うなんて生まれて初めてだった。

しかし悩みの原因は別にあった。どうやら沙雪の行動は、晴彦に近しい人たちにはあまり歓迎されていないようなのだ。

喫茶店《きっさてん》での一幕の後、美衣那《みいな》にも連絡を取った。あれだけ兄を慕《した》っている彼女に隠れてデートというのは気が引けた。

怒るくらいはされるかと思ったが、美衣那は冷静な態度を崩さない。

『沙雪は、ハル兄さんが好き?』

代わりに返ってきたのは質問。沙雪が肯定すると、彼女の声が少し冷たくなった。

『それが本当なら別にいい。私は、沙雪のことそんなに嫌いじゃない、にゃ。だからハル兄さんが選ぶなら、あなたをお義姉ちゃんと呼ぶのもやぶさかではない。でも、その好きが嘘《うそ》だった時は、私はあなたを許さない』

ブラコンな美衣那だから、晴彦へのアプローチ自体に反対すると思っていた。

しかしその逆で、好きではなかった時こそ許さないと彼女は言う。

その違和感に父の教えを思い出した。英子《えいこ》もマスターも、美衣那も。彼と近しい人たちはみんな沙雪を応援してくれなかった。

つまり値踏みされたのだろう。

マスターはいろいろ助言をくれたし、英子は心配をしてくれた。

美衣那にいたっては、姉になるかもしれないという未来を提示した。それはまだちょっと早いと思うけど。そういうのはちゃんと手順を踏むべきだと思うし。

とりあえず嫌われていないし、沙雪が晴彦を好きになったことは認めてくれた。

ただし値踏みの結果、好きだけではダメだと。今の彼女にはなにかが足りていないと判断されたのだ。

そのなにかが分からず、沙雪はずっと悩んでいた。

「ねえ、沙雪ちゃん？　そういう相談は、どう考えても沙雪ちゃんよりモテないボクには荷が重すぎない？」

主に茜《あかね》の部屋で。

だって萌《もえ》や美衣那にこんな悩み打ち明けられない。あと、沙雪は普通に友達が少ない。もう茜以外に恋愛相談できる相手なんていなかった。

「言っとくけど告白とかそういう甘酸っぱいイベントいっさい経験ないよ？　クラスの男子から『結城《ゆうき》は男友達みたいなもんだし』ってふつーに言われてるからね？」

「そうなの？　茜はこんなにかわいいのに」

「ボクの扱いってヒドイんだから。その男子、ボクがスカート穿くと『女みたいな恰好《かっこう》なんて似合わない』とか『結城を好きになる男なんていないだろ』とか」

それは本当にひどい。茜の魅力が分からないなんて見る目がないにもほどがある。

「まあ？　ムカつくから『ボクを心配して、大切だって言ってくれる男の人だっているもんねー』って返してやった！　へへん、めがてん？　になってたよ」

目が点のアクセントが若干おかしい。

「えーとね。そんな感じでボクも恋愛とか少女マンガで見る以上のことは分からないんだけど。でもね、沙雪ちゃんなら大丈夫だと思うんだ。だって、聖霊《せいれい》天装《てんそう》ができたんだから」

意味が分からず見つめ返すと茜は朗らかに笑った。

「灯火《ともしび》の妖精ファルハに聞いたんだ。聖霊天装に必要な才能は『まっすぐなこと』。妖精を受け入れたうえで、自分を貫ける人だけが進める段階なんだって。だから、沙雪ちゃんも大丈夫。どんなことがあったって、まっすぐぶつかっていけるよ」

沙雪は首から下げた守り石を握りしめた。

茜や萌が簡単に習得した聖霊天装を、どうして自分がなかなか使えなかったのか。その意味をようやく理解する。

「ありがとう、茜。あなたが友達でよかった」

「へへ。ボクも沙雪ちゃんが大好きだよ。晴彦さんとうまくいっても時々遊んでね？」

足りなかったのはこれだ。

相手を疑わずに受け入れること。その上で、素直になること。

それができなかったから妖精との融合でつまずいてしまった。

けれど今は違う。守り石という助けはあったが、ちゃんと心を繋《つな》げることができた。

なら大丈夫だと親友が信じさせてくれた。

「ところで初めてのデートでカップルジュースって引かれると思う？」

「え!?　それって一つのジュースを二人で飲む伝説のヤツ？　そういうのは付き合い始めて……その、て、手を繋ぐようになってからじゃないかなーってボクは思うな。あ、はは」

「そ、そうよね。ごめんなさい、忘れて」

とりあえずデートの予定から削除しておく。茜にはもうしばらく相談に付き合ってもらおう。

神無月沙雪は、たぶんまだ葉加瀬晴彦《はかせはるひこ》のことを知らない。

だけど幼い彼のことをマスターから聞いて、あの人の頭を撫《な》でてあげたいと思ったのだ。

113：ハカセ
ついに来た決戦の日曜日。髪は整えたし服は店員さんに見立ててもらった。
マウスウォッシュもした。香水は袖口に少しが日本のマナー。

よし、完璧や。
114：名無しの戦闘員
服は猫耳ちゃんに準備してもらったんじゃないんだ。
115：名無しの戦闘員
マウスウォッシュの辺りに本気度が見えてキモいなw
116：ハカセ
≫≫114　女の子とのデートに別の女の子が選んだ服着てくのって違うくない？
線引きが必要ってのはこのスレで学んだ。
117：名無しの戦闘員
偉いぞハカセ。
118：名無しの戦闘員
スレの最初は単なるフィオナたん推しだったハカセがデートするまでになるとは感慨深いなぁ。
119：名無しの戦闘員
もうすぐ時間だろ？　ハカセ、早めに基地を出ろよ。
120：名無しの戦闘員
基地を出ろという促しに草しか生えん。
121：ハカセ
Lリアちゃんと N太郎くんが育ってくれたおかげで一日の休みが捻出できた。
あと猫耳が「今日は仕事したい気分だから、ハカセはゆっくりするにゃ」って自分のできる業務は全部持ってってくれた。みんなええ子やなぁ。
122：名無しの戦闘員
なんだよ、ハカセ一人貧乏くじ引いてるのかと思ったら皆ちゃんと支えてくれてるじゃん。
123：名無しの戦闘員
俺らだって画面の向こうから応援してるからな！
124：名無しの戦闘員
今回俺らは好き勝手書き散らかした。ハカセもそれを読んでくれた。
その辺りのことを踏まえて改めて聞くぞ。お前らハカセの返答があるまでレスすんなよ。
ハカセはさ、フィオナちゃんが好き？

125：ハカセ
そんなもん、好きに決まっとるわ。
ワイな、このスレに報告しとらんフィオナたんのいいところいっぱい知っとるぞ。
126：名無しの戦闘員
よし、よく言ったハカセぇ！
127：名無しの戦闘員
甘酸っぺぇなぁ。
128：名無しの戦闘員
≫≫124　今回っていうかだいたい好き勝手書き散らかしてる定期。
129：名無しの戦闘員
それはそうだけどもw
130：ハカセ
結局一スレ分付き合わせてもたな。みんなサンガツ。
後はワイなりに頑張ってみるわ。こっからはたぶん夜まで書き込みできんけどよろしく。
ほな、いってくるわ！

131：名無しの戦闘員
おう、いってこい！
132：名無しの戦闘員
朗報期待してんぞ！
133：名無しの戦闘員
ハカセもしっかり楽しんで来いよ！
134：名無しの戦闘員
さあ、どうなるか。
135：名無しの戦闘員
なんだかんだうまくいってほしいけど難しいよなぁ。
136：名無しの戦闘員
さすがにデート中の書き込みはないだろうから夜の報告待ちだな。
137：名無しの戦闘員
やきもきするンゴねぇ……。
138：名無しの戦闘員
服装大丈夫かな。ハカセ案「白タキシード＋バラの花束」はなんとか阻止したけど。

139：名無しの戦闘員
初デートで重すぎるわｗ
140：名無しの戦闘員
パスタがオシャレとか基本感性が一世代前の少女マンガなのはなんでなの？
141：名無しの戦闘員
ハカセの日本知識って勉強して得たものだから微妙にずれてんだよな。
カップルジュースをしたいとか、今の女子高生が聞いたら引くｗ
142：名無しの戦闘員
くっそー、どうなってるのか気になりすぎる。
143：せくしー
こちらコードネーム〈せくしー〉。所定の位置につきました。
144：名無しの戦闘員
ん？
145：名無しの戦闘員
どうしたのせくしーちゃん？
146：名無しの戦闘員
いつもとノリが違ってる。
147：せくしー
いえ、あのですね。正直私もハカセさんのデートとか気になりすぎまして。
偶然にも会社の方は有給をとれたのでストーキングしようかな～と。
148：名無しの戦闘員
わ、悪ノリだぁぁぁぁあ!?
149：名無しの戦闘員
偶然有給とかなんも偶然じゃねえｗ
150：名無しの戦闘員
いやいや、でもハカセの邪魔すんのはよくなくない？
151：せくしー
もちろん彼にはバレないようにしますよ。
正直に言えば、ロスト・フェアリーズとの逢瀬《おうせ》ですから監視役は必要だと思います。
話の転がり方によってはハカセさんに危害が、という展開もあり得るじゃないですか。
　でも組織に報告したら荒《あら》ぶる首領ちゃんになる可能性が高いのでここは私が行くしかないと判断しました。
　あとハカセさんのデートとか普通に観《み》たい。
152：名無しの戦闘員
　最後本音漏れてんぞw
153：せくしー
　ともかく！　ここからは「ハカセの愚痴《ぐち》スレ」ではなく「せくしーによるデート実況スレ」になります。ご了承のほどお願いいたします。
154：名無しの戦闘員
　やべえぞ　せくしーちゃんもにゃんJに染まってやがるw
155：名無しの戦闘員
　でもおかげでハカセのデートを俺たちも堪能《たんのう》できるぜ。任せたせくしーさん！
156：名無しの戦闘員
　せくしー！　せくしー！　せくしー！

157：名無しの戦闘員
　ハカセのスレなのに順当にせくしー推し増えてんなw

第二十八話　清流のフィオナとハルヴィエド

　約束の時間よりも早く駅前に到着したハルヴィエドは沙雪《さゆき》が来るのを待っていた。

　すらりとした立ち姿の美青年は周囲の注目を集めているが、なんのことはない、彼はただの童貞《どうてい》である。デートさえ今日が初めてのため、冷静な表情を作ってみせても実際はまったく余裕がなく全力でそわそわしている。なんならカリカリ餌《えさ》を前にした野良猫の方がまだ落ち着いているレベルだった。

　それだけ神無月《かんなづき》沙雪という少女に真剣ということでもある。

　ハルヴィエドの故郷では十五歳は成人。だから沙雪に対しても一個人、一人の女性として思いを寄せている。初恋の自覚もなかった拙《つたな》い恋愛感情だが、好意は偽りではなかった。

　お互い取り巻く環境に問題があるのは理解している。しかしそれを理由に自身の心から目を背けたくはなかったし、そんな彼をにゃんJ民たちは応援してくれた。

　だからハルヴィエドは今日のデートで一つの答えを出そうと決めていた。

１８７：せくしー
いました、ハカセさんです。駅前の噴水の近くでフィオナさんを待っていますね。
服装はラフな感じでまとめており、ちょっと見えた鎖骨に色気が滲《にじ》んでいます。
……改めて見るとあの人目立ちますねぇ、頭身が完全にモデルですよ。
待っているだけなのに絵になります。

１８８：名無しの戦闘員
中身さえ知らなければ普通のイケメンなんだよな

ぁ。中身さえ知らなければ（重要。
189：名無しの戦闘員
せくしーちゃんもおっとり美女だってハカセが言ってたぞ。あとすごくいい子だって。
190：名無しの戦闘員
あれ、約束の時間って午前十一時だったよな？　まだ十時前……。
191：名無しの戦闘員
言ってやるな、ハカセにとっちゃ初恋だ。気分的には男子中学生の初デートなんだから。
192：名無しの戦闘員
せくしーさん大丈夫？　ハカセって神秘に対するセンサーの感度が高いって聞いたけど。
193：せくしー
≫≫189　あの人の言うことは話半分でお願いします。身びいきがすごいので。
問題ありません。察知できる範囲の外で魔力による視力強化を行えばいいだけですから。
猫耳ちゃんから教わった読唇術で会話も完璧に把握できますし、死角をカバーする小細工も一通り修めています。
194：名無しの戦闘員
おい、せくしー全力だぞｗ
195：名無しの戦闘員
幹部の中でもダントツと言われた素質をこんなとこで発揮してやがるｗ
196：せくしー
来ました！　フィオナさんです！
時間は十時六分……あの子もかなり早いですね。白を基調とした清楚《せいそ》なコーデ、偶然でしょうがハカセさんがグッときそうな選択です。
ハカセさんの姿が先にあるのを見つけてちょっと小走りになりました。
197：名無しの戦闘員
フィオナちゃんも待ち合わせ時間より早く来たか。
198：せくしー
フィオ「すみません、遅くなりましたっ」
ハカセ「いいや、私も今来たところだよ」

約束より一時間も前なのにこのやりとり。初々しい、初々しいですよハカセさん。
少女マンガで読んだシーンそのままです。
199：名無しの戦闘員
楽しんでんなーせくしーちゃんw
200：名無しの戦闘員
ベタなデートのあれだ！
201：せくしー
フィオナさんの方も満更ではないようです。
古いやりとりと聞いたのですが若い女性でも嬉《うれ》しいものなのでしょうか？
202：名無しの戦闘員
俺らにイマドキの女子高生事情聞かれても。
203：名無しの戦闘員
ここ数年マッマと店員さん以外の女の人と喋《しゃべ》っていませんが何か？
204：名無しの戦闘員
≫≫203　職場の同僚は？
205：名無しの戦闘員
≫≫203　働け。
206：せくしー
とりあえず駅前から移動するようですね。移動の最中もお喋りしています。
ハカセ「その服、とても似合っているよ。か、かわいいと思う、うん」
フィオ「あ、ありがとうございます」
意識していない私を褒《ほ》める時はスムーズなのに、フィオナさん相手には若干どもるのがいかにもハカセさんです。
まだ手を繋《つな》いだりはしないようですね。
この後のデートコースに関しては皆さんも意見を出したものですよね？
207：名無しの戦闘員
おう、そうだぞ。
恋愛経験がほとんどない俺らだが今回のデートが普通じゃないことは分かってる。
なんというか「上手《じょうず》に女の子を楽しませるデートプラン」じゃダメなんだよ。

２０８：名無しの戦闘員

フィオナちゃんの方がデートって言ってきてる時点でたぶんあっちの好意は確定。

でもそれがハルヴィエドに向いてないのが問題なんだよな。

２０９：名無しの戦闘員

そうそうワイら必死に考えたンゴ。

２１０：名無しの戦闘員

私ちゃんも案を出したよ。

２１１：名無しの戦闘員

今回のデートは定番の映画館とか水族館、遊園地じゃいけない。

一番重要なのはハカセとフィオナちゃんがよく話すことだと思う。

だから行き先は敢《あ》えてハカセの趣味をメインにした場所にしている。

もちろんフィオナちゃんの希望にも沿って、お互いをよく知るためのデートなんだ。

２１２：せくしー

ハカセさんを心配してくれる人がこんなにいて嬉しいです。

おや、昼食まで大分時間がありますし少し本屋に立ち寄るみたいですね。別行動ではなく二人で並んで本を手に取りつつお喋りしています。

フィオ「昔は、妹さんに絵本の読み聞かせをしていたんですよね？」

ハカセ「ああ。懐かしいなぁ。……今はよく弄《いじ》られているけど」

フィオ「ふふ。でも、お兄さんのことが大好きみたいですよ」

なんと言いましょう、猫耳ちゃんの大好きはちょっとレベルがあれなんですが。

２１３：名無しの戦闘員

そこで嬉しいですって言えるせくしーだからハカセも「いい子」って言うんだよな。

２１４：名無しの戦闘員

猫耳はマジメにハカセに救われてるもんな。

……このデート知られたらヤバくない？

215：名無しの戦闘員
ハカセお兄ちゃんどいて！　そいつ殺せない！
216：せくしー
争わなくても二人でいっしょに妻になればいいだけでは？
217：名無しの戦闘員
しまった！　この人A子ちゃん含めた三人夫婦になるつもりなんだった！
218：名無しの戦闘員
今度はハカセがおちょくられる側になるなw
219：せくしー
フィオ「ハカセさんは、好きな本とかありますか？」
ハカセ「私は雑食だから何でも読むよ。学術書もマンガも面白い。フィオナちゃんは？」
フィオ「エレスの影響で、少女マンガが好きです。あと、話題の小説でしょうか」
ハカセ「へえ、おすすめがあるなら教えてくれると嬉しい」
今のは本音ですね。ハカセさんは読書が趣味ですが、知識の収集欲が強いタイプなのでジャンルを問わないんです。
いいですよ、今のところミスはしていません。
とはいえ午前中からデートで夕方にはお別れというのは不思議ですね？
220：名無しの戦闘員
せくしーちゃん、デートで未成年を夜まで引っ張り回すのはよくないんやで。
こっちの成人は二十歳なんや。
221：せくしー
あ、そうでした。一夫一妻というのも違和感があるんですよねぇ。
私たちは一夫多妻も一妻多夫も認められていますから。
222：名無しの戦闘員
ふれきしぶる……。
223：せくしー
いえ、近年の女性運動で「弱者男性に嫁ぐくらいなら富豪一人に複数嫁ぐ方が女性にとって幸せだ」というムーブメントが起きた結果です。
するとと今度は「一夫多妻は男性の優遇である」と批判が起こり一妻多夫も認められました。
224：名無しの戦闘員
次元を越えてもワイ将らにとっては地獄なのヤメてクレメンス……。
225：名無しの戦闘員
俺さぁ、もうちょっと異世界に夢見てたんだけどなぁ。
226：せくしー
どこの世界の誰であっても、己の属性が得られる利を増やそうと必死に争っていますよ。
デルンケム自体が暴力でそれを為そうとする組織です。
あ、本屋さんから出てきました、ちょっと早いけど昼食を摂るようです。
お店はどこに行くか二人で相談中。ここら辺は微妙ですね。
男性にスマートに案内してもらいたい女性は多いと思います。
227：名無しの戦闘員
確かにそうかも。でもハカセもフィオナちゃんのことをあんまり知らないからな。
話す機会を増やすための苦肉の策だ。
228：せくしー
でも定食屋さんに決定したみたいですが。
229：名無しの戦闘員
そこはもうちょっと気遣えやハカセ!?

ハルヴィエドは最初少しお高い店を選ぼうとしたが沙雪に止められた。
せっかくなら気を遣わないでお話ししながら食べられる店がいい、というのが彼女の要望だ。なので二人で駅前を見て回り、うみまち食堂というごく普通の大衆食堂を選んだ。

ハルヴィエドが頼んだのは豚のしょうが焼き定食。

沙雪の方は鳥の甘酢あんかけ定食を注文した。

「無理に付き合わせてしまったかな？」

「いえ、私もこういう店好きですよ。普段食卓に並ばないものを選べますから」

遠慮して、ということでもなさそうだ。普通に食事を楽しんでいる。

「晴彦《はるひこ》さんは、豚肉がお好きなんですか？」

「というより、米に合うオカズが好きかな。基本濃い味の方が好きなんだ」

「以前、カップラーメンもたくさん買っていましたね」

「あー、忙しいとついつい、ああいうのをね？」

食事をしながら軽く雑談を交わす。

「沙雪ちゃんは、好きな食べ物とかある？」

「豆乳鍋、ですね。お豆腐や湯葉も」

「そういえば前、鍋屋さんで会ったね。じゃあ今度はいっしょにどうかな？」

「はい、ぜひっ」

さり気なく次回の約束を取り付ける。

元気のよい沙雪の返事に、ハルヴィエドは心の中でガッツポーズをした。

３１７：名無しの戦闘員
あー、よかった。
定食屋も一応はフィオナちゃんの希望でもあったのね。

３１８：名無しの戦闘員
家の食卓に上らないメニューが多いからってのは盲点だった。

３１９：名無しの戦闘員
いいとこのお嬢さんみたいだけど、金持ちなりの苦労はあるんだなぁ。

３２０：せくしー
食後は予定通り、猫カフェに到着ですね。
ハカセさん猫好きです。ちなみに猫じゃらしで猫耳ちゃんと遊んでいたこともあります。

猫耳ちゃんも「にゃー」って乗ってあげていました。

３２１：名無しの戦闘員
猫耳くのいちかわいいかよ（かわいい。

３２２：せくしー
フィオナさんもいっしょになって猫と遊んでいますね。

ハカセ「にゃー、にゃー」
フィオ「ふふ、餌ですよー」
二十六歳男性の「にゃー」に周囲のお客さんがチラチラと視線を送っています。二人が楽しそうなので別に構いませんが。
あ、顔のよさにごまかされて「かわいいー」とか言っている人もいますね。解せぬ。
フィオ「ハカセさんは動物好きですか」
ハカセ「嫌いではないが、猫だけ特別かな」
フィオ「私も猫好きです。にゃ、にゃー……なんて」
ハカセ「フィオナちゃんカワイイ」
おっと、あざとい小技入れてきましたよ。ハカセさんも本音だだ洩《も》れです。

３２３：名無しの戦闘員
やるなフィオナちゃん。

３２４：名無しの戦闘員
あぁ～、普段清楚系な子の猫語とかもうね。

「はぁ、名残惜《なごりお》しいな」

猫カフェを後にしたハルヴィエドは息を吐く。

猫たちとの時間が心地良すぎたせいで、つい何度も店の方を見てしまう。

「かわいかったですね」

「うん。沙雪ちゃんの猫真似《ねこまね》も」

「あ、はは。その、ありがとう、ございます」

照れた沙雪が頬を赤く染める。

肉球をひたすらぷにぷにして癒《い》やされ、想《おも》い人《びと》のかわいらしい一面まで見ることができた。素晴らしい時間だったが、自分だけ楽しんでしまったようで申し訳ない気分にもなる。

「美衣那《みいな》に、飼うのは止められているんでしたよね？」

「まあね。ただ、今は忙しくてちゃんと世話ができない。命に責任をとれないから、そもそも無理だったと思うよ」

飼い主は命を預かるものとして、動物の生涯に責任を持つ必要がある。

しかし現状ではミーニャの件がなくとも飼うのは難しい。たまにこうやって遊びに来るくらいが合っていた。

「そうですか」

それを伝えると、なぜか沙雪は柔らかく微笑《ほほえ》んだ。

「ん？　どうしたんだ？」

「いえ、かわいいなぁと」

「ああ。やっぱり猫は癒やしだな」

ハルヴィエドが答えると、彼女はさらに嬉しそうな笑顔を見せた。

445：名無しの戦闘員
なんだかんだ順調、でいいのか？

446：名無しの戦闘員
もともとフィオナちゃんがハカセに意識してもらいたいがためのデートだろうからな。
よっぽど酷《ひど》くなきゃ険悪にはならんだろ。

447：名無しの戦闘員
険悪じゃないからといって成功とも言い切れないのがなんとも。

448：せくしー
大変です！　ナンパが発生しました！

449：名無しの戦闘員
はぁ!?　デート中だぞ!?

450：名無しの戦闘員
ハカセはなにしてんだ!?

451：せくしー
　いえ、ナンパされているのはハカセさんです。
　猫カフェを出たあと駅前に戻ったのですが、フィオナさんが「少し電話を」と離れました。
　ハカセさん一人になったタイミングで派手な女性二人組が声をかけてきた形です。
452：名無しの戦闘員
　逆ナンかよクソがぁ！
453：名無しの戦闘員
　そこはフィオナちゃんに絡む男を撃退するイベントだろ情交。
454：名無しの戦闘員
　俺らに一生縁のないヤツじゃねぇか!?
455：名無しの戦闘員
　≫≫453　お前最悪の誤字してるからな常考ｗ
456：せくしー
　女性たちは女子大生と名乗っています。
　基礎教育を終えても勉学に励むタイプには見えませんが……。
　いえ、こちらでは二十二歳まで学ぶのが普通でしたね。
　女性A「ねえ、お兄さん。ヒマー？」
　女性B「これから〇〇行くんですけどぉ、いっしょにどうですかぁ？」
　ハカセ「そうなのか？　では気を付けて。ああ、フィオナちゃん」
　にべもない。怒るでも迷惑がるでもなく、さらりと流しましたね。
　そして二人組を放置して、戻ってきたフィオナさんの方に駆け寄っていきました。
　なんですかあの人、子犬ですか？
457：名無しの戦闘員
　修羅場イベントが発生する暇もないｗ
458：名無しの戦闘員
　対応としては正しいのになんかあれだｗ
459：名無しの戦闘員
　ハカセのことだからナンパ自体に気付いてない可能性もあるぞ。

460：せくしー
その後、軽くお喋りしつつモールを見て回っています。
服とか小物類、今度はフィオナさんの希望のようですね。
フィオナさんの趣味はロードバイクとピアノだそうで、どちらにしろ手に着けるアクセの類いはあまりしないのだとか。
フィオ「一番大切なアクセサリーは、これですが」
と青い宝石の付いたネックレスを見せています。
ハカセさんが妙に微笑ましそうにしていますねぇ。
461：名無しの戦闘員
そこはプレゼント贈るとこじゃないか？
462：名無しの戦闘員
初デートで重くない？
しかもお気に入りのネックレス見せてすぐは当てつけっぽい。
463：名無しの戦闘員
ああ、そんなんより俺のプレゼントつけてくれよ、みたいな？
464：せくしー
そろそろ歩き疲れたようで喫茶店《きっさてん》で休憩。
話は尽きないし、相性は良さそうに見えますね。
私はフィオナさん全然いいと思いますよ。
465：せくしー
ハカセ「……ん？　これは」
メニューを開いたハカセさん、一点を見つめて固まってしまいました。
どうしたんでしょう？
466：名無しの戦闘員
気になるスイーツでも見つけたか？
467：名無しの戦闘員
さすがにデート中にいつもの調子では食わんと思うが。……いや、おいまさか。
468：せくしー
フィオナさんをちらっ。メニューをじーっ。
少し間を置いてから、もう一回フィオナさんをちらっ。メニューをじーっ。
ハカセ「いや、意外といけるのでは……？」
なんか不穏な言葉を呟《つぶや》いています。
469：名無しの戦闘員
あ、ヤバい。
470：名無しの戦闘員
ここにきて最大級のポンコツやらかすつもりか。
471：せくしー
フィオナさんもなぜだかちらちらハカセさんを見ています。
そして意を決したようにハカセさんは、メニューの一つを指さしました。
ハカセ「ち、ちなみに。こういったものに興味はあるだろうか？」
や　り　や　が　り　ま　し　た。
トロピカールなカップルジュースを見せつけて、びっくりするくらい整ったキメ顔でフィオナさんをまっすぐ見つめています。
472：名無しの戦闘員
ハカセてめぇぇぇぇぇぇぇ!?
473：名無しの戦闘員
どうして我慢しきれなかった!?
474：名無しの戦闘員
あんだけイマドキそれはないって言っただろーが！
475：せくしー
フィオ「あっ、や、やっぱりそうですよね！　エレスには却下されましたが、で、デートと言えばこれですよね！」
ハカセ「や、やはりそうか！　では注文しよう」
意外と乗り気なのですが？
届いたジュースを二人でちゅーちゅーしていますが？
476：名無しの戦闘員
うっそだろ!?
477：名無しの戦闘員
フィオナちゃんハカセに気ぃ遣ってない？
478：名無しの戦闘員

どうしてそうなの⁉

４７９：名無しの戦闘員

ハカセなんか魔法でも使ったか⁉

４８０：せくしー

私が見る限りは照れてはいますが嬉しそうにしていますね。

え、なんですかこれ。

悪の神霊《しんれい》工学者《こうがくしゃ》と正義のヒロインがカップルジュースを挟んできゃっきゃウフフしています。

それどころか目が合うと恥ずかしそうにはにかんでいます。

その片方は私の元同僚です。デルンケムの幹部にして、かつて神に愛された子供と呼ばれた神霊工学者です。

ハカセ「試してみたが、少し恥ずかしい、かな？」

フィオ「本当に。顔から火が出そうです。にへへ」

私はこの光景を心に焼き付けます。

そして……後々にいたるまでハカセさんを全力でからかいますｗ

うふふ、最高です。おもしろすぎますよハカセさんｗ

４８１：名無しの戦闘員

これはひどいｗ

４８２：名無しの戦闘員

先輩で同僚で友達な男性の緩み切った顔とかもうねｗ

４８３：名無しの戦闘員

ハカセ「やめて…やめてクレメンス……」

４８４：せくしー

失敗しました。なぜ私は望遠カメラを用意しなかったのでしょう。

気付かれることを承知で撮影したというのに！

見せたい、スレの皆さんに。あとゴリマッチョさんに見せたすぎます。

４８５：名無しの戦闘員

せくしーもいい性格してんなｗ

486：名無しの戦闘員
キモがられんでよかった。だがこっからが勝負だぞ……。

沙雪は浮き立つような心地だった。

いっしょにお昼ご飯を食べて、猫カフェに行った。モールを見て回りながらお喋りした。

喫茶店ではカップルジュースも飲んだ。小さな頃に少女マンガで読んでから一度やってみたかった。些細《ささい》な夢が叶《かな》ってしまった。

晴彦と並んで街を歩くだけで頬が緩んでしまうくらいだ。

しかし楽しい時間はあっという間に過ぎる。

気が付けば夕暮れ。茜色《あかねいろ》の空の下、もう少しだけ話をしたいと沙雪は彼を公園に誘った。

「晴彦さん、今日はありがとうございました」

「いや、私も楽しかったよ」

忙しいのに一日中付き合ってくれた。

今日の彼は普段よりくつろいでいたような気がする。たぶん、自惚《うぬぼ》れでなく。晴彦の方も憎からず想ってくれているはずだ。

「あの、き、聞いてほしいことがあります」

「ん、どうした？」

幸いにも公園に人影はない。沙雪は守り石をギュッと握りしめる。

想いを伝えるのは怖い。失敗したら、普通の友人にも戻れなくなってしまう。

それでも沙雪は一歩を踏み出した。

「私は、あなたが好きです」

前置きも何もない、端的な告白だった。

予想していなかったのか、彼は驚いて目を見開いている。

「そう、か……いや。君は、まっすぐに向き合ってくれた。なら、私もそうでなくてはいけないな。あの子の記憶を消しておいて、今さらではあるが」

晴彦が少し寂《さび》しそうに呟く。

するとー瞬だけ彼の姿が歪《ゆが》んだ。

なにも変わっていない。なのに、なにかが変わってしまった。

そこにいたのは、ちょっと抜けていてかわいい男性ではない。

「私は、神霊結社《しんれいけつしゃ》デルンケム統括幹部代理、ハルヴィエド・カーム・セインという」

幾度となく妖精姫《ようせいき》の前に立《た》ち塞《ふさ》がった悪なる者がそこにいた。

「清流《せいりゅう》のフィオナよ。その正体は既に知っている」

「え、あ」

「私は君たちの敵。つまり、君は騙《だま》されていたというわけだ」

そう言った彼が攻撃を仕掛けることはなく、逃げようともしない。

悪の組織の幹部。彼によって引き起こされた事件はいくつもある。

沙雪は茜が助けてくれるまで一人でデルンケムと戦っていたのだから、それをよく知っていた。

「どうした、声も出ないか?」

「……いいえ、驚いてはいます。でも、ある種の覚悟はできていましたから」

けれど自分でも不思議なくらい動揺《どうよう》は小さかった。

ただ、きゅうと胸を締め付けられる。

「美衣那やマスターに、それとなく忠告されてはいました。こういうことだったんですね」

マスターは「好意が嘘《うそ》にならないことを祈っている」と言った。

美衣那は「好意が嘘だったら許さない」と言った。

つまるところあの二人は、沙雪の気持ちが嘘になる可能性を示唆していた。

だから晴彦にはなにか後ろ暗い一面があるのでは、くらいは考えていた。

マスターは素っ気ないように見せて、美衣那は怒ったふりをして、沙雪に心の準備をさせようとしてくれていたのだ。

「では、これで失礼しよう」

そのおかげでちゃんと彼の顔が見える。

敵として対峙《たいじ》したなら、バカにされていると感じたはずの薄い笑み。

それが今の沙雪には、少し寂しそうな。猫カフェの帰り際に見せた、ちょっと情けない感じの表情と重なった。

「待ってください」

沙雪は、その場を去ろうとするハルヴィエドの腕を摑《つか》んだ。

「行かないでください。きっとここで見送れば、もう、晴彦さんには二度と会えないんですよね？」

「そもそも、葉加瀬晴彦《はかせはるひこ》なんて人間はいない」

「分かっていますっ！　私はきっと、あなたに騙されていました。……でもあなたの全てが嘘だと思いたくありません」

これが正しいかどうかは分からない。それでも間違いではないと思う。

違う。間違いだったとしても、手を放してはいけない。

「だって、私を騙すにしても、カップラーメン好きって設定に意味はないですよね？」

「うん？」

「それに、英子《えいこ》先輩にすごまれて怯《おび》えるところを見せる必要も」

「いや、ちょっと待って」

「幸せそうにケーキを食べる顔は、絶対演技ではありませんでした」

「もう少し、いい気付きのポイントはなかったのかな？」

とぼけた物言いは普段の晴彦と同じだ。

ほら、こうやって腕にしがみ付いても、無理に振り払おうとはしない。

清流のフィオナは、浄炎《じょうえん》のエレスも、一度だってハルヴィエドの攻撃で傷を負ったことはなかった。

偽りの中にも、沙雪たちを気遣う心は確かにあったはずだ。

「だから話がしたいです。沙雪と晴彦さんではなく、清流のフィオナとハルヴィエドでもなく。わたしとあなたの話を、させてください」

父の教えの意味を改めて思い知る。

彼は自分にとってどのような価値があるだろう。

自分は彼にとってどのような価値があるだろう。

正義と悪、立場が明確になった今だからこそ。神無月沙雪は値踏みをして、値踏みをされなくてはいけないのだ。

６８８：せくしー
何とかフィオナさんはハカセさんを引き留めたようです。
６８９：名無しの戦闘員
頼むぞー、フィオナちゃん。
今回のデートプランは楽しむためじゃなくて、正体がバレても素のハカセはいい奴《やつ》だって印象付けるためのお喋りデートなんだからな。
６９０：名無しの戦闘員
このデートのヒロインはハカセ。あのポンコツを口説き落とせるかどうかが全てだ。
うまくいってくれりゃいいけど。
６９１：名無しの戦闘員
軟着陸できるかどうかはフィオナちゃんにかかってる。
頑張ってくれよ、女の子……。

「〝ハルヴィエド〟は、悪い人ですか？」

責めるのではなく、冷静な声音で沙雪は問う。

彼の方も身構えず自然体で受け答えをしてくれた。

「悪の組織の科学者ポジだからな。相応に悪い奴のつもりではいるよ。君に嫌われるようなこともたくさんしている」

「それは誰かのためですか？　美衣那さんを人質に取られたり」

「バカにしないでくれ。あの子は、自分の意思で立っている。プライベートでは自由に振る舞っているみたいだが」

「ありがとうございました。……嬉しいです」

「どういたしまして、でいいのかな？」

冷徹な美貌《びぼう》の青年が柔らかい笑みを浮かべた。

答える義理なんかないだろうに、彼は言えるせいいっぱいを教えてくれた。

美衣那もきっと悪の組織側。だけど強制はされておらず、沙雪との交流は計略ではない。

彼は本当に悪いことをしている。しかし非道な行いを愉《たの》しみ、快楽を得るような性質ではない。

そして誰かのためという質問だけは肯定も否定もしなかった。

それが逆に、誰かを庇《かば》っているのだと証明する。

きっと組織に留まっているのはその人のためだろう。相手が女の人じゃないといいなぁ、なんて思う辺り沙雪は相当まいっている。

「……ちなみに、付き合ってる人がいないの、嘘じゃないですよね？」

「ああ、と。そ、そういうお相手は、なかなかできないね」

なら安心、〝ハルヴィエド〟への確認は十分だ。

質問が途切れると彼は小さく肩をすくめた。

「謝っておくよ。結果として騙すことにはなった。だが近付いたこと自体に企《たくら》みがあったわけではない(安価の結果です)」

「分かります。あなたがもっと狡猾《こうかつ》なら、私たちはとっくに終わっていましたから。でも、なにかしらの打算は、あったんですよね？」

「ああ。組織よりも私個人の都合ではあるが」

素直に話してくれるハルヴィエドに感謝しつつ、沙雪はさらに踏み込む。無遠慮《ぶえんりょ》だと思われても、ここを逃したらきっと後悔する。

「では改めて教えてください、あなたのことを」

「私の目的、か？」

「いえ。萌《もえ》に送ったたこ焼きパーティーの画像は、偽物ですか？」

その質問が虚を突いたようで、彼は一瞬きょとんとしていた。

　しかし意図に気付いたのか、少し間を空けてから微笑んだ。

「いや、実際にやった。球形が作れなくて大変だったよ」

「カップラーメンが好きなのは？」

「それも本当だ。もともと濃い味が好きだし、カップ麺は私たちの次元にはないんだ」

「猫をかわいいいいと思いますか？」

「肉球をぷにぷにすると心が安らぐ。どうにも忙しい身でね。たぶん、無意識に癒やしを求めているんだろう」

「それなら」

　首から下げた守り石を彼に見せる。

「これは、発信機ですか？　それとも、なにか呪われたアイテムだったりしますか？」

「……いいや。何の力もない、ただのお守り代わりだ」

　そうと知れて、沙雪はほっと安堵《あんど》の息を吐いた。

「これのおかげで、私はまっすぐに前を向けました。あなたの意図がどうであれ助けてもらえたと思っています」

「そこまで大仰なことをしたつもりはなかったんだが」

「だとしても、ありがとうございます。あの時悩んでいた私に声をかけてくれて」

　守り石だけではない。

　マスターから聞いた過去に、一人ぼっちだった子供の頃の自分を重ねた。

　美衣那をお世話してきた兄としての姿に温かな気持ちを覚えた。

　クラスの女子が彼を誉《ほ》める度に複雑ながらも誇らしかった。

　あなたの素敵なところを、たくさん知っている。

「私は、あなたを値踏みします。騙されていた、敵だった。それでも私が好きになった部分は、確かに本物でした。なら私にとっての価値は崩れない。好きの言葉は、撤回しません」

　彼がデルンケムの統括幹部代理であることには変

わらない。

しかし沙雪が惹《ひ》かれたちょっと変なお兄さんもちゃんと存在していた。

ならば好きという気持ちだって、きっと間違いではなかった。

「今度は、あなたが値踏みしてください。清流のフィオナでない〝わたし〟は、あなたにとって価値がありますか？」

自分で問いかけておきながらひどく緊張している。

計略のために近付いただけ。そう言われたらきっともう立ち上がれない。

でも一つ、信じられることがある。この不器用な人はまっすぐぶつかったならそれに応えてくれる。

「そうだな。君は、初期の頃たった一人で戦っていただろう？」

「はい。浄炎のエレスが参戦してくれるまでは」

「その姿が私には少し懐かしく思えた。なんだろう、寂しそうな眼《め》をしているのに、一人で必死に頑張って。そう言えば昔、似たような真似をしていたな、とね」

遠い思い出を語る彼の声はとても優しい。悪の組織の人だなんて信じられないくらいに。

「つまり、ファンだったんだよ、君の。私は父のためだったが、君は見も知らぬ誰かのために必死で頑張っていた。……純粋に、眩《まぶ》しかった」

そう言われると照れてしまう。

最初は、初めての友達である月夜の妖精リーザのためだった。

戦い続けられたのも茜や萌がいたからだ。それでも自分の姿が彼の目に焼き付いていたというのなら嬉しい。

「で、推《お》しのアイドルと偶然知り合えて、普通の女の子としての一面を見た。同時に、この子も寂しい幼少期を送ったのだろうと何となく察せられた。それでも歪まない君を見て。まあ、恥ずかしながら。惹かれていたんだろうなぁ」

冷酷な幹部ではない、飾らない声に頬が熱くなる。

そこで彼はじっと沙雪の目を見つめた。

「私も値踏みしよう。私にとって君は、無理にでも手に入れたいくらいの価値がある」

「ええ、と。それは、その、つまり。りょ、両想い的な……？」

「うん。実は、私にとって君は初恋、だったりする。最近友達に気付かされた。本当だぞ」

ちょっと照れ臭そうに念を押される。

沙雪は思わず両手に力を入れる。飛び跳ねたくなるくらいの喜びが全身に満ちていた。

「なあ、デルンケムに来ないか？　私は、君が好きだよ。どうだろう、濁流のフィオナなんて名前は。闇堕《お》ちヒロインは流行《はや》りだと聞いた。今なら即幹部入りだ。いや、うん。マジメに私を助けてくれないか？」

彼はおどけた風にそんな誘いをかけてくる。

さらりと好きと言われて胸が高鳴った。けれど平気なふりをして冗談っぽく返す。

「そちらこそ、私たちの側につきませんか？　変身ヒロインには、温かく見守ってくれるお兄さん枠が必須なんです」

「追加戦士じゃないのか？」

「それでもかまいませんよ。私がピンチの時には助けに来てくれますか？」

「いいね、ヒーロー役は柄じゃないが嫌いでもない」

沙雪の冗談に乗っかってくれる。リズムよく言葉を交わし、お互い堪《こら》えきれず声を出して笑った。

「ふふ。いいですね、どちらも楽しそうです」

「はは、悪くないシチュだね」

ああ、楽しい。

好きな人が自分を好きになってくれるって、なんて幸せなことだろう。

「だが、ごめんだな。私には譲れないものがある」

「すみません。悪の組織に屈するなんて、できません」

それでもきっと、捨てられないものはあるけれど。

「すまない。君が好きというのは本当だよ。だけど放り出すには〝ハルヴィエド〟は重すぎる。これで案外、大切にしたいモノが多いんだ」

「私も、あなたが好きです。その上で〝清流のフィオナ〟としてデルンケムと戦います。それが友達との約束だから」

「こちらも首領を裏切る気は一切ない」

　本当は最初からこうなると分かっていた。

『私とあなた』を望んでも、意地っ張りで頑固《がんこ》な二人は『清流のフィオナとハルヴィエド』に帰結する。

「それでも、私たちは両想いだったと、胸を張ってもいいですよね？」

「君がそう思ってくれるなら、私も嬉しいな」

「はい。それでは、晴彦さん」

「うん、沙雪ちゃん」

　最後には『沙雪ちゃんと晴彦さん』に戻って、どちらからともなく公園を後にした。

　別れの挨拶《あいさつ》はなかった。

　さよならもまた会いましょうも、口にすると違う意味を持ちそうで怖かった。

　夕暮れは過ぎ去って空は藍色に移り変わる。ぽつりぽつりと瞬く星の下で、沙雪は小さく溜息《ためいき》を吐く。

「あーあ」

　彼女にとっても初恋だ。デートも楽しかったし、両想いと知ってすごく嬉しかった。

　なのにうまくいかなかった。大成功で大失敗の一日。恋愛というやつは、やはりとても難しいようだ。

「ううん。まだ、私は」

　しかし涙は零《こぼ》れないし、落ち込みもしない。

　沙雪は一度自分の頬を両手で叩《たた》き、気合いを入れ直してから帰路《きろ》についた。


　夜道を歩きながら沙雪は思う。

　独り戦っていた私を眩しいと言ってくれた彼。

　同じように独りで頑張っていたあの人を、今度は私が褒めてあげたい。

　頑張ったねって、すごかったよって。

　そうあなたに伝えられる私でありたいと、改めて思った夜だった。

835：ハカセ
　おー、みんなすまん。せっかくいろいろ考えてくれたのに、うまくいかんかった。
836：名無しの戦闘員
　そっか……。
837：名無しの戦闘員
　あんま気にすんなよ
838：ハカセ
　サンガツ。でもちょっとさすがに疲れたから今日は休むわ。
839：名無しの戦闘員
　おう、お休み。
840：名無しの戦闘員
　いい夢は見れんかもしれんけど、明日はまたグダグダ愚痴《ぐち》りに来てくれよ。
841：せくしー
　おやすみなさい。私はあまり心配していないですよ、ハカセさん。
　女の子ってけっこう強いんです。

…

……

………

27：名無しの戦闘員
とまあ、昨夜はしんみりムードでしたがw
まさか一日も続かんとはｗｗｗ
28：名無しの戦闘員
いやー笑ったｗ
29：名無しの戦闘員
ロスフェアちゃんってすごい。僕はそう思った。
30：名無しの戦闘員
実際あれはすげーわ。
分かるのはハカセとせくしーとにゃんJ民だけっ

ていうステキ仕様なのがまた。
31：名無しの戦闘員
こうなると俄然《がぜん》フィオナちゃんを応援したくなってきたw

その日も怪人《かいじん》と魔霊兵《まれいへい》が街を襲う。

被害が出るよりも早くロスト・フェアリーズが駆け付けた。

市民は可憐《かれん》な妖精姫の活躍《かつやく》に沸いている。中でも注目されているのは萌花《もえか》のルルンだ。今まで一段劣ると評価されていた彼女が、ここに来て飛躍的に実力を上げていた。

「行きます！」

花吹雪《はなふぶき》が魔霊兵たちを切り刻む。

以前とは違い闘争心が強くなった。そのおかげかルルンは怯まずに戦い続ける。

「やったぁ！　ルルンちゃん、すごい！」

その変化に浄炎のエレスは戦いながら元気よく声を上げた。

清流のフィオナもまた普段以上に気力に満ちている。中距離での支援をこなしつつ、一人で怪人を圧倒してしまった。

今回の敵は蜂蜜怪人ハニリオン。

ハチがモチーフだろうに、毒針ではなく「ハチミツを固めて鈍器にする」という特殊能力がメインなのは致命的に間違っている。しかもハチミツが炎で柔らかくなるというおまけ付き。もっとも、相性に関係なくフィオナが勝利を収めたのだが。

「もしかしたら、ハルヴィエドってバカなんじゃ……」

代表格のエレスの呟きにルルンが異を唱える。

「……違いますよ、きっと」

戦いの場だというのに切ない吐息を漏らす。おそらくルルンは弱点のある怪人の意味をなんとなく察したのだろう。

「そうね……」

同じようにフィオナも憂《うれ》いを滲ませたが、次の瞬間には決意に満ちた瞳に変わった。

難無く怪人たちを倒したロスト・フェアリーズ。市民の歓声を浴びながらフィオナが一歩を踏み出した。

「見ているのでしょう、ハルヴィエド・カーム・セイン」

今日の戦いには統括幹部代理は参加していなかった。

しかしこの状況をどこかから監視していると判断し、力強く空を見つめる。

「きっと、あなたにはあなたの理念が、守るべきものがある。だとしても悪をなす組織に属するハルヴィエドを、清流のフィオナは否定する。どれだけ崇高な理念でも、過程を間違えれば願った場所には辿《たど》り着けないと思うから」

フィオナは透き通る声で彼に言葉を伝える。

「でも、ここに宣言する。〝清流のフィオナ〟は必ずデルンケムを止める。そして〝私〟は必ずあなたをこの手で確保し、罪を償わせてみせる。逃がすつもりはありません……覚悟してください」

あまりにも晴れやかな笑みだった。

打倒デルンケムの宣言を聞いて再び市民が騒ぎ出す。かわいらしくも頼れる変身ヒロインに多くの賞賛が向けられる。

「そ、そうです！　私たち正義の味方ですから！　悪の科学者さんが改心するまで、じーっくり教えてあげないといけないですよね！」

ルルンもフィオナに賛同して、こくこくと頷《うなず》いている。

「ええ、ルルン。その通りよ、そんなに簡単に許してはいけないわ。そして彼の改心も私たちの役目だと思うの」

「ですです！　さすがフィオナさん！」

「え、なにが？　ちょ、ボクなんか仲間外れにされてない？」

心優しい妖精姫たちは笑顔で語り合う。

正義のため、人々のため。その想いは変わらない。

だとしても胸に宿る温かいなにかを否定する気もない。

こうしてロスト・フェアリーズの活躍により今日も平和は守られたのだった。

32：名無しの戦闘員
現地班が聞いてきた宣言には驚かされた。
フィオナちゃんすごいっていうか愛が重いぜｗ

33：名無しの戦闘員
意訳「デルンケムはどうにかするけど、それはそれとしてハカセさんは手に入れます。逃がしませんから覚悟してくださいね♡」
全部の事情知ってるハカセとにゃんJ民にしか分からない告白ですねこれｗ

34：名無しの戦闘員
フィオナちゃん水の妖精姫って嘘だろ。炎じゃん。めちゃくちゃ情熱的な求愛じゃん。

35：名無しの戦闘員
デートの翌日即プロポーズとはたまげたなぁ……。

36：名無しの戦闘員
でもよかった、フィオナちゃんは悲恋にするつもりないみたい。
……一歩間違えればヤンデレ展開な気がしないでもないが。

37：名無しの戦闘員
正義の味方しつつハカセも欲しいっていう超わがままムーブ見せつけてきたぞ。
俺は全然応援するけどねｗ

38：名無しの戦闘員
昨日のシリアスなんだったんだよｗ
それはそれとして今回の一番の笑いどころはエレスちゃんだよな。

39：名無しの戦闘員
ワイドショーでもおもくそ映ってたからな。
フィオナちゃんが宣言し始めた時の「えっ!?　なにそれ聞いてない!?」的な驚き顔が。

40：名無しの戦闘員
ルルンちゃんも賛成したもんだから。
「うそ、ルルンちゃんも!?」みたいな感じでびっくりしてたよなｗ

41：名無しの戦闘員
その後もフィオナちゃんとルルンちゃんを交互に見て「なにこれ？　え？　どゆこと？」状態。もはやコントとしか言いようがない。

42：名無しの戦闘員
レッドなのに完全に蚊帳《かや》の外だった。
実際ハカセの正体知らないし蚊帳の外ではあるんだが。

43：名無しの戦闘員
あれ？　でもルルンちゃん記憶消されたはずじゃ？

44：名無しの戦闘員
あくまで暗示での対処だし完全に忘れ切ったわけじゃないんだろ、たぶん。
心のどこかではなんちゃら的な。

45：名無しの戦闘員
ハカセ、よかった。本当によかったンゴぉ……。

46：名無しの戦闘員
早く夜にならないかなぁ。ハカセの書き込み待ってるぞ～。

47：名無しの戦闘員
あの宣言ってつまりハルヴィエドの譲れないものに清流のフィオナとして決着をつけて、その上で何者でもないハカセが欲しいっていう求愛だろ？
それもうヒロインじゃないよね。勇者フィオナとハカセ姫だよね。

48：名無しの戦闘員
フィオナちゃんからの熱烈アピール、どうするつもりなんかね？

49：名無しの戦闘員
ロスフェアの方針としてはデルンケムとの戦いは続行。
ただし潰すでなく「止める」という言葉を使った辺りハカセの心情に配慮して情状酌量の余地は残す

っぽい。

ハカセの覚悟は理解するが、侵略は悪いことだから止めたい。その上で罪を償うべき。

ただしフィオナちゃんはそれを見届けるつもり、おそらくはハカセの傍《そば》で。

首領ちゃんを助けたいハカセとは相反するが、それでも好きだって気持ちは揺らがないっていう声明なわけだ。これが十代の女の子か……。

５０：名無しの戦闘員
いや、女の子は強いわ。

なんにせよフィオナちゃんはちゃんと答えを出したんだから今度はハカセの番。

もうしばらくは弄れそうだなｗ

ハルヴィエドはデバイスを眺めながら複雑そうに息を吐く。
Ｓａｙｕｋｉ【どこかの誰かの戦いに決着が付いたら、その時は公園の会話の続きがしたいです】
Ｓａｙｕｋｉ【勝っても負けても恨みっこなしですよ】
「……普通にメッセージ来てるし」
ただ、嬉しかったことだけは間違いなかった。

区切りの話　重さのこと

あの告白から少し後の話だ。

心地《ここち》良《よ》い日曜日の午後、沙雪《さゆき》は友人たちと駅前まで遊びに出かけた。

今日は茜《あかね》や萌《もえ》だけでなく、美衣那《みいな》も都合がついた。四人揃《そろ》って行動する機会はなかなかないので、全員いつもよりもはしゃいでいる。

カラオケ店から出ると茜がグッと背伸びをした。

「あー、歌ったー！　久しぶりに遊んだって感じがするね！」

最近はどこか思い悩んでいるようなそぶりを見せていたが、今日はいつも通りの元気な彼女だ。やはり茜には明るい笑顔が似合っている。

「やっぱり、沙雪ちゃん歌うまいよね」

「そう？　でも美衣那には敵《かな》わないわ」

ぼっち歴の長い沙雪は一人カラオケの経験も豊富だ。慣れている分それなりに自信はあるものの、美衣那の歌には聞《き》き惚《ほ》れた。透明感のある歌声はプロ顔負けだった。

「私も、歌は好き」

静かな表情のまま美衣那は言う。

ハルヴィエドの義妹である彼女もまたデルンケムの一員のはずだが、未《いま》だに妖《よう》精《せい》姫《き》の正体はあちらにばれていないようだ。おそらく兄妹揃って情報を止めてくれているのだろう。

「んんっ」

「沙雪、ノド大丈夫？」

「ええ。ただ少し歌いすぎて、疲れたみたい」

「のど飴《あめ》あるよ」

「ありがとう、美衣那」

「いいってことよ、にゃ」

時々、この子は「にゃ」なんて語尾を使う。たぶんもう隠す気がないのだろう。

ある時彼女にこう言われた。

『私はハルの味方。ハルが納得するなら、それが私の望み、にゃ』

つまりハルヴィエドの不利になることはしないという宣言だ。

ただし『私は沙雪を大切な友達と思っている。でも、首領のことも大好き。だから、どちらかに過剰な肩入れはしないいし、どちらのためにも動くにゃ』とも付け加えた。

以前デルンケムについて取り上げたテレビ特番で、首領セルレにも触れていた。本当にあのイラストのような怪物かは分からない。ただ美衣那は相応の敬意や親愛を抱いているようだ。

ハルヴィエドも首領に対してかなりの肩入れをしている。沙雪たちは今後、そういう相手と戦わなくてはいけない。

知れば知るほどデルンケムとは戦いにくくなる。

しかし避けては通れない道だ。その上で、戦いが終わった後もこの四人で出かけられたなら嬉《うれ》しいと思う。

「沙雪ちゃん！　ほら、難しい顔してないで。ちゃんと息抜きもしないと」

「そうですよ沙雪さん、今日はいーっぱい遊びましょう！」

沈み込む意識を茜と萌が引き上げてくれた。

チームの抑え役を気取っている沙雪だが、本当は皆にいつも助けられている。

問題は山積み。それでも今日のところは大好きな親友たちとしっかり遊ぼう。

カラオケの後は少し休憩して、喫茶店《きっさてん》ニルでお喋《しゃべ》りをする。

「でね。このメーカーさんの新しいバッシュが、すっごくかっこいいの」

「そうなの？　じゃあ、この後はスポーツ用品店見に行く？」

「いいの？」

「ええ。萌と美衣那も大丈夫？」

「はいっ」

「ん」

膝《ひざ》を壊して部活を辞めた後もバスケ自体は好きらしく、茜は定期的にスポーツ用品店を見にいく。沙雪もロードバイクをしているので、いっしょに買い物をすることも多い。

「茜は高校ではバスケ部に入るの？」

「うーん、ケガは治ったけど、もうすっかりブランクできちゃったからなぁ」

「でも高校からバスケットを始めて全国大会に出た選手さんのお話見ました」

「あ、萌ちゃんもその映画見たんだ？」

ケーキを食べながら話題はあちらこちら。皆で時間を過ごすだけで十分に楽しい。話題はさらに飛んで、今度は茜の愚痴《ぐち》だ。

「というかね。ウチの弟がさ、最近すっごい生意気なの」

「晃《あきら》くんですか？」

「そ。萌ちゃんとクラス同じだったよね？」

「はい。時々お話します」

茜の弟とは一応ながら面識がある。晃は少しコミュニケーションに難があるタイプで、茜はともかく沙雪や萌を前にするとまごついてしまう。おかげという言い方は変だが、沙雪にとっては余裕をもって接することのできる数少ない異性だ。

「別に仲悪いわけじゃないけど、ボクのこと軽んじすぎなんだよね」

「こっちの義兄は私のこと重んじすぎてる、にゃ」

「あはは、晴彦《はるひこ》さんは美衣那ちゃん大好きだもんね」

弟の生意気さに頭を悩ませる茜とは裏腹に、勝ち誇る美衣那が胸を張る。彼女のブラコンっぷりは健在だった。

「お待たせしましたー、紅茶のおかわりです」

「ありがとうございます英子《えいこ》先輩」

話の途中でウェイトレスをしている英子が顔を出した。それがきっかけになり、次第に話は沙雪と晴彦のことに移っていく。

「ちなみに沙雪、ハル兄さんとはどう？」

美衣那がいつも通りの無表情で聞いてくる。

「わぁ、ボクもそれ聞きたいっ」

「私もです！」

茜はからかい交じり、萌も純粋な好奇心からか前のめりになっている。英子だけは複雑そうな顔をしていた。

「えぇと、一応？　あれからも顔を合わせたり、いっしょに遊びに出かけたりは……してる、かな？」

異次元出身のハルヴィエドからすると日本文化はそれだけで興味深いらしく、案内をしたらとても喜んでくれた。告白は成功とは呼べないものの、触れ合いも少し増えて二人の関係は良好だと思う。

「おぉ、ハル兄さんにも春が」

「でも大丈夫？　沙雪ちゃんの家って、すっごいお金持ちでしょ？　ご両親とかうるさくない？」

「あっ、私テレビで見ました。そういうところって、跡継ぎのためにお見合いとかあるんですよね？」

どこか気遣うような視線が向けられる。

確かに沙雪の父は大手企業の代表取締役社長だ。金持ちだと羨まれることもあるが、金持ちなりの苦労もある。

「神無月の娘だもの、多少のしがらみはある。でも、私も立場は弁《わきま》えているから」

「それって……何か言われたら晴彦さんを諦める、とかそういうの？」

茜の質問に、ぴくりと美衣那と萌が反応した。

ハルヴィエドを軽んじるつもりか、というところだろう。けれどなにも心配はない。

「いいえ。父ならすでに説得したわ」

そう、沙雪は晴彦とのことを父に明かしたうえで「私は政略に使われるのか？」と問い詰めた。

彼と交際できたとして、途中で「グループのために他の男と婚約を」となっては困る。

その辺りの事情は初めから明確にしておいてほしい。

もちろんすべて自分のワガママなのだから、縁を切られても納得して受け入れると宣言してある。

「当然ながら父は難色を示した。でも、最後には認めてくれたわ。政略による婚約はない。会社を任せられる人材なら次期社長として修業をしてもらい、そうでない場合は別の人材を立てるだけだと」

もちろん後者なら沙雪が得られる財産は大幅に減ると言われた。

それでも自分勝手な娘に温情をくれたのだから、父の優しさには感謝をしている。

お見合いの話が持ち上がる前に手を打てたのは我ながらよくやったと思う。美衣那も満足そうに頷《うなず》いていた。

「ねえ、沙雪ちゃん？　まだハルさんとは付き合ってないのよね？」

英子が怪訝《けげん》そうに問うた。

「はい？　ええ、もちろん」

デートは重ねたが、交際はすべての決着がつくまで我慢している。

だが、もし交際が始まっても家庭の事情で別れさせられるのは嫌だ。そういう盛り上がりはいらない。後顧《こうこ》の憂《うれ》いは初めから断つに限る。

（私、頑張った）

ちょっと自慢気に胸を張ったのに、なぜか英子と茜はこそこそと内緒話をしていた。

「ねえ茜ちゃん、この子重くない？　まだ付き合ってないんだよね？」

「あっ、英子さんもそう思います？　実はボクも最近気づいて。この前、晴彦さんと外国人の美女さんのことじーっと見てたし」

「レティさんは私と同じでマスターのお嫁さんなのに……。これはよろしくない兆候な気がするよ」

「あれ？　その発言もけっこう微妙な気が」

思っていた反応と違う。こそこそ話が続いた後、英子がこちらをじっと見た。

「沙雪ちゃん。あなたは、自分の行動に疑問を抱かない？」

「え、え？　特には……。晴彦さんに心配かけずに済んでよかったかな、と」

「えーと、じゃあ例えば、クラスの男子の誘《さそ》いとかあるでしょ？　そういう時はどうしてる？」

「当然すべて断っていますし、男子と二人きりになる状況自体作らないようにしています」

「えぇ……」

英子は頬の筋肉を引きつらせている。反対に萌はこくこくと頷いていた。

「やっぱり、そういうのは大事ですよねっ」

「ええ、私もそう思う」

全力で肯定してくれる萌に沙雪は笑顔で応える。それを傍《そば》から見ている茜が「そこはかとなーく疎外感が……」なんて呟《つぶや》いているが、間違った行いはしていないと断言できる。

晴彦は沙雪に好意を向けてくれている。そんな彼をヤキモキさせるのは本意ではない。

よく「嫉妬《しっと》されるのが嬉しい」と恋人を試す女性の話はあるが、好きな人にはいつも心安らかにいてほしいと思う。

それで時折頭を撫《な》でてくれたなら、もっと幸せ。

「そっかぁ……沙雪ちゃん。ちょっと心理テストしてみない？」

「心理テスト、ですか？」

「うん。やってみた方がいいよ。今後のために。絶対。本気で」

いきなりの提案に疑問を抱きつつも勢いに押されて頷いてしまう。

すると満足そうに、英子は高らかに宣言する。

「じゃあ、始めよっか。……恋愛心理テスト、重量編！」


今から心理テストを始めます。三つの選択肢から選んでください。

《問一》すぐに電話で呼び出せる異性の友達は何人？
A　いない。
B　一人～四人くらい。
C　五人以上いる。

沙雪「Aです。男子の友人は、ほとんどいないので」
茜「ボクはCかな。クラスにもそこそこいるよ」
萌「えーと、A、かなぁ。あんまり思いつかないです」
茜「……頑張れ、弟よ」
沙雪（萌は晴彦さんのことを大事な友達と呼んでいたような……？）

《問二》昼食はどのように過ごすことが多い？
A　いつもいっしょに食べる人がいる。
B　ひとりのときと、友達と食べるときと半々の割合。
C　ほとんどひとりで食べている。

沙雪「Bでしょうか」
茜「A。やっぱり固定メンバーになっちゃうよね。皆で食べる方がおいしいし」
萌「私もAです。クラスの友達といっしょが多いです」
沙雪「私、茜たちが一番の親友だから、クラスではあまり……」

《問三》「彼氏に尽くす」と聞いて最初に思いつくことは？
A　料理・洗濯《せんたく》などの家事で尽くす。
B　愚痴を聞いたり、仕事を手伝ってあげること。
C　欲しがっているものをプレゼント。

沙雪「Aですね。インスタントを好む人ですから、お世話してあげたいなぁと」
茜「B。というかボク、料理とかお掃除苦手……」
萌「A、かな。そういうの憧れます、えへへ」
美衣那「料理なら私が有利。ハル兄さんの好みは完璧に把握してる」
沙雪「う……精進します」

《問四》好きな異性と話す時、自分の話は結構する？

A　聞き専です。

B　自分と相手の話、半々くらい。

C　自分の方が多いかもしれない。

沙雪「Bです。お互いを知って、仲良くなれるのは素敵だと思います」

茜「ボクもB。自分のことばっかりじゃつまらないしね」

萌「Aですっ。好きな人のことは、やっぱりいろいろ知りたいです」

茜「あれ？　萌ちゃん、もしかしてそういう人いるの？」

萌「え？　そ、そういうわけじゃないです。想像というか」

《問五》あなたにとって恋愛とは？

A　心のオアシス・よりどころ。

B　癒《い》やし。

C　ドキドキ。

沙雪「これは、Aです。彼と会う以前よりも、心地よく過ごせていますから」

茜「う、うーん？　Bなのかなぁ……？　ドキドキよりも安心できる相手がいいな。そもそもボク好きな人がいるわけじゃないけど」

萌「え、Aです。私も初恋とかは、よく分からないけど。好きな人のためなら、きっと今より頑張れると思いますっ」

沙雪「そうね。大切な人のためなら、もっと強くなれる」

茜「……やっぱりそこはかとない疎外感が」

すべての質問が終了しました！

この心理テストは、あなたの恋愛に対する「重さ」を診断します！

心理テストが終わった。

英子が言うには、これは恋愛における重さを測るもの。A・B・Cの回答で一番多かったものが何かで判断するらしい。

「重さ、ですか?」

沙雪はA3個、B2個だった。

「どゆこと?」と小首を傾《かし》げる茜がB3個、C1個、A1個。

最後に「え?」とキョトンとしている萌がA5個という結果になった。

「まず誰もいなかったCは軽量級。恋多き小悪魔タイプ。反面恋愛への執着心が薄いタイプかなぁ。茜ちゃんは、一個だけどあるし、実は小悪魔なところがあるのかも?」

「ボクが? んー、ないですよ。小悪魔って複数の男の人に好きになられちゃう、アレですよね? うん、さすがに無理がある」

軽く笑い飛ばしているけど茜はかわいい。小悪魔という表現もそれほど不思議でもなかった。

「次だね。Bが一番多かった人は中量級」

「ボクだ」

「重すぎず軽すぎず、バランス感覚が優秀なタイプ。まさに男性にとって理想のカノジョだね」

「えー、な、なんか照れるなぁ」

「ただ交際中に安定した関係を保つのは得意でも、出会いから恋愛関係に結び付けるまでに苦戦するタイプ。好きな人と友達のまま、ということもしばしば。気を付けてね」

「気を付けても何も、そういう意味で親しい男の人がいないです……」

茜が理想のカノジョ、というのは理解できる。この子の恋人になれる人はきっと幸せだろう。

さて、次は沙雪と萌の番だ。

「じゃあ最後。Aが一番多かった人は、重量級。いわゆる〝重い女〟だよ」

「お、重い、ですか？　私が？」

英子の宣告は非情だった。突き付けられた事実に、A3個だった沙雪は唇を震わせる。

「うん。Aのあなたは恋人に尽くし、愛することに喜びを感じるタイプ。付き合い始めはいいけど、続くと愛の重さに相手が疲れてしまう可能性も、だってさ」

「そ、そんな。晴彦さん、が疲れてしまう？」

想像もしていなかった指摘に表情をつくろうこともできずに沙雪は慌てふためいてしまう。

「沙雪ちゃん、悲しいけどこれが答えなの」

「あの、もしかして……付き合う前からお見合い対策を打つのは、重かったですか？」

「……残念ながら」

「……」↑A5個。

だけど好きな人がいるのに婚約話が持ち上がるなんて嫌だ。

どうすればよかったのか、と沙雪は頭を悩ませる。

「あっ、え、英子先輩。胸元に頭を預けて撫でてアピールするのは？」

「さ、沙雪ちゃん……そんなことしてたんだね」

「ね、寝る前に晴彦さんのくれたメッセージを読み直すのは大丈夫ですよね⁉」

「う、それは……まあ、オトメゴコロ的な？　うん、それくらいならいいと思う」

「…………」↑A5個。

よかった。それならスマホの待ち受けが二人で撮った画像でも問題がないということだ。

「でも、わ、私はどうすれば……？」

「Bが二つあったし、そこまでひどいわけじゃないと思うよ？　でも、あんまり束縛とかしないように気を付けてね。一呼吸おいて、ちゃんとハルさんのことを考えてあげれば、一途だってことでもあるんだから」

「はっ、はい！」

どうやら自分が少し重いタイプというのは認めなくてはいけないようだ。

ただ、ここで行いを見直せる機会が得られたのは幸いだった。

「とりあえず、まずは晴彦さんに相談します」

「あれ、話しちゃうの？」

茜が不思議そうに聞くけれど、その質問こそ沙雪には意外だった。

「え？　だって私一人で考えて行動を変えたら、晴彦さんが戸惑うかもしれないでしょう？　交際は相手ありきのことだから」

「沙雪、いいこと言った。貴女はとても正しい、にゃ」

ちなみに美衣那はAが四つ。彼女も重い側の女性である。

「二人はまだ付き合ってないはずなんだけど……これボクがおかしいのかなぁ」

茜は頭を抱えている。しかし恋愛初心者の沙雪としては打てる手は打っておきたいのが正直なところだ。

「ちなみに、美衣那さん？　沙雪ちゃんのこと、いいんですか？」

「にゃ？　ハルが望むなら、それが私の望み、にゃ。沙雪もけっこう好きだし」

「この人も重い……ハルさん大丈夫かなぁ」

なぜか英子は遠くを見つめている。

しかし義妹の了承を得られたのは僥倖《ぎょうこう》だった。

ハルヴィエドは別次元の人ということもあって微妙に常識のズレがある。将来生活を共にすることになっても問題ないよう、今のうちから考えておくのは沙雪の役目なのだ。

「よし、頑張ろう」

決意を新たに沙雪は力強く頷く。

「……え？　お、重い？　ふ、普通のことじゃ……」

なお途中から無言になってしまったA5の萌は、最後まで沙雪の発言のどこが重いのか理解できなかったそうな。

後日、基地に戻ったミーニャはハルヴィエド相手に心理テストを試してみた。

「ば、バカな……!?　わ、私が愛情の重いタイプだと……!?」

「むしろ気付いていなかったことにびっくりにゃ」

結果はＡ４個。彼も相当重い男だという事実が明らかになってしまった。

その夜には沙雪からのメッセージも届く。

Ｓａｙｕｋｉ【あの、晴彦さん。私って重い女でしょうか？】

ハルっち【そうは思わないかな。甘えてもらえるのは嬉しい。逆に私はどうだろうか】

Ｓａｙｕｋｉ【いえ、重いと思ったことはありません。少し照れる時もありますが】

ハルっち【なら安心した。やはり心理テストなんて当てにならないな】

Ｓａｙｕｋｉ【本当ですね】

お互いに重い同士なので噛《か》み合《あ》ってしまい、問題なしで一件落着する。

敵同士に変わりはないが、二人は案外うまくいっているようだった。

【あとがき】

『ワイ悪』を手に取り、読んでくださってありがとうございます。

　この本はいわゆる掲示板形式をとったライトノベルです。こんなものは小説ではないと感じる方も一定数いるかと思います。電子掲示板ですが縦書きであり、出版する上での文章作法の問題で句読点をつけているため違和感があるかもしれません。

　にも拘らずこれを出版させていただけたのは、ライトノベルという分類かつカクヨムというＷｅｂサイトがあってのことです。

　もともとが投稿という形式で書いていたお話なので、Ｗｅｂ小説でしかできないお遊びもさせていただいています。

　たとえば作中のレスの中には、カクヨム連載時につけられたコメントを、ユーザー様に確認して了承を取ったうえで使用したものがあります。掲示板の名無しさんとして参加していただいた読者様に、この場を借りて感謝を述べさせていただきます。

　こういった形式の話を書いたのは、ごく単純に私自身が、今ほどＳＮＳが普及していない時代に電子掲示板を見て騒いでいた古《いにしえ》のオタクだからです。

　よくよく考えてみれば絶対嘘だろというようなスレを読んでは笑い、釣りスレも全力で騙されにいくくらいの勢いでした。中には掲示板の民の書き込みによって思わぬ方向に話が転がり、とんでもない結末に辿り着く神スレと呼ばれるものもありました。今では古臭いと言われてしまう文化かもしれませんが、掲示板でしか楽しめないノリも多かったように思います。

　ネット掲示板には定番のスラングとして「半年ＲＯＭれ」というものがあります。

　意味は、「掲示板の空気を読んで、しらけた発言をするのはやめろ。それができるまで書き込むな」くらいでしょうか。ＳＮＳに場所を移行した今でも使われる言葉ではありますが、１９９０年代はまだネット文化自体が成熟していなかったこともあり、掲示板の民が自分達で独特の空気感を保とうとしていました。

もちろん無視して暴走するユーザーは一定数いましたし、自治厨のような存在を招いてしまうため善し悪しではあったのでしょう。それでも、ネット上での発言に問題があるのなら互いに諫めるのが当然、という考え方は今でも大事なことだと感じられます。ルールを守って、相手に配慮し、迷惑をかけないようにみんなでバカをやる。

そういう懐かしい雰囲気を少しでも再現したかったた。つまり自分が好きなものを好きなように書いたのがこのお話です。それが許される場を作ってくださった角川の方々には感謝しかありません。

規定の文字数には自分語りや感謝の言葉だけでは足らないので、ここからは『ワイ悪』の内容にも触れようかと。

このお話はネットでスレを立てた男がぐだぐだと愚痴を書き込みつつ、掲示板の民の力を借りて想い人に心を伝えるお話です。

有名どころだとやはりトレインな男でしょうが、掲示板では定期的に「お前ら力を貸してくれ」系の恋愛スレが出てきます。好きな人に送るメッセージの内容を掲示板の民が頭を悩ませて考え、スレ主の告白の後押しをして、結果が書き込まれるのを待つ。そういうお約束に自分が好きな特撮、悪の組織の要素を加えたのが『ワイ悪』になります。

スレのタイトルと内容が一致していないと感じられた方もいるかもしれませんが、スレタイはわざと変な書き方をして人を集めるという伝統にハカセが乗っかった形です。

主人公のハルヴィエド・カーム・セインについて。銀髪にオッドアイで冷たい表情の天才科学者であり、一昔どころか一世代前のベタな悪役のような振る舞いを見せます。しかしあくまで発明分野での天才でしかなく、コミュニケーションが下手で、他の部分にも抜けているところが多いけっこうなポンコツです。

また「子供に子供をやらせてあげられないのは大人の責任」と考える、わりと古いタイプの人間でもあります。基本的に面倒ごとを他人に預けるより自分で背負い込む方が楽と考える社畜気質なので、作中で色々と仕事を押し付けられるのは自業自得なのかもしれません。

怪人やマジックアイテム製作が彼の仕事なのですが、研究自体が趣味であり娯楽なので、組織の役に立たないものもたくさん作っていました。今は経営ばかりに目を向けていますが、本来は引きこもって研究だけやっていたいと考えています。

日本文化にハマっており、特に冷凍食品やビールが大好き。ストレス解消のために掲示板の書き込みが日課で、トランクス一丁でインスタント麵をすすりながらが基本スタイルとなっています。

普段とスレ内での喋り方が大きく違いますが、どちらもハカセの一面ではあります。基本的には気のいい兄ちゃんであり、状況に応じて振る舞いを変えているだけです。

悪を気取っても悪人になり切れない顔がいいだけの三枚目、がコンセプト。恋愛観が中学生で止まっているものの、本人なりに作中では頑張ってくれました。

神無月《かんなづき》沙雪《さゆき》について。

ハカセの初恋の相手です。元の世界では十五歳で成人なので問題ないの精神です。

初めは推しのアイドルのような存在でしかなかったのですが、スレで話し合ううちにハカセは恋心を自覚していきました。

沙雪に惚れた理由は、自分達よりも弱いのに一人で戦い続ける姿に心打たれたから。また、他人のために無茶をする姿に感銘を覚えた点が大きいのでしょう。

作中では少ししか触れていませんが、ハカセの母親は浮気の末に家を出ていきました。しかし浮気自体はそれほど恨んではいません。出ていくまでの間、家計を支えていたのは母親なので、感謝している部分もあります。

それでもハカセは父親が大好きだったから、他の男性に惹かれた母を恨みはしませんが、捨てられた父のことを考えると認められないという割り切れない気持ちを抱いています。

そういった幼い頃の経験が恋愛苦手、女性苦手という考えを育んでしまいました。

だから彼は根本的に女性性を押し出す女性を敬遠してしまいがちで、その意味でも沙雪が魅力的に映ったようです。

沙雪の方は、ハカセのコミュニケーションが下手なところを見て「この人は嘘をつけないんだな」と気を許し、その後の交流を経て好意を向けていきます。

彼女は控え目というよりも、クラスの隅っこにいるような地味な性格をしています。しかし学校では整った容姿から言いよる男子が多いです。

ただ本人はぼっち気質なので、手慣れた様子で声をかけてくる相手は警戒してしまいます。つまり安価による無茶振りがなく、初対面からハカセが大人な態度でスムーズに接していた場合は逆にうまくいかないという事態が発生します。悪ノリした掲示板の民こそ彼らのキューピッドだったという嫌なお話です。

沙雪の趣味は一人カラオケ、ピアノ、ロードバイク。どれも一人で楽しめるからという悲しい理由です。

結局のところハカセと似た者同士なので通じ合える部分が多く、ある意味相性はいいのかもしれません。

ヴィラベリート・ディオス・クレイシアについて。

恋愛的な意味でハカセが心を傾けたのは沙雪だけですが、首領ちゃんことヴィラベリートもまた特別な存在です。

自分の父親を助けられなかったハカセにとっては、首領は初めて救えた相手でした。救えたということ自体が彼には救いだったのだと思います。だからこそ首領に無茶を押し付けられても拒否できなくなってしまったのですが。

ハカセは現実で言うと「先代社長に感謝している し、二代目は仕事こそできないけど人間としては好ましい。だから会社を辞める気はなく、残業や休日出勤上等で働くし、それはそれとして負担は大きいので掲示板で愚痴を書き込む」というけっこうダメな大人です。それでも仕事自体はできるので、組織をうまく回せてしまいます。

首領はハカセのことを二人目の義兄のように慕っています。しかしハカセはすこぶる有能なイエスマンで、仕事を任せたら表面上は首領が望む形で組織がうまく回ってしまいます。そんな状況が続いたせいで、勉強も運動も苦手な首領は「ハカセに任せれば大丈夫」と考えてしまいました。そして肝心のハカセも、なんだかんだ言いつつ首領に頼られるのを嬉しく思っています。

それが変な形で噛み合ってしまい、お互い大事に思っているはずなのにブラック企業ばりの労働環境が成立しました。あれですね、しんどいのに仕事を辞められないのは結局首領に甘いせいです。

この二人の根本は兄を振り回す末っ子と、我儘《わがまま》もかわいいと感じる兄でしかないので、きっとタイミングが違えばもう少し穏やかな組織になっていたと思います。

ここまで心を傾け合っているのにハカセ側から恋愛感情が発生しなかったのは、年齢以上に首領が現時点では男の子でも女の子でもなかったからでしょう。

なのでこれもまた仮定ですが、もしも物語の始まりが数年ズレており、首領が自身の性別に女を選んでいた場合、子供の頃から面倒を見てくれた兄に惹かれるヒロインのべったべたなラブコメになっていた可能性もあります。そういうの大好きです。

余談ですが、作中で最も容姿が美しいとされるのが首領です。アムソラル族という天使や精霊に近い種族であり、現状では性別がないため透明感があるようです。

メインとしてはやはりこの三人でしょうか。恋愛的にはハカセと沙雪のお話なので、三角関係というわけではありませんが。

私個人として思い入れが強いのは、あまり出番はありませんが喫茶店のマスター、大城零助《おおしろぜろすけ》だったりします。彼が全身甲冑なのは、私の悪側ヒーロー好きの夢が注ぎ込まれているせいです。

それに加えて、この話はカクヨム投稿前に書き直しておりまして、初期段階は今と内容がかなり違います。そもそも掲示板形式でもありませんでした。

悪の組織ものではあるのですが、当初の予定では主人公は零助となっていました。

統括幹部であるゼロス・クレイシアは組織を抜けて、日本で喫茶店を営んでいた。しかし変わらず悪の組織と変身ヒロインは戦いを続けており、その両方が店にやってくる……という日常系として書いていました。

登場人物は今とほとんど変わらないのですが、主人公が零助なので当然関係性が変化しています。メインヒロインは組織を辞めてついてきてくれた九谷《くたに》英子《えいこ》とレティシア・ノルン・フローラムです。掲示板パートをやりたいがために変更となりました。

そして本来ハカセのパートナーとなるのは、浄炎《じょうえん》のエレスこと結城茜《ゆうきあかね》のはずでした。時々茜さんが出張《でば》ってきてしまうのはその名残《なごり》です。こういったもしもの世界を考えるのが好きなので、どこかで書ければいいのですが。

長々と語りましたがノリの軽いコメディなので、適当に流し読んで少しでも笑っていただければと思います。

ここまで与太話にお付き合いくださり、ありがとうございます。

もしもこれを読んで、ネタが古いしありきたりだけど、「確かにネットでこういう馬鹿をやっていた時期があったわ」なんて思ってくださる方がいるのなら、こんなに嬉しいことはありません。

西基央《にしきお》

【相談《そうだん》スレ】ワイ悪《あく》の組織《そしき》の科学者《かがくしゃ》ポジ、首領《しゅりょう》が理不尽《りふじん》すぎてしんどい

2024年2月28日　初版発行

著　者	西基央《にしきお》
イラスト	塩《しお》かずのこ
発行者	山下直久
発　行	株式会社KADOKAWA 〒102-8177 東京都千代田区富士見2-13-3 電話 0570-002-301（ナビダイヤル）
編集企画	ファミ通文庫編集部
デザイン	ムシカゴグラフィクス
写植・製版	株式会社オノ・エーワン
印　刷	TOPPAN株式会社
製　本	TOPPAN株式会社

●お問い合わせ
https://www.kadokawa.co.jp/（「お問い合わせ」へお進みください）
※内容によっては、お答えできない場合があります。
※サポートは日本国内のみとさせていただきます。
※Japanese text only

 ISBN978-4-04-737814-8 C0093

定価はカバーに表示してあります。

Comment
シスコンじゃん
Comment
こいつ いっつも燃えてるな
Comment
同期が初手解雇は草

ファンタジーの世界でも
戦争は泥臭く
醜いものでした

STORY

トウリ・ノエル二等衛生兵。
彼女は回復魔法への適性を見出され、
生まれ育った孤児院への
資金援助のため軍に志願した。
しかし魔法の訓練も受けないまま、
トウリは最も過酷な戦闘が繰り広げられている
「西部戦線」の突撃部隊へと配属されてしまう。
彼女に与えられた任務は
戦線のエースであるガーバックの
専属衛生兵となり、
絶対に彼を死なせないようにすること。
けれど最強の兵士と名高いガーバックは
部下を見殺しにしてでも戦果を上げる
最低の指揮官でもあった!
理不尽な命令と暴力の前にトウリは日々疲弊していく。
それでも彼女はただ生き残るために
奮闘するのだが——。

B6判単行本
KADOKAWA/エンターブレイン 刊

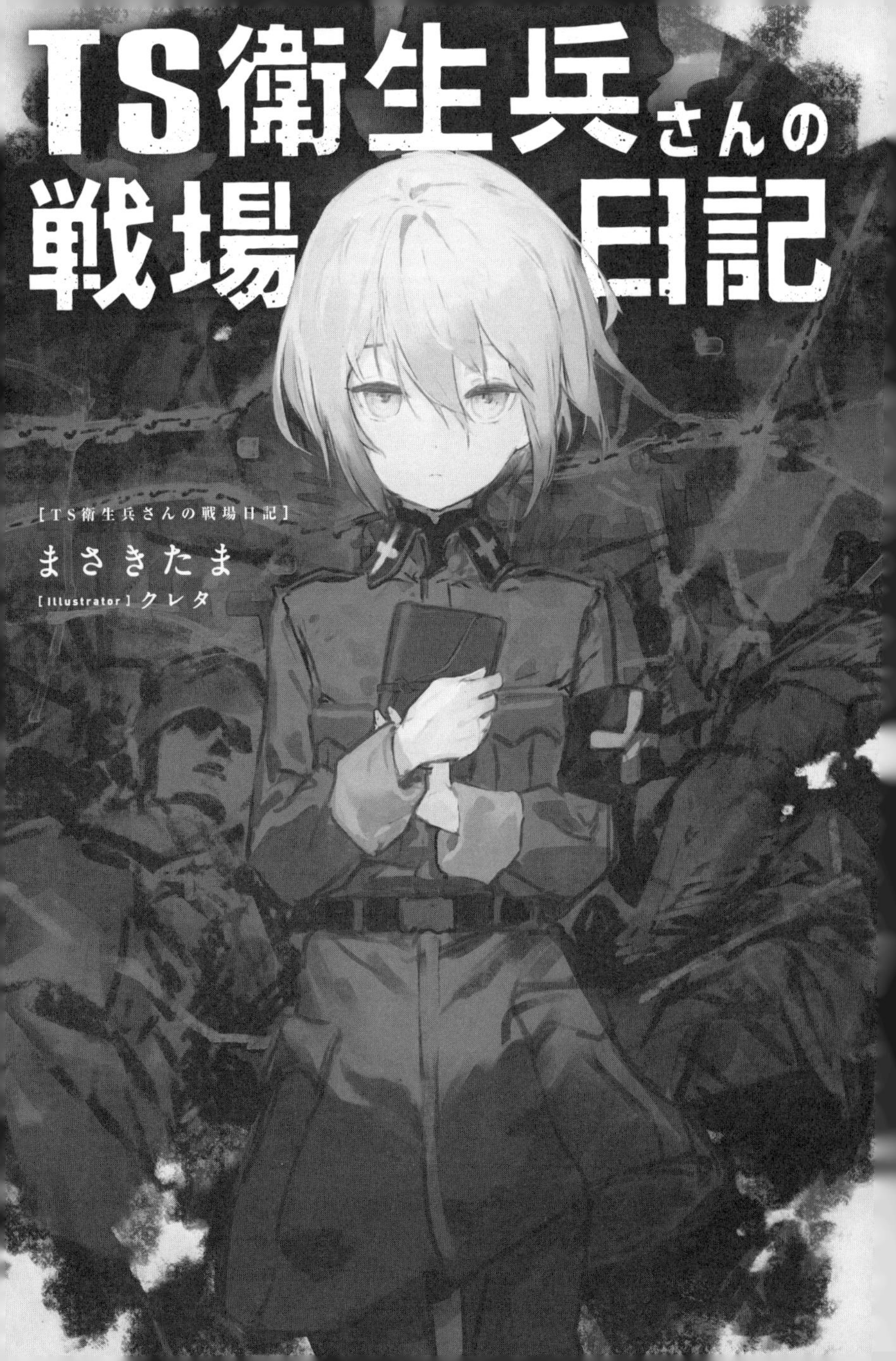
TS衛生兵さんの
戦場日記
［TS衛生兵さんの戦場日記］
まさきたま
［Illustrator］クレタ

ソードマン
[バスタード・ソードマン]

スキル《ダンジョン生成》を使ったら、最強魔王六人の主になっていた⁉
activation
{ Dungeon Generation }
未実装のラスボス達が仲間になりました。
The unimple mented end-stage enemys have joined us!
Author ながワサビ64
Illust. かわく

修太郎と
魔王たちの邂逅は、
デスゲーム世界の
希望となるのか!?
《START: DEATH GAME》
ゲーム内に
閉じ込められた
プレイヤーたちも、
それぞれの思いを
賭けて奔走する!!
The unimple
mented
end-stage enemys
have joined us!
contract: { BOSS MOB }
The Six Demon Kings
and the Lord of the Dungeon

エステルドバロニア
著：百黒 雅 イラスト：sime
B6判単行本 KADOKAWA/エンターブレイン 刊
最強の魔物国家を統べるは人間の王！
非力な王の苦悩の物語が今始まる!!
STORY
VR戦略シミュレーション『アポカリスフェ』の頂点に君臨する男はある日、プレイ中に突如として激しい頭痛に襲われ、意識を失ってしまう。ふと男が目を覚ますと、そこはゲーム内で作り上げてきた魔物国家エステルドバロニアの王城であり、自らの姿は人間でありながら魔物の王である"カロン"そのものだった。このゲームに酷似した異世界で生きていくことを余儀なくされたカロン。彼は強力な魔物たちを従える立場にありながら、自身は非力なただの人間であるという事実に恐怖するが、気持ちを奮い立たせる間もなく国の緊急事態に対処することになり……!?
特別短編
『王の知らなかった彼女たち』収録！
KADOKAWA
enterbrain